WITCH AND MERCENARY

마녀와 용병

초호키테키 카에루
CHOHOKITEKI KAERU

illust. 카나세 벤치

C O N T E N T S

CHARACTER

마녀

시어셔
Shiarsha

누군가와 대화하는 게 정말 **오랜만**이라,
저도 모르게 말이 **많아졌**네요. **잊어주세요.**

살해당할 것 같아서,
죽였습니다.
그것뿐이에요.

왜 사람들을 죽이지?

저승길 선물로 보여줄게

백뢰희

이사나 게이혼
Isana Gayhone

용병

지그 크레인
Gig Crain

내가 관심 있는 건 네가, 의뢰에 걸맞은 보수를 지불할 수 있는가 하는 것뿐이다.

·····내 동료를 지켜 줘

마검사

앨런 클로즈
Alan Clows

이····· 개똥같은 자식·····!

3등급 모험가

엘시아 아메트
Elcia Armet

WITCH
AND
MERCENAR

마녀와 용병

WITCH
AND
MERCENARY

초호키테키 카에루
CHOHOKITEKI KAERU

illust. 카나세 벤치

일러스트 — 카나세 벤치

프롤로그

"많이도 모였군."

용병, 영주의 사병, 심지어는 민병들까지 야영지에서 준비를 하고 있다.

오합지졸이라 해도 과언이 아닌 그들을 보고 한 남자가 어이가 없다는 듯이 중얼거렸다.

무의식중에 중얼거린 그의 말에, 근처에서 칼을 손질하고 있던 남자가 웃으며 대꾸했다.

"그럴 수밖에. 준비를 많이 해서 나쁠 건 없으니까. 좌우간 마녀를 사냥하려는 거잖아."

마녀.

마술이라 불리는 미지의 기술을 다루며, 그 힘은 날씨까지 바꿀 수 있다고 일컬어진다.

일찍이 마녀의 화를 산 나라가 하룻밤 만에 멸망했다느니 장난 삼아 홍수를 일으켜 마을을 수몰시켰다는 등, 그 위험성을 전하는 소문은 수도 없이 많다.

이 대륙에서는 마수(魔獸)라 불리는 존재가 절멸한 지 오래다. 그리고 타국의 인간들이야말로 최대의 위협인 현재, 유일하게 존재하는 정체 모를 공포의 상징이 바로 마녀다.

"상속 경쟁에서 우위에 서고 싶다고 꼭 이렇게까지 해야 하나?"

"거기에 꾸역꾸역 참가하고 있는 우리가 할 말은 아니지."

"그건 그렇군."

사건의 발단이 된 것은 이곳 영주의 후계 문제다.

영주에게는 아들이 둘 있는데, 쌍둥이인 데다 기량도 비슷하고 양쪽 모두 양보할 생각이 전혀 없단다.

그래서 어느 쪽이 뒤를 이을지를 두고 치열하게 싸우고 있다는 모양이다.

쌍둥이의 점수 따기는 갈수록 치열해져서, 끝내 형 쪽이 전설의 존재에게 손을 대기에 이른 것이다.

만전을 기하려면 사병만으로는 부족하다고 판단했는지.

사재를 털어서 사람을 모집한 결과가 이 오합지졸들이다.

"돈만 주면 무슨 일이든 한다지만…… 마녀랑 싸우는 건 또 처음이군."

그 청년이 팔짱을 낀 채 혼잣말을 했다.

나이대는 20대 중반. 회색 머리카락을 짧게 잘랐다.

덩치가 크고 몸이 다부지다.

날카로운 분위기를 띤 상처투성이 얼굴은 청년의 직업이 무엇인지를 어떠한 말보다도 똑똑히 말해주었다.

지그 크레인.

용병이다.

"마술이라…… 동화라도 참고하면 되나?"

그는 미지의 적과의 전투를 상상하며 그 대처법을 고민하고 있었다.

주점에서 들었던 뜬소문에 따르면 아무것도 없는 데서 도구도 사용하지 않고 불덩이를 만들거나 바람을 일으키거나 한다는데, 지그는 애초에 그러한 일이 정말로 가능하기는 할지 의문이었다.

"하지만 마녀가 실존하는 건 사실이지. 마술이라는 게 정말 있는지 어떤지는 둘째 치고, 소문에 상응하는 요술 같은 건 부릴 수 있다고 생각해두는 게 좋으려나."

그는 마술에 회의적이었지만 마녀의 위협 자체는 현실적인 것으로 받아들이고 있었다.

동화 속 이야기로 치부하기에는 피해를 입은 사례가 많은 데다, 대국(大國)은 마녀 토벌에 열을 올리고 있다.

지금 토벌하러 가는 마녀도 과거 수도 없이 토벌대를 보낸 적이 있지만, 모두 실패로 끝났다고 한다.

명백하게 개인이 어떻게 할 수 있는 영역을 넘어선 일인 것이다.

그는 애초에 마녀라는 것은 단독이 아니라 모종의 집단을 나타내는 단어가 아닐까 생각하고 있었다.

"모종의 국가 관련 집단이거나, 아니면 범죄조직이거나……."

그럴 것이라 생각했었다.

보수는 흠잡을 데가 없고, 길드를 통한 의뢰라 출처도 확실하다.

당연히 보수에 상응하는 위험이 따르겠지만 이 일을 하다보면 위험한 일을 겪는 건 일상다반사다.

평소 하는 일과 다를 것 없다.

방심한 건 아니지만 두려워할 일도 아니다.

그런 생각을 하며 출발 시각이 되기를 기다렸다.

그 착각이 그의 향후를 크게 좌우하게 될 줄도 모르고.

†

몇몇 용병단과 정규병 대장급들의 회의가 끝나고서 얼마쯤 지나 토벌대는 출발했다.

굵은 나무들이 늘어선 깊은 숲속을 행군한다.

용병 백, 정규병 백으로 구성된 1개 중대가 행군하는 모습은 매우 눈에 띄었다.

더불어 외부인도 많아 임기응변으로 연계를 취할 수밖에 없다 보니 기습에는 상당히 약할 듯했다.

그럼에도 어지간한 무장 집단이나 생물 병기는 상대도 안 될 거다.

머릿수는 그만한 힘을 지녔다.

무조건 이길 수 있다.

모두가 그렇게 생각하고 있었다.

그것을 직접 보기 전까지는.

이상한 일이 일어난 것은 정오가 조금 지났을 즈음.

척후 임무를 띠고 선행했던 병사가 집을 발견했다고 한다.

"이런 곳에 사는 사람이 있다는 소린 못 들었는데. 적의 거점일 가능성이 높다."

장군은 적이 정말 마녀일 가능성은 낮다고 보고 있었다.

과거에 보냈던 토벌대는 그 누구도 돌아오지 않았다.

만약 적이 마녀일 경우, 그 많은 사람을 한 사람도 놓치지 않고 쓰러뜨리는 게 가능하기는 할까.

아무리 적이 강력하다 해도 혼자인 이상 할 수 있는 일에는 한도가 있을 거다.

이상의 추정을 근거로, 허를 찔려 포위되었을 가능성이 높을 거라 생각한 것이다.

이미 부대 주변에는 여러 명의 척후병을 풀어두었다.

그 경계망에 의도적으로 구멍을 만들고, 그곳에 용병을 배치했다.

그들에게는 미안하지만 고기 방패가 되어주어야겠다, 그 정도의 돈은 지불했으니.

그곳에서 조금 전진하자 탁 트인 장소가 나타났다.

"저게 보고에 있었던 집인가. 저 집은 뭐지?"

다소 넓은 민가 정도의 크기다.

멀리서 보니 목조 건물 같지는 않다.

석조 건물로도 보이지 않는다.

굳이 말하자면, 흙.

흙으로 집을 지을 리가 없다고는 말하지 않겠지만, 목재가 주변에 널렸건만 굳이 흙으로 짓다니.

그 위화감에 고개를 갸웃하며 장군은 지시를 내렸다.

"전원 경계 태세. 1번 부대는 전방에 보이는 집을 포위하여 안을 확인해라. 2번 부대는 엄호, 그 이외의 부대는 주변을……."

지시가 중간에 끊기자 부하가 의아하다는 표정을 지었지만, 금방 그 이유를 알아챘다.

어느샌가 집 앞에 웬 여자가 있었다.

나이는 20대 전반쯤.

허리 근처까지 자란 머리는 잉크를 떨어뜨린 듯이 검고, 눈동자는 빨려들 듯한 푸른색을 띠었다.

그에 반해 티 없이 깨끗한 피부의 얼굴은 하얗기만 하다.

절세의 미녀라 해도 과언이 아닐 외모였지만 그것을 본 병사들의 얼굴에 떠오른 감정은 하나뿐이었다.

공포.

그렇게 표현할 수밖에 없는 무언가를 느낀 장군은 그 순간 이해했다.

저게 마녀구나.

"……으, 전원 전투태세! 적은 정면에 있는 마녀다! 방패 앞으로, 궁병 사격 준비!"

공포를 경험으로 찍어 누르며 지시를 날린다.

저건 위험하다.

과거 수없이 느꼈던 것 중 가장 큰 위험이 느껴지는 존재를 보고 나니, 안일하게 생각했던 조금 전의 자신을 두들겨 패주고 싶어졌다.

한 박자 늦게 병사들도 지시에 따라 움직였다.

어느샌가 마녀는 손을 이쪽으로 내밀고 있었다.

뭐라 말을 하고 있는 듯하지만 거리가 멀어 알아들을 수가 없다.

그러는 동안 병사들이 준비를 마쳤다.

방패를 들고 전방에 도열해 자세를 잡고, 그 뒤에서 궁병이 화살을 메긴다.

"조준, 발······."

명령을 내리려던 순간.

희한한 냄새가 났다.

지금껏 맡아본 적이 없는, 형용할 방도가 없는 자극적인 냄새가.

"뭐지?"

누군가가 그런 말을 입 밖에 낸 직후.

대지가 이를 드러냈다.

†

큰일이다.

소름이 확 돋는 감각이 느껴지더니 한 박자 늦게 자극적인 냄새가 감돌았다.

분위기가 변했음을 감지한 용병들이 술렁대기 시작했다.

이대로 이곳에 있으면 죽을 거라 말하는 직감에 따라 지그는 움직였다.

근처에 있던 운반용 말에 뛰어올라, 그걸 딛고 도약.

부대 옆에 있던 커다란 나무의 가지를 잡았다.

강인한 육체는 갑옷을 껴입은 중장갑병 정도는 아니지만 그럭저럭 중량이 나가는 장비를 걸쳤다는 게 믿기지 않는 움직임을 가능케 했다.

그가 나무로 도망친 직후.

대지가 삐걱거리는 소리와 함께 사람 키만 한 원뿔형 말뚝이 솟구쳤다.

차례로 솟구친 말뚝은 사람의 몸을 손쉽게 꿰뚫었고, 많은 병사들이 순식간에 시체가 되었다.

예상치 못한 방향에서 상상도 못 했던 방법으로 공격당한 부대는 공황상태에 빠졌다.

"이것 봐…… 이게 다 무슨 일이야."

얼빠진 투로 중얼거렸지만 발아래 펼쳐진 광경을 보니 등줄기가 오싹했다.

조금만 더 늦었다면 자신도 저들과 같은 운명을 맞았을 거다.

"젠장, 대체 무슨 일이 일어난 거지?"

이 참상을 일으킨 원인을 찾아 나무 위에서 주변을 살피던 지그의 눈이 전방에 전개한 정규병들과 그 정면에 선 여자를 포착했다.

"설마…… 정말 마녀였던 건가?"

말도 안 되는 소리라고 부정하고 싶어도 이 현상은 마녀가 아니면 설명할 수가 없다.

너무도 황당한 사태에 겁을 집어먹고 도망치기 시작한 자도 있었다.

──도망칠까?

지그는 고개를 가로저어 머리에 떠오른 그 생각을 쫓아냈다.

보수의 절반은 선금으로 받았다, 위험한 의뢰라는 건 알고 있었다.

신용 문제는 자유 용병인 지그에게 그리 중요하지 않지만, 스스로 정한 방침 때문에 그 선택지는 고를 수가 없다. ……뭐, 결국 오기가 생긴 것이다.

하지만──.

"의뢰인이 죽지 않았기를 바랄 수밖에 없겠군……."

탄식하며 지그는 딛고 있던 나무에서 도약했다.

†

마녀의 공격은 사방팔방에서 막대한 피해를 일으켰지만 그래도 전멸할 정도는 아니었다.

땅에서 솟아난 말뚝은 중갑옷을 뚫을 정도는 아니었고, 장비는 단출해도 운 좋게 화를 면한 자들도 많았다.

마녀가 '탁' 하고 가볍게 발을 굴렀다.

"신경 쓰지 말고 쏴라!"

장군의 호령에 맞춰 화살이 발사됐다.

하지만 무수히 많은 화살은 갑자기 땅에서 솟아나 떠오른 것에 의해 가로막혔다.

마녀를 보호한 그것은, 마치 대형 방패 같은 형상을 하고 있었다.

두 개를 합치면 사람 한 명이 완전히 가려질 정도로 커다란 흙 방패다.

그런 물건 세 개가 천천히 선회하며 마녀의 주변을 떠다녔다.

그 순간, 중장갑병이 창을 들고 돌격했다.

마녀가 그쪽으로 손을 내밀자 흙 방패가 움직였다.

혼신의 힘을 다한 돌격을 받아낸 방패의 중간 정도까지 창이 박혀 금이 갔지만, 그뿐이었다.

그러던 중에 두 번째 방패가 옆에서 덤벼들었고 자세를 추스르지 못해 피할 수가 없었다.

갑옷이 찌그러지고 창을 놓치며 쓰러진 참에 세 번째 방패가 위에서 떨어졌다.

나무에서 떨어진 과일이 찌부러지는 듯한 소리와 함께 병사는 움직이지 않게 되었다.

첫 번째 방패는 재생되기 시작했다.

병사들이 찍소리도 못하고 뒷걸음질 친다.

"괴물 같으니……."

장군의 얼굴이 일그러지고 식은땀이 흐른다.

마녀가 뭐라 웅얼거리며 손뼉을 쳤다.

메마른 소리가 울려 퍼진다.

"뭐, 뭐지?!"

소리가 잦아들자 마녀의 앞에 흙이 솟아났다.

흙은 형태를 바꾸어 성인 남성보다 한참 큰 흙인형이 되었다.

땅딸막한 몸에 앞으로 기울인 자세를 취하고 있다.

얼굴은 없어서 마치 동화에 나오는 골렘 같았다.

마녀가 이쪽을 가리켰다.

그러자 흙인형이 이쪽을 향해 걸어오기 시작했다.

"물러서지 마라, 온다! 요격한다!"

장군은 흙인형을 요격하고자 부대를 재정렬시켰고, 마녀는 외적을 무찌르기 위해 다시금 술식을 구축했다.

그 순간, 문득 그림자가 드리웠다.

병사들의 옆을 질주해, 옆으로 후려치듯 날린 흙인형의 공격을 피하고 그 몸을 발판 삼아 힘껏 도약한 지그가 마녀를 강습한 것이다.

상단에서 무게를 실은 칼로 일격을 날린다.

"큭!"

당황한 마녀는 방패를 조작해 두 개를 겹쳐서 그 일격을 받아냈다.

무게가 실린 지그의 참격은 두 번째 방패를 절반 정도까지 갈랐다.

"칫, 더럽게 단단하군."

마녀는 그 위력에 눈이 휘둥그레져서 세 번째 방패를 휘둘렀다.

하지만 지그가 방패를 박차고 억지로 검을 뽑으며 거리를 벌리자, 마녀의 공격은 허공을 갈랐다.

열 걸음 정도의 거리를 두고 마주한다.

"…………."

마녀가 처음으로 경계하는 듯한 분위기를 풍겼다.

남자를 쳐다보더니 그 무기로 시선을 옮긴다.

마녀는 본 적도 없는 무기였다.

손잡이가 한가운데 있고, 그 위아래에 장검(長劍) 길이 정도의 날이 붙어 있다.

쌍인검(双刃劍).

사용하는 이가 매우 적은 무기다.

성질상 몸 전체를 사용해 휘둘러야 해서 대열을 이루어 싸우기 어렵다는 등의 이유도 있지만, 무엇보다도 큰 문제는 다루기가 어렵다는 것이다.

어중간한 실력으로 다뤘다가는 무기에 휘둘리기 십상이다.

척 봐도 묵직해 보이는 무기다, 조금 전 강렬한 참격을 날렸던 것도 납득이 된다.

그 위험성은 인식했지만, 중량 때문에 민첩성은 떨어질 테니 거리만 유지하면 어떻게든 되리라.

그렇게 판단하고서 즉시 술식을 구축하여 원거리전으로 몰고 가려 했다.

순간, 지면이 폭발했다.

그렇게 착각할 정도의 기세로 지그가 돌진해 순식간에 거리를 좁혔다.

열 걸음의 거리가 한순간에 사라졌다.

마녀가 충분히 벌렸다고 생각했던 거리는 아직 그의 사정권 안이었던 것이다.

쌍인검이 숨을 죽인 마녀에게 육박한다.

순간적으로 술식을 전환하며 방패로 막았다.

재생 중이었던 두 번째 방패가 두 동강 나고, 칼날이 물러감과 동시에 날아든 반대쪽 칼날이 첫 번째 방패를 날려 버렸다.

그대로 기세를 타고 회전해 날아든 칼날을 세 번째 방패가 막았다.

흙방패와 쌍인검이 힘겨루기를 하는 가운데, 지그는 그제야 마녀의 얼굴을 확인했다.

푸른 눈과 거기 깃든 깊은 무언가가 지그의 시선과 마주쳤다.

마녀는 날카로운 눈빛으로 지근거리에서 돌로 된 탄환을 날렸지만 지그는 갑옷 토시로 비스듬히 흘려내 버려냈다.

최소한의 동작으로 곡예 같은 방어를 펼친다.

마녀는 그 동작에 놀라면서도 마지막으로 남은 방패가 버티는 동안 구축한 술식을 날렸다.

지그가 후방으로 도약할 때까지 딛고 있던 지면에서 새로운 방패가 만들어져 떠올랐다.

이어서 말뚝도 솟구쳤지만 이번에도 미리 회피한 지그에게는 맞지 않았다.

"……?"

자신의 술식을 예측한 듯한 행동을 보고 마녀는 고개를 갸웃했다.

눈앞에 있는 남자는 술식을 사용할 수 있는 것처럼 보이지 않는다.

모종의 방법으로 술식의 발동을 감지하고 있는 걸까.

──그렇다면.

†

지그는 숨을 고르며 상대의 동향을 주시했다.

마녀와의 싸움은 미지의 영역이었지만 예상보다 훨씬 선전했다.

상대가 접근전에 익숙지 않았던 덕분이다.

저토록 강력한 원거리 공격 수단이 있으니 근거리 전투 경험이 없을 만도 했다.

게다가 마녀의 힘은 너무도 강대하다.

사람이 날벌레 한 마리를 잡지 못해 쩔쩔매는 것과 같다.

혼자서 여럿을 상대할 때는 둘째 치고 일대일 전투에는 적합지 않은 것이다.

게다가──.

"어이쿠."

자극적인 냄새가 남과 동시에 몸을 날려 거리를 벌린다.

어떻게 된 일인지는 모르겠지만 술식이 발동하기 전에는 반드시 독특한 냄새가 난다.

공격 계열은 자극적인 냄새, 방어 계열은 쇠 냄새 같은 것이.

곰곰이 생각해 보니 첫 공격 전에도 이 냄새가 났던 것 같다.

그때는 훨씬 강렬했지만.

아무래도 술식의 규모 등에 따라 냄새의 강도도 변화하는 모양이다.

마녀는 아마도 그 사실을 모르는 듯하다.

이쪽이 감지하고 회피할 때마다 의아해하고 있으니 말이다.

이유는 모르겠지만 잘된 일이다.

이쪽의 방어구는 가슴 갑옷과 두꺼운 다리 갑옷, 갑옷 토시뿐이다.

검 정도는 막을 수 있지만 마녀의 술식을 맞으면 그걸로 끝일 거다.

다행히 이쪽의 공격도 마녀에게 위협적인 모양이다.

저 방패와 함께 베어 쓰러뜨리는 건 무리라도 안으로 파고들어 일격을 가할 빈틈만 만들어낸다면 승산은 있다.

작은 빈틈도 놓치지 않고자 집중력을 끌어올린다.

마녀가 움직였다.

공격인가, 방어인가.

다음 순간, 얼굴이 다 찌푸려질 만큼 자극적인 냄새가 경계 자세를 취한 지그를 덮쳤다.

공격이다. 그것도 전에 없이 강력한.

등에 돋아난 소름을 떨쳐낼 기세로 거리를 벌린다.

직후, 땅에서 말뚝이 솟구쳤다.

한두 개가 아니다.

아무렇게나 흩뿌린 듯이 말뚝이 계속 솟구쳤다.

흙인형, 그리고 싸우고 있던 정규병들을 무차별적으로 모두 휩쓸고 있다.

제대로 맞으면 끝장이고, 직격이 아니라도 자세가 무너지면 같은 결말이 기다리고 있다.

지그는 필사적으로 피했다.

몇몇 기둥이 몸을 스칠 때마다 상처가 났지만 그걸 신경 쓸 여유는 없다.

쉴 새 없이 솟아나는 말뚝은 표적의 모습이 보이지 않게 되었는데도 그칠 낌새가 없었다.

이윽고 말뚝이 시야를 가득 메울 정도가 되고서야 그쳤다.

어깻숨을 몰아쉬며 마녀가 주변을 둘러보았다.

원형을 알아볼 수 없을 만큼 허물어진 흙인형.

무수히 많은 병사들이 말뚝에 꿰뚫려 흘린 엄청난 양의 피가 흙과 뒤섞여 진창을 이루고 있다.

움직이는 것은 하나도 존재하지 않았다.

마녀는 외적을 제거했다고 확신하고 안도의 한숨을 내쉬었다.

생명의 위험을 느낀 게 얼마만일까.

연속된 마술 행사로 피폐해진 몸을 쉬기 위해 등을 돌리고 걷기 시작한 순간, 굉음이 울렸다.

돌아본 마녀의 눈에, 말뚝으로 된 벽을 뚫고 튀어나온 무언가가 보였다.

흙먼지를 뚫고 지그가 나타났다.

놀라운 광경에 마녀의 눈이 휘둥그레졌다.

온몸은 상처투성이에 방어구도 너덜너덜해졌지만 그의 전의(戰意)는 조금도 수그러들지 않았다.

"우오오오오!!"

가열한 기합성과 함께 쌍인검을 휘두른다.

순간적으로 방패를 생성해 방어했지만, 좀 전에 무리를 한 탓인지 마녀의 움직임은 둔했다.

생성 중인 두 개의 방패가 그 즉시 두 동강 나고, 나머지 하나로 간신히 막아냈다.

하지만 기세를 완전히 죽이지 못해서 마녀는 방패와 함께 날아갔다.

마녀가 땅바닥을 나뒹굴자 제어를 잃은 방패가 흙무더기로 돌아갔다.

간신히 일어난 마녀의 눈앞에 칼을 들이댄다.

어깻숨을 쉬는 지그를 마녀가 바라보았다.

"…………설마, 그걸 다 피할 줄은 몰랐어요."

처음 들어본 마녀의 목소리는, 상상했던 것과 상당히 달랐다.

차분하기는 하지만, 어디에나 있는 평범한 소녀의 것 같기도 했다.

하지만 그래도 그녀는 마녀다.

"저를 죽일 건가요."

지그는 그 물음에 답하지 않고 칼날을 마녀의 목에 살짝 닿게

했다.

"왜 사람들을 죽이지?"

마녀는 웃으며 말했다.

"무의미한 질문을 하시네요. 아무 이유도 없이 죽이면 안 되나요?"

"질문에 대답해."

목에 닿은 칼날에 조금 힘이 실렸다.

"살해당할 것 같아서, 죽였습니다. 그것뿐이에요. 인간이 죽건 살건 전 아무래도 좋아요. ……이제 만족하시나요?"

"그래."

마녀가 어깨를 으쓱했다.

"……조금은 동정해주시겠어요? 의외로 저는 피해자라고 생각하거든요."

잔뜩 죽이기는 했지만, 이라는 말도 덧붙였다.

"나는 용병이란 말이지. 네가 쾌락 살인자건, 자애로운 성직자건 상관없어. 납득하고 의뢰를 받은 이상 죽일 뿐이지."

지그의 답에 마녀는 진심으로 실망한 듯한 표정을 지었다.

"뭐야. 정말 무의미한 질문이었네요."

"그렇지도 않아."

"그럴까요? 뭐, 그만 됐어요. 자아, 어서 죽이세요."

마녀가 눈을 감고 목을 내밀었다.

삶에 미련도 없나.

지그는 조용히 그 목을 바라보았다.

지금까지 대체 몇 명의 목숨을 빼앗아 왔을까.

자신에게는 그걸 나무랄 권리가 없다.

자신 역시 지금까지 많은 생명을 빼앗아 왔으니.

살기 위해 많은 사람의 목숨을 짓밟고, 양식 삼아 왔다.

그녀와 자신은 다를 게 아무것도 없다.

그저 살기 위해.

오로지 그러기 위해 죽여 왔다.

——그렇기에.

지그는 말없이 쌍인검을 물렀다.

그리고 그대로 등을 돌리고 걸어 나갔다.

"……뭐 하는 거죠?"

한참을 기다려도 마지막 순간이 다가오지 않자, 마녀가 눈을 떴다.

지그는 근처에 있던 부러진 말뚝에 앉아 상처를 치료하기 시작했다.

"보면 모르나. 응급처치다."

"아뇨, 그 정도야 알죠. 저기, 전 그게 끝날 때까지 기다려야 하나요……?"

"할 말이라도 있나? 상관없으니 그대로 말…… 아니, 마침 잘 됐군, 좀 도와."

"네에……?"

마녀는 매우 당황했지만 착실하게도 도왔다.

상처를 씻어내고 붕대를 두르려 하고 있는 지그에게 다가가, 자연스럽게 손을 대고서 술식을 구축한다.

조금 달콤한 냄새가 나더니 은은한 빛이 피어났다.

그 빛에 닿은 상처가 천천히 아물기 시작했다.

"편리하기도 하군."

"그렇게 말해주니 고맙네요. ……그래서, 이유 정도는 말해주시겠죠? 왜 죽이지 않는 거죠? 설마 저에게 정이 든 건 아닐 텐데요."

"저걸 봐."

지그가 가리킨 방향으로 눈을 돌렸다.

침봉처럼 솟아난 말뚝 끄트머리 쪽에 호사스러운 갑옷의 잔해가 보였다.

주인이 누구인지 판별할 수 없을 만큼 망가졌지만 실용성보다 외견을 중시한 갑옷이니, 아마도 주인은 고귀하신 분이었을 거다.

"저게 뭐 어쨌다는 거죠?"

"내 의뢰인. 영주 아들이다."

"그것참, 상심이 크시겠습니다? 제가 죽였지만요."

의도를 알 수 없어 마녀는 고개를 갸웃했다.

"의뢰인이 죽으면 보수를 받을 수가 없잖아. 무보수 노동은 사양하겠어."

"아니아니, 그게 무슨 소리예요! 마녀의 목을 가지고 돌아가면 영주가 보수 정도는 내줄 텐데요?"

지그는 어이가 없어 한숨을 내쉬었다.

당연한 이야기지만 마녀는 인간 세상의 복잡한 관계며 내분 같은 것에 어두운 모양이다.

"상상해 봐라. 소중한 아들에게 병사를 내주고 마녀를 토벌해 오라고 보냈다. 그런데 돌아온 건 어디서 굴러왔는지 모를 말뼈다귀 같은 용병놈 하나. 그 녀석이 '당신 아들과 그 많던 병사들은 모두 죽었다, 증인도 없고 증거라고는 아무도 본 적 없는 마녀의 목뿐이지만 나는 살아남아 마녀를 쓰러뜨렸으니 보수를 줘'——라고 하면, 어떻게 될까?"

"운이 좋으면 교수형, 나쁘면 고문하고 조리돌린 후에 효수하지 않을까요."

"그래서야."

지그는 살기 위해 일로써 죽인다.

보수가 지급될 가능성이 없는 이상, 그것은 일이 아니다.

이 자리에서 마녀를 죽이는 건 자기만족에 불과하다.

따라서 죽이지 않는다.

"……그런, 가요."

지그의 말에 마녀는 생각에 잠긴 듯이 고개를 푹 숙였다.

그것도 모른 채, 치료를 마친 지그는 장비를 확인했다.

너덜너덜해진 장비, 수리에 들 비용, 헛수고로 끝난 이번 의뢰.

이런저런 수입과 지출을 계산하니 눈물이 날 것 같았다.

게다가 당분간은 의뢰를 받을 때도 이 근처는 피해야 한다.

일개 용병의 얼굴을 누가 기억할까 싶지만, 혹시 모를 일이다.

"당신은 그래도 괜찮은 건가요?"

준비를 마친 지그가 앞으로 어떻게 행동해야 할지를 두고 고민하고 있자, 생각을 마친 듯한 마녀가 질문을 던졌다.

"괜찮고 말고 할 게 있나. 의뢰를 받으면 배신하는 것만 빼고 무슨 일이든 하지만, 제 발로 죽을 게 뻔한 보고를 하러 갈 만큼의 충성심은 없어. 부대는 전멸, 마녀 토벌은 실패한 거다."

"아뇨, 마녀 토벌은 성공했어요. 용감한 병사들의 희생으로 인해 마녀는 토멸되어 두 번 다시 모습을 드러내지 않았답니다."

그렇게 모두 행복하게 살았어요.

동화라도 읽듯이 마녀가 말을 이었다.

"……뭔 소리야."

마녀가 당황한 지그를 푸른 눈으로 바라보았다.

"당신에게 저의 호위를 의뢰하겠어요."

"……진심으로 하는 소린가?"

지그가 무의식중에 되물었다.

"물론이죠."

마녀가 가슴을 편 채 답했다.

"왜지?"

의도를 모르겠다.

그런 속마음이 얼굴에 확연하게 떠올랐다.

마녀는 눈을 내리깔고 입에만 미소를 지은 채 그런 지그를 향해 말했다.

"이제, 지쳐버렸거든요. 몇 번을 쫓아내도, 사는 곳을 바꿔도,

언제나 저는 쫓기는 신세죠. 이제 지긋지긋해요."

삶에 지쳐버린, 체념에 가까운 감정이 서린 표정이다.

소녀 같은 모습이기는 하지만, 그 순간 보인 그녀의 표정은 분명 오랜 세월을 살아온 마녀의 그것이었다.

지그는 가만히 그녀의 말에 귀를 기울였다.

마녀는 다시 그 푸른 눈으로 지그를 바라보았다.

"그러니 저를, 누구에게도 쫓기지 않을 장소까지 데려가 주세요."

구체적인 내용이 하나도 없고 막연한, 하지만 가슴 속 깊은 곳에서 쥐어짜낸 듯한 말이다.

그녀의 얼굴을 보았다.

지그는 그 표정을 알았다.

더 이상 물러설 곳이 없는 자의, 벼랑 끝에 몰려 삶을 포기하기 직전의 표정이다.

그 뒷모습을 배웅하기는 쉬워도 만류하려면 상응하는 각오가 필요하다는 사실을 그는 알았다.

그렇기에——.

"미안하지만 네 사정에는 관심 없다."

"······윽."

마녀가 뭐라 말하려 한다.

흘러넘치려는 말을 간신히 집어삼킨 후, 마녀는 고개를 숙였다.

"······그렇, 겠죠. 미안해요, 갑자기 이런 소리를 해서."

고개를 든 마녀는 쓸쓸한 미소를 띠고 있었다.

"아하하…… 누군가와 대화하는 게 정말 오랜만이라, 저도 모르게 말이 많아졌네요. 잊어주세요."

메마른 웃음소리가 허무하게 울린다.

자신이 제대로 웃지 못하고 있다는 걸 알아챘는지 다시 고개를 숙였다.

"나는 용병이다."

"……네."

"돈만 주면 어떤 의뢰든 받고, 살인도 마다하지 않는 부류의 인간이지. 그러니——."

지그는 마녀를 보았다.

아직 고개를 숙이고 있다.

"내가 관심 있는 건 네가, 의뢰에 걸맞은 보수를 지불할 수 있는가 하는 것뿐이다."

"어?!"

마녀가 고개를 들어 지그를 보았다.

——그래, 나는 용병이다.

돈만 주면 어떠한 성가신 의뢰든 받아주지.

그 뒷모습을 배웅할 수밖에 없었던, 미숙했던 그 무렵과는 다르다.

"지불할 수 있나?"

"내, 낼 수 있어요! 낼 수 있고말고요!"

마녀는 허둥지둥 옷을 마구 뒤지기 시작했다.

잠시 후, 목적했던 물건을 찾았는지 웬 보석을 지그에게 내밀었다.

"일단 선금은 이 정도면 될까요?"

마녀의 손바닥에는 어린애의 주먹 정도 되는 크기의 붉은 보석이 얹어져 있었다.

짙은 붉은색이 보기 좋은 보석이었다.

"흠."

"어때요, 근사하죠?"

마녀가 자랑스럽게 말했다.

"아니, 모르겠군."

"에엑……?"

"보석 감정 같은 걸 할 줄 알았다면 용병 짓 따위를 할 리가 없지."

"그야 그렇지만요……."

어지간히도 자신이 있는 물건이었는지 불만스러운 투였다.

"그렇게 좋은 물건인가? 팔면 얼마나 되지?"

"글쎄요?"

"이봐."

"인간이 매기는 값을 마녀가 알 리가 없잖아요."

"그도 그렇군. 그나저나 난감하게 됐어."

그럭저럭 큰돈이 되기야 하겠지만 앞으로 들 비용을 생각하면 충분하다고는 못 할 것 같다.

이거 어쩐다, 하고 머리를 쥐어짜던 참에 알아챘다.

"조금 전에 이건 선금이라고 했지. 보석은 더 있다는 건가?"

마녀는 지그의 질문에 고개를 끄덕였다.

"네. 비슷한 물건이 세 개 정도 더 있어요. ……부족한가요?"

"그렇지는 않지만, 의뢰비 쪽은 나중에 자세히 따지도록 하지. 세 개라…… 가능할 것 같군."

"……?"

지그가 고개를 갸웃하는 마녀를 타이르듯이 말했다.

"잘 들어. 단언컨대 이 대륙에서 마녀가 쫓겨 다니지 않을 장소 같은 건 없어."

"……그렇겠죠."

마녀의 표정이 어두워졌다.

신비가 사라진 이 대륙에서 두려움의 대상이 되고 있는 것은 마녀뿐이다.

그 공포에 대한 적개심 또한 심상치 않다.

모든 나라가 타국에게 얕보이지 않으려고 전승 따위 두려워할 것 없다는 자세를 내보이며 적극적으로 마녀 토벌에 임하고 있다.

사기 고양을 위해 마녀로 몰린 자, 누명을 쓰고 마녀사냥을 당한 자는 이루 헤아릴 수 없을 정도다.

"이 대륙은 오랫동안 전쟁이 계속되고 있지. 피부색, 언어 차이, 문화 차이…… 자신들과 조금이라도 다른 것을 없애고 싶어 안달이 났어."

"어리석네요. 정말이지, 몇 년이 지나도 바뀌질 않아요."

마녀가 먼눈을 하고서 말했다.

그녀는 오랜 세월을 살았다.

인간들의 그러한 모습을 계속 보아왔으리라.

지그가 자조 섞인 미소를 지은 채 말했다.

"그걸로 벌어먹고 사는 우리는, 기생충이나 다름이 없나."

"앗! 아뇨, 그렇다는 건……."

"됐어, 다 알고 선택한 길이다. ……본론으로 돌아가지. 요컨대 마녀라는 엄청난 이물(異物)을 달갑게 여길 장소는 이 땅에 없다는 거다. 그렇다면 여기서 나갈 수밖에."

"……설마."

지그의 의도를 알아챈 마녀는 놀란 눈치다.

"그래. ──이대륙(異大陸)으로 건너가는 거다."

이전부터 존재한다는 것은 알려 있었지만 파도가 심하고 해류를 예상하기 어려워 아무도 도달하지 못한 또 하나의 대륙.

최근 들어 겨우 해류에 대한 조사가 끝나 그를 견딜 수 있는 배가 고안, 생산되었다.

현재는 배의 양산도 끝나, 앞으로 조사대를 본격적으로 파견할 예정이다.

"그 해역은 현재의 조선 기술로는 건널 수 없는 것 아니었나요?"

"……넌 대체 몇 년 전 이야기를 하는 거냐."

"어, 몇 년 전이었지? 1, 2, 3, 4……."

손가락을 접어가며 헤아리는 마녀를, 지그는 한숨을 내쉬며 쳐다보았다.

수명이 다르다고 시간 감각까지 이렇게 다를 줄이야…….

그가 어릴 적에 '가까운 미래에, 이대륙으로의 항해가 가능해질 거다'라는 대대적인 발표가 이루어지고서 어느덧 20년 남짓이나 지났다.

대체 이 마녀는 몇 살일까, 라는 의문을 속으로 삭이며 지그가 계획을 입 밖에 냈다.

"조만간 조사대가 이대륙으로 출발한다. 거기 숨어들지."

"그런 게 가능한가요?"

"돈은 들지만 불가능하지는 않아."

애초에 조사단에는 외부인이 많다.

늘 타국의 침략을 염두에 두어야 하는 상황인 탓에 나라의 주도로 조사를 하기는 어렵다.

그러므로 각국의 상인들이 힘을 합쳐 금전을 모아 위험 요소를 경감시키고, 새로운 판로를 열자는 것이 주된 목적이었다.

각국은 그에 편승하는 모양새로 조사단에 인원을 보내 적국의 동향을 조사하고 이대륙에서 이익을 얻을 수 있을지 계산할 속셈이다.

서로를 견제해야 하는 탓에 인원을 많이 할애할 수도 없고, 아예 무시하자니 대륙에는 너무도 큰 가능성이 잠재해 있다.

"지금 그곳은 아주 어수선해. 숨어들기에는 절호의 기회지."

"……."

마녀는 생각에 잠겼다.

무리도 아니다.

이대륙에서 마녀가 박해당하고 있을 가능성이 없다고는 단언할 수 없다.

애초에 무엇이 있을지 모른다.

쫓겨 다니는 것보다 위험한 일이 일어날 가능성은 충분히 있다.

하지만, 그렇다 해도.

"모두에게 부정당하고 쫓겨 다닐 바에는, 차라리 미지로 뛰어드는 게…… 나을지도 모르겠네요."

마녀는 대담한 미소를 지어 보이며 그렇게 말했다.

조금 전까지 모든 것을 체념하려 했던 기색은 얼굴 그 어디서도 찾아볼 수 없었다.

"그런데 괜찮으시겠어요? 그렇게 쉽게 돌아오지는 못할 텐데, 그런 곳까지 따라오셔도."

"상관없어, 그게 일이니까. 게다가 어딜 가나 다를 게 없는 전장은 이제 넌더리가 나."

사람을 죽이는 데 망설임은 없지만, 딱히 좋은 것도 아니다.

칼을 휘둘러야만 살 수 있었고, 이제 와서 다른 삶의 방식을 고를 수도 없었던 것뿐이다.

"그럼 다시 한번 잘 부탁드리겠어요. 으음……."

그러고 보니 아직 이름조차 말하지 않았다.

쓴웃음을 지으며 손을 내밀었다.

"지그다. 지그 크레인."

마녀는 어째서인지 놀란 눈을 하고서 손을 쳐다보았다.

그러더니 잠시 후 쭈뼛거리며 손을 내밀어, 무언가를 확인하듯이 단단히 잡았다.

"잘 부탁해요, 지그 씨."

마녀는 그 손의 온기를 느끼고 눈웃음을 지었다.

"저는 시어셔. 시어셔라고 불러주세요."

이틀 정도 마차를 갈아타며 달려서.

지그 일행은 조사단에 숨어들기 위해 에스티나라는 나라에 와 있었다.

바다에 면한 이 나라는 무역, 어업이 발달해 늘 많은 배가 드나들고 있다.

"이거 정말…… 대단하네요."

그중에서도 유달리 크고 튼튼해 보이는 배를 보고 시어셔가 감탄해서 말했다.

"저게 그 조사선이다. 조사단의 주요 인물들은 저기 타고 있지. 우리가 숨어들 건 저쪽에 있는 외부인용 배야."

옆에 있는 조금 작은 배를 가리키며 말했다.

마녀는 그걸 보더니 눈을 가늘게 떴다.

"작아서 불만인가?"

"제가 무슨 어린애인가요……. 그게 아니고."

마녀는 고개를 가로젓더니 울적한 눈빛으로 말했다.

"이렇게 대단한 기술이 있는데, 인간은 어째서 싸우는 데에만 에너지를 쓰려 하는 걸까 해서요."

"무언가를 성취하는 것보다, 해낸 녀석에게서 빼앗는 게 더 편하니까. 거기서부터 시작되는 전쟁도 널리고 널렸지."

"삭막하네요."

"탐욕스럽게 기술 혁신을 하려는 녀석이 있는가 하면, 탐욕스럽게 빼앗으려 드는 녀석도 있는 법이야."

"방향성은 달라도 탐욕스러운 인간이 시대를 움직이는 거군요."

"그런 거다. ……마을에 들어가면 숙소를 잡지. 그리고 나면 배여행 준비를 한다."

"네."

식량과 야영 도구 등 필요한 것은 산더미처럼 많다.

지그도 장비가 너덜너덜해져서 새로 살 필요가 있었다.

조사단 관련으로 너무 많은 사람들이 들락거려서 숙소를 잡는데 꽤나 고생을 했다.

간신히 빈 방을 찾았지만 그럭저럭 고급 숙소였던 데다 이 소동 때문에 특별 가격이라는 명목으로 상당한 금액을 뜯기고 말았다.

"2, 2인실이, 1박에 13만이라고……?"

"지그 씨 참아요, 참아."

지갑에 막대한 타격을 입고 부들부들 떨고 있는 지그를 시어셔가 다독였다.

마녀를 상대로 물러서지 않고 그렇게나 격하게 칼을 휘둘렀던 남자가 마치 신병처럼 몸을 떨고 있다.

시어셔는 그 격차에 자신도 모르게 웃고 말았다.

회복할 때까지 다소 시간이 걸리기는 했지만, 지그는 마음을 다잡고 필요한 물건들을 정리했다.

"이 정도면 될까요. 자아, 필요한 것들을 사러 가죠."

"아니, 그 전에 환금부터 하지. 돈이 없어."

"네네네."

보석을 환금하지 않으면 쓸 돈이 없어서 두 사람은 보석상으로 향했다.

상인들의 출입도 많은 덕에 그럭저럭 규모가 큰 보석상을 찾을 수 있었다.

가게에 들어서기 전에 지그가 한 걸음 물러나 시어셔의 뒤로 돌아들었다.

"왜 그러세요?"

"환금은 네가 해."

"네에?! 저는 그런 경험이 전혀 없는데요……?"

"용병이 갑자기 보석을 몇 개나 가져가면 어떻게 될까. 장물인 줄 알고 곧장 철장 신세를 지게 될 걸. 괜찮아. 그럭저럭 규모가 있는 가게는 그렇게까지 등쳐먹으려 들지는 않으니. 가게의 품위와 품평이 걸린 일이니까. 게다가 녀석들은 보석뿐 아니라 손님도 본다."

"손님, 말인가요?"

"사람의 행동거지에서는 신분이나 품격이 묻어나는 법이지. 그게 느껴지는 손님은 단골손님으로 삼고 싶어지기 마련……이라더군."

"잠깐만요! 마지막에 가서 불안하게 그런 소릴 하면 어떡해요!"

"예전에 술자리에서 상인에게 들었던 이야기니까. 뭐, 아주 틀린 말은 아니지 않을까? ……아마도."

계속해서 툴툴 불평을 해대는 시어셔의 등을 밀어 가게에 들어섰다.

조용한 가게에 들어간 두 사람에게 시선이 집중되었다.

호위로 보이는 지그에게는 관심을 보이기는커녕 돌멩이를 보듯 무시했다.

모든 시선은 아름다운 검은 머리에 단정한 얼굴을 지닌 시어셔에게 집중되었다.

많은 사람의 시선에 시어셔는 겁이 났다.

"저 녀석들은 적이라고 생각해. 마녀로서 대해. 너무 심하게는 말고."

"……네."

시어셔는 눈을 감은 채 심호흡을 한 번 하더니, 천천히 눈을 떴다.

순간, 공기의 질이 바뀌었다.

그렇게 느껴질 정도의 분위기 변화에, 가게 안의 온도가 내려간 듯한 착각마저 들었다.

점원과 손님, 모두가 매력적인 미소를 띤 시어셔에게서 눈을 떼질 못했다.

"……오늘은 어떤 용건으로 오셨는지요."

하지만 그들 역시 프로.

한 점원이 살의는 없다지만 마녀의 위압을 이겨내고 접객할 태세를 갖추었다.

"매입해주셨으면 하는 물건이 있습니다."

직업의식이 투철한 상인의 모습에 감탄하며 시어셔가 자연스럽게 보석을 꺼냈다.

"팔러 오셨군요. 확인해 보겠습니다."

각 보석의 사이즈, 광택에 내심 놀랐지만 점원은 조금도 내색하지 않고 트레이로 받아 안으로 물러갔다.

얼마쯤 지나 돌아온 점원이 금액을 제시했다.

"아주 상태가 좋으니 모두 매입하고자 합니다. 300만 오스는 어떠십니까?"

"……윽."

예상을 까마득히 넘어선 금액에 지그는 동요한 걸 숨기느라 애를 먹었다.

"그럼 그렇게 하죠."

시세를 모르는 시어셔는 안색 하나 바꾸지 않고 결정했다.

그러한 태도도 그녀의 불가사의한 분위기를 두드러지게 했다.

행동거지, 미모, 금전 감각.

아무리 봐도 고귀한 신분의 인간이다.

가게에 있는 모든 이가 그렇게 믿어 의심치 않았다.

거래를 마치고 가게를 나선다.

시어셔가 한숨을 내쉬더니 기지개를 켰다.

"흐이~ 어깨가 다 결리네. 어땠나요?"

"잘했다. 좋은 물건인 줄은 알았지만 그만한 값이 붙을 줄은 몰랐는데."

생각지 못한 수확에 지그의 얼굴에도 미소가 걸렸다.

숙소에서 뜯긴 금액도 300만 오스 앞에서는 새발의 피다.

하나는 환금하지 않고 여차할 때를 위해 남겨두었지만 경비를 포함시켜도 충분한 액수다.

"참고로 어느 정도의 금액인가요?"

"글쎄…… 일반적인 병사가 먹지도 마시지도 않고 1년 동안 일해야 받을 수 있는 게 대충 300만 오스 정도지. 같은 액수를 모으려면 절약하며 지내도 4, 5년은 걸릴 테고."

"오~ 멋지네요. 그럼 선금으로는 충분하겠죠?"

짝짝 손뼉을 치며 말하는 시어셔를 보고 지그는 웃으며 들뜬 투로 말했다.

"무슨 소리, 선금은 물론이고 극진하게 모셔도 부족할 정도의 금액이라고."

"아뇨, 선금으로 해요."

"……뭐라고?"

들떠 있던 지그는 그 즉시 의아한 표정을 지었다.

너무 많은 보수에 위기감을 느끼는 것은 이 업계에서 일하는 이에게 당연한 반응이었다.

"너, 얼마나 부려먹을 셈이지?"

"저쪽에 도착한 후에도 당신에게 호위와 지도역을 부탁하고 싶거든요."

"지도역?"

시어셔는 걸음을 옮기며 주변을 둘러보았다.

"이곳에 오고서도 생각한 거지만, 저는 세상 물정을 너무 몰라요. 저 노점에서 팔고 있는 음식이 무엇인지도, 어떻게 하면 살 수 있는지도 모르니까요."

저거 먹고 싶어요, 라면서 시어셔가 가리킨 노점에서는 닭고기 꼬치구이를 팔고 있었다.

"주인장, 두 개 줘. 마실 것도 적당히 챙겨주고."

"알겠습니다."

지그는 곧장 음식을 건네받아 걸으면서 먹었다.

꼬치를 들고 어떻게 먹어야 하나 고민 중인 그녀에게 시범을 보이듯이 베어 문다.

그를 흉내 내어 고상하게 먹더니, 그 맛에 미소를 지은 채 시어셔가 말을 이었다.

"요컨대 제가 일반 상식을 익힐 때까지 이것저것 알려주셨으면 해요."

"그런 소릴 한들 나도 모르는 장소로 가는 건데."

"그래도 저보다는 훨씬 낫겠죠."

"그야 그렇겠지. 하지만 그렇다면 현지 가이드를 쓰는 게 좋지 않을까."

"신용 문제예요."

시어셔가 과실수를 마셨다.

신맛이 나는 그것은 식후에 입가심을 하는 데 제격이었다.

"신용이라…… 내가 그렇게까지 믿을 만한 짓을 했던가?"

"적어도 의뢰라면, 마녀의 것이라도 받을 만큼 돈을 좋아한다는 건 알겠어요. 제가 좋은 돈줄인 동안에는 마음 놓고 믿어도 되겠죠."

"과연, 확실히 돈이라면 환장을 하지."

납득한 지그의 표정을 보고 시어서는 만족스럽게 고개를 끄덕였다.

"의뢰비는 매번 필요한 만큼 어느 정도씩 지불할게요. 이건 필요 경비를 포함한 선금으로 받아두세요."

"그러도록 하지."

묵직한 주머니를 받아들었다.

"받은 돈만큼은 일해주지."

"기대할게요."

†

대장간에 장비 수리를 부탁하고 필요한 잡화류를 모두 구입하고 나니 해가 저물고 있었다.

점심을 꼬치구이로 때운 탓에 배가 소리 내어 불평을 했다.

"저녁을 먹을까요."

"마침 마지막 용건은 식당에서 만나서 보기로 했어. 그게 끝나면 식사하지."

얼마간 걸어 큼직한 레스토랑에 들어갔다.

차분한 내부 장식과 분위기를 통해 그곳이 고급스러운 가게임을 알 수 있었다.

"의외네요, 이렇게 비싸 보이는 가게도 다 아시다니."

시어셔가 주변을 두리번거리고 있다.

"일하면서 교섭할 때 쓰기도 하니까. 위에는 개인실도 있어서 비밀로 하고 싶은 이야기는 그곳에서 하지."

점원에게 이름을 말하고 만나기로 한 사람이 있다고 전했다.

그러자 점원은 2층 안쪽에 위치한 방으로 안내했다.

안에 들어가자 작은 몸집의 남자가 기다리고 있었다.

말끔한 차림새를 하고 있는 데도 어쩐지 수상쩍은 분위기를 풍기는 남자였다.

"여어, 지그. 아직 살아있었냐."

"그쪽이야말로 여전하군."

두 사람은 친근하게 인사를 나누더니 자리에 앉자마자 짓궂은 말을 주고받았다.

"이 녀석은 코사크. 정보원이다."

지그 옆에 앉은 시어셔에게 남자를 소개했다.

시어셔는 미소를 띤 채 고개를 숙였다.

"잘 부탁드려요."

"어엉, 잘 부탁해. ……이것 봐, 지그, 이 미녀는 뭐냐. 네 여자냐?"

"그럴 리가 있냐. 의뢰인이야."

"그렇겠지. 넌 정말 여자들이랑 노는 법을 배울 필요가 있다니까."

"돈 아까워."

"이렇다니깐."

어이가 없다는 듯이 코사크가 시어셔를 쳐다보았다.

어떻게 대응하면 좋을지 몰라 애매한 미소를 짓고 있는 그녀를 내버려둔 채, 지그는 일 이야기를 꺼냈다.

"부탁했던 것 말인데, 가능할까."

"그야 뭐, 가능이야 하지만……. 꽤 많이 든다?"

"상관없어."

순간, 코사크가 떨떠름한 표정을 지었다.

"……진짜로 가게? 이 여자한테는 미안하지만, 너라면 좋은 조건으로 써줄 용병단은 썩어나잖아. 지금이라도 소개해줄까."

"집단행동이 싫어."

쌀쌀맞게 거절했다.

코사크도 예상했는지 그다지 아쉬워하는 눈치는 아니었다.

그는 두 개의 팔찌를 꺼내 지그에게 건넸다.

집어서 보니 명백하게 양산품이 아니라, 독특한 모양새를 하고 있었다.

"뭐 알겠어, 네가 정한 일이니까. 배는 닷새 후에 뜬다. 젊은 연구가랑 그 호위라고 이야기를 해두지. 이게 승차권 대용이야. 당일에 왼팔에 차고 가."

"고맙다."

감사인사를 하며 팔찌를 보고 있자, 코사크가 문득 생각났다는 듯이 입을 열었다.

"선견대에도 용병이 몇 있는데, 그 녀석들한테 일이 끝나는 대로 나한테 얼굴 좀 비치라고 말해줄래?"

"······아는 상대인가?"

"보면 알아."

"뭐, 만나면 전해주지."

그래도 상관없다며 코사크는 고개를 끄덕였다.

두 사람이 팔찌를 집어넣자 그가 점원을 불렀다.

"일 얘기는 끝이야. 오랜만에 만났으니 한잔하자. 아가씨는 술
좀 할 줄 아나?"

"남들만큼은요."

점원이 요리를 가져와 테이블에 늘어놓았다.

"······저기, 이거 다 먹을 수 있나요?"

"응? 이 정도는 많은 것도 아니잖아."

너무도 많은 요리들이 차례차례 나와서 시어셔는 저절로 표정
이 뻣뻣해졌다.

"아가씨도 이 녀석이 무식하게 힘쓰는 거 본 적 있지? 그 힘이
랑 비례하게 먹어."

"아~ 그렇군요······. 이렇게 많이 먹고도 살찌지 않는 이유는
그건가요."

납득한 시어셔는 아랑곳하지 않고 지그는 요리를 먹어치워 나
갔다.

그 옆에서 고상하게 조금씩 먹는 그녀의 모습이 너무도 대조적
이라 코사크는 웃음을 참을 수가 없었다.

그렇게 얼마 동안은 근황 보고며 잡담을 즐겼다.

그러던 중, 요리를 안주 삼아 술을 들이켜던 코사크가 한숨을

내쉬었다.

"너답지 않군, 한숨을 다 쉬고."

"얼마 전에 네 소문이 돌더라."

"호오, 어떤 소문이지?"

술로 음식을 목구멍으로 넘긴 지그가 한숨을 돌리며 코사크를 쳐다보았다.

"네가 죽었을지도 모른다는 소문."

"처음 듣는군."

짚이는 바는 있다.

하지만 지그는 모르는 척 뒷내용을 재촉했다.

"얼마 전에 옆나라에서 영주 아들이 마녀 사냥을 하겠다고 해서 난리가 났거든. 사병만으로는 부족하대서 용병들도 모집했지. 그 중에 네가 있었다더라."

"잘도 조사했군, 역시 정보상이야."

"그렇게 눈에 띄는 무기를 짊어지고 다니면 초짜라도 알아낼 수 있을 걸. 결과적으로는 성공이었지만, 희생자가 상당히 많이 나왔어. 멀쩡한 시체는 하나도 없어서 아주 처참한 광경이었다더라. 영주의 장남과 병사는 전멸, 용병도 도망친 녀석들을 제외하면 생존자는 없다고 하고. 그럭저럭 유명한 용병단이 둘이나 괴멸했다고. ……뭐, 그래도 그 침묵의 마녀를 쓰러뜨렸으니 충분한 전과라 할 수 있지만."

"침묵의 마녀?"

곁눈질로 시어셔를 흘끔 쳐다보았지만, 당사자는 시치미를 뚝

떼고 있었다.

"……너는 그런 것도 모르고 참가했냐?"

어이없어하면서도 코사크가 설명해주었다.

"전부 다 그렇지는 않지만, 마녀란 녀석들은 기본적으로 호전적이야. 자기 영역에 발을 들이기만 해도 공격해오는데, 아예 토벌을 하러 가면 어떨까. 뿌리를 뽑을 기세로 반격해 온다고. 그런데 이 마녀는 그렇지가 않아. 자기 영역에 들어오면 위협은 해도 굳이 공격해오지는 않았고, 과거에 몇 번인가 토벌대가 전멸하기는 했어도 추가 보복을 하러 나타난 적은 없어. 그래서 붙은 이명이——."

"침묵의 마녀."

"옛날에는 더 동쪽에 있었다더라. 마녀 중에서도 손에 꼽는 전투력을 지녔다는데, 적극적으로 적대 행동을 하지 않는 한 저쪽에서 공격해오지는 않아서 위험도는 그렇게까지 높지 않았어. 그래서 현왕(現王)이 즉위한 뒤로는 손을 대는 걸 금했다지. 그런데 말이야."

그는 목소리 톤을 약간 낮췄다.

"어느 바보 아들내미가 부모한테 점수 좀 따보겠다고 손을 대 버린 거야. 결과적으로는 성공했지만 마녀의 시체는 발견되지 않아서, 잔뜩 화가 난 윗분들이 조만간 뭔가 벌을 내릴 거라더라."

(아들이 죽고, 나라로부터 벌까지 받을 거라니 엎친 데 덮친 격이군.)

아들 관리를 똑바로 하지 않았으니 자업자득이기는 해도 가엾은 영주에게 조금 동정심이 들었다.

"본론으로 돌아와서. 그런 사태가 벌어졌는데 넌 왜 아무렇지도 않게 살아있냐?"

"네 입으로 말했을 텐데. 도망친 용병들을 제외하면 생존자는 없다고."

코사크는 코웃음을 치더니 술잔을 비웠다.

그럭저럭 마셨을 텐데도 정보상의 눈에서는 날카로운 눈빛이 가시지 않았다.

"헛소리. 네가 상대가 마녀라고 도망칠 인간이냐. ……뭘 숨기고 있냐."

"글쎄, 모르겠군."

지그의 표정은 꿈쩍도 안 했다.

그를 통해 무언가를 읽어내기는 어렵다.

코사크는 시선을 시어셔에게로 옮겼다.

식후에 나온 차를 마시고 있던 그녀는 시선을 느끼고는 미소를 지은 채 고개를 갸웃했다.

무언가를 숨기고 있는 듯한 위화감은 안 느껴진다.

명색이 암흑세계의 인간인 그의 험악한 시선을 받고 있는데도.

그 점에서 위화감을 느낀 그는 더욱 주의를 기울여 시어셔를 바라보았다.

평범한 인간이라면 정말 숨기는 게 없다 해도 뭔가 반응을 할 것이다.

적어도 평범한 귀한 집 따님이라면 아무 반응도 하지 않을 수는 없을 거다.

시어셔는 미소를 머금은 채 코사크와 마주 보았다.

그는 빨려들 듯한 푸른 눈동자 속에 있는 걸 들여다보려 했다.

이상하다.

눈을 보고 있을 뿐인데 오싹한 감각이 가시질 않는다.

위기감이라고 해야 할까.

그 본인도 위험한 상황을 숱하게 겪어 왔다.

그러한 상황과 비슷하지만, 그 이상의 무언가가 느껴진다.

행동거지로 미루어 운동신경은 나쁘지 않을 것 같지만 일반인
이다.

뭔가 호신술을 익힌 것처럼 보이지도 않는데.

(내가 겁을 먹은 건가? 이런 계집한테?)

문득, 자신이 했던 말이 떠올랐다.

마녀의 시체는, 발견되지 않았다.

"설마——."

메마른 소리가 울렸다.

손이 있는 곳을 보니 나무 그릇에 구멍이 뚫렸다.

그 구멍으로 술이 다 새어나가고 나서 보니, 바닥에 은화 한 닢
이 있었다.

지탄(指彈)이다.

그것도 잘못 맞으면 충분히 치명상이 될 수도 있을 만큼 위력

적인.

"그쯤 해둬."

그는 무기도 들지 않고, 의자에 기대어 앉은 자세로 별일 아니라는 듯이 말했다.

"상황에 따라서는, 널 베어야 해."

그 말에 코사크는 모든 것을 깨달았다.

아직 살기조차 내뿜지 않았음에도 코사크의 등줄기는 얼어붙은 듯 뻣뻣해져 있었다.

그럼에도 억지로 목소리를 쥐어짜냈다.

"너, 제정신이냐?"

쉰 듯한 목소리로 간신히 말을 자아내 묻자 지그는 웃었다.

"너한테 제정신이냐는 소릴 들은 게, 몇 번째일까."

"……네가 무모한 짓을 할 때마다 그러는 내 입장은 어떨 것 같냐. 하지만 이번에는 정말 진심이야."

"내 답은 안 바뀌어. 돈만 주면 뭐든 한다."

"……그러셔?"

코사크는 욕지거리라도 하듯 말하더니 털썩 앉았다.

술을 따르려다가 잔에 구멍이 뚫렸다는 걸 깨닫고는 혀를 차고서 병에 직접 입을 대고 마셨다.

병을 비웠을 즈음에는 경직된 얼굴도 원래대로 돌아와 있었다.

"의뢰비 말인데, 이것저것 합쳐서 200만 오스다."

"……더 안 따지고?"

"네 목숨이니 네가 알아서 해."

——이전에 제정신이냐고 물었을 때도 결국은 같은 말을 했었지.

지그는 눈웃음을 지은 채 고개를 숙였다.

"미안하다, 그리고 고맙다. 덤을 얹어달라고 할 처지는 아니지만 내가 죽었다는 소문을 퍼뜨려줘."

"그래그래, 그것도 의뢰비에 포함된 걸로 해주지."

"고맙다."

"나한테 빚진 거야."

"그래."

금화가 든 가죽 주머니를 놓고 일어났다.

"신세 많이 졌다, 또 보지."

시어셔가 고개 숙여 인사한 후 지그의 뒤를 따랐다.

"하나만 묻자. 너…… 이겼냐?"

문손잡이를 잡은 채 지그가 멈췄다.

"——난 여기 있다."

그렇게 등을 돌린 채 답하고는 돌아보지 않고 방을 나섰다.

†

5일 후 출항 당일.

당초에 걱정했던 것과 같은 문제는 전혀 일어나지 않아, 맥이 빠질 만큼 쉽게 승선할 수 있었다.

두 사람은 들켰을 때를 위한 도주 루트며 차선책을 마련해 두었던 것이 헛수고가 되어 다행이라며 안도했다.

배는 순조롭게 항해했다.

본래 이 해역은 해류가 빠르다. 물결이 꼭 소용돌이치듯이 날 뛴다.

하지만 특정 시기가 되면 해류가 잔잔해진다고 한다.

그럼에도 평범한 배로는 항해하기 어려워 전용 선박을 준비할 필요가 있었다.

배에서 모은 정보를 요약하자면 그러했다.

"그리고 정말 중요한 이대륙의 정보는…… 거의 없더군."

"어, 무슨 뜻인가요?"

뱃여행을 시작한지도 어언 이틀.

두 사람은 선실에서 정보를 정리해, 어렴풋이나마 향후의 방침을 세우려 하고 있었다.

그러던 중에 지그가 한 말에 시어셔가 고개를 갸웃했다.

"선견대는 벌써 도착했잖아요? 그런데 정보가 없다는 건……."

"아무래도 앞서 간 배와 연락을 취하지 못했던 모양이야."

본대(本隊)보다 앞서 출발한 배가 접안(接岸)해서 진지를 설치할 장소를 찾아볼 계획이었다.

"전서구를 포식하는 생물이라도 있는 건가."

무슨 일이 일어날지 알 수 없는 장소라 최대한 정보를 입수해 두고 싶었건만.

"없는 걸 어쩌겠어요. 그보다 저는 지그 씨에게 묻고 싶었던 게 있어요."

침대에 드러누운 채 시어셔는 지그에게 호기심이 담긴 시선을 던졌다.

"이전에 싸웠을 때 저의 술식을 예상했었죠? 그건 어떻게 한 거예요?"

"아~ 그것 말이군······."

"아, 말하기 싫으면 억지로 말하지 않아도 돼요. 손에 든 카드를 숨기고 싶은 건 싸우는 사람에게 당연한 심리니까요."

잠시 생각하다가 이야기하기로 결심했다.

"상관은 없지만, 사실은 나도 잘 몰라. ······냄새가 난다고 하면 알겠나?"

지그 본인도 자세히는 모르는 감각이지만, 마녀인 그녀라면 짚이는 바가 있지 않을까 싶어서 물었다.

"냄새, 라고요?"

"그래. 공격 계열 술식의 전에는 자극적인 냄새가, 요전에 상처를 치료하는 술식을 썼을 때는 달콤한 냄새가 났다."

시어셔는 눈살을 찌푸린 채 신음소리를 냈다.

"으~음······ 그거 말고 다른 특징은 없었나요?"

"다른······ 아아. 그 침봉 같은 공격을 하기 전에는 유달리 강렬한 냄새가 났지."

"이건 추측인데요."

어디까지나 추측이라고 못을 박아두고서 시어셔는 말하기 시작했다.

"마력이란 건 그 상태 그대로 사용하는 게 아니거든요."

"마력이란 게 뭐지?"

"그것부터 설명해야 하나요…… 간단히 말하자면 마술의 연료예요."

시어셔는 선생님처럼 설명했다.

어쩐지 즐거워 보이는 걸 보면, 설명하는 걸 좋아하는 걸지도 모르겠다.

"마술을 발동하려면 몇 가지 공정이 필요해요. 첫 번째는 마력을 퍼 올리는 것. 우물에서 들통으로 물을 퍼 올리는 걸 상상해 보세요."

시어셔는 그렇게 말하며 손가락을 펴 보였다.

"두 번째는 지향성을 부여하는 거예요."

"지향성?"

"용도에 맞는 성질을 부여하는 거예요. 공격에 사용할지, 방어에 사용할지…… 한 번 부여한 지향성은 변경할 수 없고, 공격용을 방어에 사용할 수도 없어요.

세 번째는 지향성을 부여한 마력에 형태를 부여하는 것, 이걸 술식을 구축한다고 해요. 수인(手印)을 맺거나 영창을 하거나, 방법은 여러 가지지만요."

지그는 설명을 들으며 생각에 잠겼다.

"이게 마술의 공정이에요. 아마도 지그 씨는 마술에 지향성을 부여할 때 마력 반응을 냄새로 감지하고 있는 걸로 추측돼요."

"추측된다라…… 그렇다면 너도."

"네, 몰라요."

유감이라는 듯이 시어셔가 다리를 달랑달랑 흔들었다.

흔들리는 하얀 다리를 바라보며 지그가 물었다.

"어째서지?"

"마력은 저희에게 있는 게 당연한 거거든요. 날 때부터 있는 거라 일일이 인식하지 않는 거겠죠. 그리고 아마도 평범한 후각과는 다른 걸 거예요."

"듣고 보니 그렇군, 코로 맡았다기보다는 머리로 느낀 듯한 냄새였으니까."

시어셔와의 전투를 떠올렸다.

실제로 후각을 사용했다면 마술이 발생하리라는 걸 훨씬 늦게 알아챘을 거다.

풍향에 따라서는 못 알아챘어도 이상할 게 없다.

"음? 그러면 나 말고 다른 녀석들도 냄새를 알아채기는 했을 것 아냐."

"알아챘을걸요? 지금 생각해 보니 제가 술식을 날리기 전에 술렁거리기도 했으니까요. 그때는 생명의 위기라는 걸 알아채기라도 한 건가 했지만요."

"그런데 왜 피하지 않은 거지……? 아니, 곧장 연관 짓는 건 무리인가."

머리에 떠오른 생각을 그 즉시 부정했다.

"그렇겠죠. 그 연관성을 알아채기 전에 대부분 죽었으니까요. 만약 알아챘어도 그렇게 쉽게 피하지는 못했을 테고요."

"그렇군. 나도 하나 물어봐도 되나?"

지그의 질문에 시어셔는 침대에서 내려와 마주 앉았다.

"뭔데요, 뭔데요?"

"……왜 그렇게 신이 난 거지?"

묘하게 기뻐 보이는 그녀에게 자신도 모르게 묻고 말았다.

"누가 저에 관해 묻는 게 처음이거든요. 그게 어쩐지 기뻐서……."

수줍은 듯 웃는 그녀를 보고 있자니 무의식중에 입가에 미소가 떠올랐다.

그걸 손으로 가리며 아무렇지도 않은 척 이야기했다.

"너는 불을 내뿜거나 홍수를 일으키거나 하는 술식을 사용하지 않았지. 그 이유는 뭐지?"

마녀에 관한 소문은 죄다 홍수로 도시를 휩쓸었느니, 불바다로 만들었느니 하는 것들뿐이었다.

시어셔는 쓴웃음을 지은 채 얼굴 앞에서 손을 내저었다.

"그건 살짝 소문이 과장된 거예요. 마녀 한 사람에게 그만한 힘은 없어요. 사용하는 술식이 편향되어 있는 건 속성 때문이고요."

"속성?"

또 낯선 단어가 등장했다.

"술식이라고 해야 할지, 개개인의 마력에는 상성이 있어요. 제 마력은 흙과 돌에 간섭하는 데 능하죠. 못할 건 없지만 소모도 심하고 효과도 떨어져서 굳이 사용하지는 않아요."

하지만. 시어셔는 말을 이었다.

"조건에 따라서는 아주 큰 일을 할 수 있어요. 수(水)속성 마녀라면 강의 흐름을 바꿔서 도시를 휩쓸어버리는 것 정도는 가능하겠죠. 저도 산 근처에 있는 도시를 산사태로 묻어버리는 것 정도는 할 수 있을 거예요.”

뒤숭숭한 이야기이기는 하지만 납득은 됐다.

“회복은 무슨 속성이지?”

“몸에 간섭하는 거니, 인체속성? 마력은 육체에 깃드는 거니까, 간섭 자체는 누구나 할 수 있을 거예요. 마녀와 인간의 구조는 의외로 비슷하다는 걸 요전에 알았거든요.”

“나 갖고 실험하지 마.”

마술에도 엄연히 원리가 있고 무엇이든 할 수 있거나 만능인 건아니다.

공부를 좋아하는 건 아니지만 미지에 대한 호기심을 충족시키는 것은 의외로 즐거운 일이었다.

“흥미로운 이야기였다. 고마워.”

“아뇨아뇨, 저도 이런저런 의문이 풀려서 만족했어요.”

마술담의(강의?)에 열을 올리는 두 사람은 아랑곳 않고, 배는목적지를 향해 나아갔다.

†

배를 탄 지 20일째 되는 날의 아침.

파수꾼이 졸린 눈을 비비던 중, 아침 안개 너머로 무언가가 보였다.

허겁지겁 보고를 하러 달려간 직후, 배 전체가 소란스러워졌다.

승조원들이 분주하게 돌아다니고 고함소리가 난무한다.

드디어 이대륙에 도착한 것이다.

"이곳이, 이대륙?"

시어셔가 눈에 힘을 주고 바라보았다.

안개가 조금 끼기는 했지만 지극히 평범해 보인다.

"근처에 사람이 사는 듯한 흔적은 안 보이는군."

선원에게 빌린 망원경을 사용해 주변을 살폈지만, 배 한 척이 보일 따름이었다.

선견대의 배이리라.

분주하게 돌아다니는 선원에게 지시를 내리고 있는 선장을 보았다.

큰소리로 내리고 있는 명령으로 미루어, 아무래도 접안할 모양이다.

숙련된 선원들답다고 해야 할지, 다소 안개가 꼈음에도 불구하고 부드럽게 배를 물가에 댔다.

하지만 두 척만 대고 나머지 배들은 어느 정도 거리를 둔 채 바다에 있었다.

용병과 외부인이 많은 배에 안전 여부를 확인시키는 건 당연한 일이다. 오합지졸이기는 해도 전력으로는 충분한 것이다.

"우리는 척후병인 건가요?"

"조심해. 선견대의 모습이 안 보이는 걸 보면, 뭔가 문제가 있었을 거야."

남겨진 배에는 아무도 없었다.

연락이 안 된 건 둘째 치고, 남아 있는 사람이 한 명도 없는 건 이상한 일이다.

열 명 정도로 팀을 나눠서 주변을 탐색하라는 지시를 받았다.

선원 중 일부를 남기고 배에서 내렸다.

"땅이 부드럽군."

"그런 것치고는 거치네요. 보통은 평평하지 않나요? 잡초도 적고요."

이렇게 습한 땅은 보통 평평하고 풀과 이끼가 많기 마련인데, 곳곳이 울퉁불퉁해서 걷기가 불편했다.

"이쪽은 식물의 생태계부터 다른 걸지도 모르지."

상륙한 지그 일행은 똑바로 나아가 작은 언덕에 올라서 먼 곳을 내다보았다.

멀리 마을이 보인다.

"도보로는 반나절 정도의 거리인가?"

사람이 사는 마을을 찾아 안도함과 동시에 목적지로 점찍고 있던 중, 땅이 약간 흔들렸다.

"지진인가?"

하지만 그 이상의 변화는 일어나지 않아서 지그는 부대가 있는 쪽으로 돌아가려 했다.

"음?"

그때, 무언가가 반짝인 듯한 기분이 들어서 웅크려 앉았다.

주워보니 금속으로 만들어진 그것은, 군대나 커다란 용병단이 다는 휘장(徽章)이었다.

코사크가 말했던 선견대에 속한 용병대의 것일 테지만, 매의

날개를 본뜬 모양의 그 휘장은 그에게 매우 익숙한 것이었다.

"……흠."

지그는 눈을 가늘게 뜬 채 그것을 품 안에 넣고서 그 자리를 뒤로 했다.

†

시어셔가 떨어진 곳에 웅크려 앉아있기에 다가가 보니, 땅을 조사하고 있는지 손바닥에 흙을 얹어놓고 눈살을 찌푸리고 있었다.

"왜 그러지?"

"이상하단 말이죠."

일어서더니 주변을 둘러보았다.

"저런 식으로 갈라진 땅은, 메마른 곳이 아니고서는 금방 원래대로 돌아가 버리거든요. 이만큼 습한 곳에 남아 있는 건 부자연스러워요."

"아주 최근에 생긴 거란 뜻인가. 지진이라도 일어났던 것 아닐까."

"으~음…… 그런 게 아닌 것 같은데. 땅이 갈라질 정도의 지진이 일어났다면, 물가 쪽이 더 많이 무너지지 않았을까요?"

듣고 보니 배에서 내렸을 때 그러한 흔적은 보이지 않았다.

또 약간 흔들렸다.

"어라, 지진인가요?"

불길한 예감이 든다.

"거기 두 사람, 부대로 돌아가라. 일단 보고하러 간다."

대장이 떨어진 곳에 있던 두 사람에게 말했다.

하지만 지그는 답하지 않고 생각했다.

그래, 선견대는 어떻게 됐지?

이곳에 없는 건 더 이상 상관없다.

뭔가 사정이 있어서 이동한 걸 거다.

하지만 어째서 그 흔적이 전혀 없는 걸까.

그럭저럭 많은 인원이 이동했을 텐데 발자국 하나 없을 리가 없다.

또 약간, 하지만 좀 전보다 강하게 흔들렸다.

지금까지 신경도 쓰지 않았던 땅의 균열을 바라보았다.

──뭔가가, 꿈틀거렸다.

"아래다!"

돌아가려던 시어셔를 품에 안고 옆으로 몸을 날린다.

직후, 기다란 무언가가 땅을 뚫고 튀어나왔다.

시어셔를 내려놓자마자 방향을 틀어 쌍인검을 뽑아 베었다.

미끄러운 감촉과 함께 절단된 그것이 땅을 나뒹굴었다.

"뭐야, 이 자식은?!"

길이는 보이는 것만 3미터, 두께는 어른의 몸통 정도.

눈은 없고 근육이 훤히 드러난 것처럼 핑크색과 붉은색이 섞인 듯한 색과 질감.

원형으로 된 입에는 무수히 많은 이빨이 돋아나 있었다.

가시처럼 돋아난 이빨은 사냥감을 잘게 자를 뿐 아니라 놓치지 않기 위한 것으로 보인다.

입에 튼튼한 턱은 없고, 관절이 느슨해서 튀어나오게 되어 있다.

다시 말해서 이 생물은 사냥감을 통째로 삼켜 포식한다.

"이 녀석이 범인인가."

통째로 삼키고서 땅을 마구 헤집고 다니면 흔적은 말끔하게 사라진다.

"덕분에 살았어요. 근데 이게 뭐죠?! 기분 나빠……."

"조심해, 아직 더 있다."

경계하며 주변을 확인한다.

저 정도 크기면 성인 남성 한 명을 삼키는 게 고작일 거다.

선견대가 몇 명이었는지는 모르겠지만 십여 마리, 재수 없으면 수십 마리는 있을 거다.

"땅에서 저를 기습하다니 배짱도 좋네요……."

대지를 조종하는 마녀로서 자존심이 상했는지 시어셔가 술식을 구축하기 시작했다.

자극적인 냄새가 주변에 감돌았다.

"그만둬, 보는 눈이 너무 많아. 뭘 하러 이곳에 온 거지?"

"아니, 하지만……."

"못 알아채게 방어만 해둬. 나는 네 호위다."

"……알겠어요."

술식을 해제하고 대신 다른 술식을 구축한다.

"제 마력을 땅속에 퍼뜨렸어요. 색적은 맡겨주세요."

"부탁하지."

부대가 있던 방향에서 비명소리가 들렸다.

시어셔가 따라올 수 있을 정도의 속도로 달린다.

도착해서 목격한 상황을 한마디로 표현하자면, '지옥도'가 될 것이다.

대열은 흐트러져 반격도 못 하고 속수무책으로 통째로 삼켜지고 있다.

땅속에서 덤벼드는 미지의 적에 의해 혼란 상태에 빠진 자들도 많았다.

달아나는 남자의 발아래에서 여러 마리의 괴물이 튀어나왔다.

위로 솟구친 남자의 몸을 향해 괴물이 덤벼든다.

다리를 물려 거꾸로 매달린 남자가 필사적으로 저항했다.

"이, 이거 놔! 놓으……."

그 머리를 다른 괴물이 물었다.

그러고는 팔다리를 버둥거리는 남자를 두고 쟁탈전을 벌이듯 문 채 땅속으로 끌고 갔다.

등골이 오싹해지는 광경에 부대가 뿔뿔이 흩어져 도망치기 시작했다.

"진정해라! 고립되지 마! 본대에 증원을——."

큰소리로 지시를 내리던 대장의 목소리가 끊겼다.

"이건, 틀렸군."

붕괴된 부대를 보고 어찌할 방법이 없음을 깨달았다.

하지만 부대를 공격하던 괴물이 이쪽으로 목표를 바꾸기 전에 이동하려던 지그를 시어셔가 제지했다.

"조용히. 그대로 움직이지 마세요."

의도는 모르겠지만 뭔가 이유가 있으리라.

지그는 입을 다문 채 그 자리에 멈춰 섰다.

괴물들은 무언가를 찾듯이 고개를 돌리고 있었다.

그 얼굴이 이쪽을 향한 순간, 등에 식은땀이 흘렀다.

하지만 이쪽을 알아채지 못하고 땅속으로 들어가고 말았다.

땅이 흔들린다.

땅울림은 도망친 자들을 쫓듯이 멀어졌다.

그럼에도 얼마간 움직이지 않았다.

완전히 기척이 사라졌을 즈음, 시어셔가 한숨을 내쉬며 몸에
힘을 풀었다.

"이제 움직여도 돼요. 아, 하지만 큰소리는 내지 말고요. 목소
리도 줄여요."

"……과연, 소리인가."

"네. 열을 쫓는 걸까도 싶었지만, 대장님과 달려가는 사람에게
몰려들기에."

저 괴물에게는 눈이 보이지 않았다.

땅속에 사는 데 필요가 없기 때문이리라.

그만큼 소리에 의존해 사냥감을 찾고 있는 모양이다.

평소에는 땅속 깊은 곳에 잠복하고 있다가 길을 잃은 사냥감이
찾아오면 나오는 괴물인 것이다.

"이게 이대륙의 생물인가. 생태계가 다른 수준이 아닌데……."

"이야, 터무니없는 곳에 와버렸네요."

남의 일인 양 시어셔가 웃으며 말했다.

호위의 난이도가 생각했던 것보다 높아질 것 같다는 사실을 깨달은 지그가 하늘을 올려다보았다.

이대륙의 하늘도 푸르렀다.

"좋아, 일단 배로 돌아가지. 바다 위까지는 못 쫓아올 테니."

"⋯⋯⋯⋯⋯⋯."

마음을 다잡고 다음 행동을 취하려 했지만 대답이 없다.

의아하다는 생각에 시어셔에게 고개를 돌려보니, 넋이 나간 듯한 눈으로 바다 쪽을 바라보고 있었다.

매우 불길한 예감이 든다.

봐서는 안 된다.

하지만 그런 소릴 할 상황이 아니다.

보고 싶지 않다는 충동을 어찌어찌 억제하며 천천히 고개를 돌렸다.

뿔이 돋아난 고래.

하지만 뿔을 뺀 몸길이도 50미터 정도는 되었다.

그런 고래가 본대의 거대한 배를 뿔로 꿰뚫었다.

몸의 절반 이상이 바다 위로 나올 정도의 돌격을 맞은 배는 〈 모양으로 꺾이더니 산산조각 나서 무너져 내렸다.

주변에 있던 배들은 그 충격으로 전복, 혹은 침몰됐다.

무사한 배도 있었지만 자세히 보니 선체에 무언가가 들러붙어 있다.

사람 같지만 그 모습은 인간과 동떨어져 있었다.

추악한 얼굴을 한 무수히 많은 괴물이 배로 쳐들어가고 있다.

물가에서는 다른 부대가 지렁이처럼 생긴 괴물의 공격을 받았고, 타고 온 배는 좀 전에 본 비늘 인간이 점령했다.

"…………."

"…………."

지그와 시어셔는 한동안 그 광경을 바라보고 있었다.

"……자, 그럼."

"네."

두 사람은 동시에 발걸음을 돌렸다.

"가볼까."

"그래요."

그들의 모험은 이제 시작일 뿐이다.

†

그들은 출발한지 이틀 남짓 만에 언덕에서 봤던 마을에 도착했다.

상륙한 다른 인간들이 어떻게 됐는지는 모른다. 어쩌면 생존자가 있을지도 모르지만, 그걸 확인할 생각은 물론이고 구하러 갈 생각도 없었다.

혼란을 틈타 모습을 감출 계획이었던지라 휴대 식량 등을 어느 정도 여유 있게 챙겨두긴 했지만, 지금은 보급을 할 수가 없다.

이곳의 통화가 없으니 어떻게든 식량 등을 조달할 필요가 있었다.

"현지인과의 첫 접촉인가. 평범한 마을로 보이지만 일단 경계해 둬."

"네. 말이 안 통하면 어떻게 하죠……?"

"기도해. 일단 주요 언어를 세 개 정도 할 줄은 알지만, 기대는 말고."

"마녀의 기도를 들어줄 신이 있기를 바라는 것보다는 확률이 높을 것 같네요. ……그나저나 은근히 박식하네요?"

"업무상 여러 나라, 인종과 접할 일이 많으니까. 문법 같은 건 둘째 치고 간신히 일상 회화가 가능한 수준이야."

적이 있다, 보수는 얼마, 배고프다.

자신의 의사를 전달하는 수준에 불과하지만 막상 필요해지면 의외로 어떻게든 되기 마련이다.

지그 일행은 결심을 굳히고 발을 내디뎠다.

마을 안에 들어서자 농작업 중인 사람들이 보였다.

갈색 머리며 어두운 금발 머리를 지닌 자들이 많아, 딱히 특이해 보이지는 않았다.

그중 한 명에게 말을 걸어보았다.

나이는 4, 50대 정도.

농작업을 하느라 피부가 거뭇거뭇해진 여성은 지그의 얼굴을 보더니 빙긋 웃었다.

"뭐 좀 물어도 될까."

"응? 못 보던 얼굴이네, 총각. 여행자인감?"

말이, 통한다.

그것도 평범한 공통 언어가.

무의식중에 속으로 주먹을 불끈 움켜쥐며 지그는 물었다.

"식량을 나눠 받을 만한 곳은 없나? 그리고 쉴만한 곳도."

"돈은 있고?"

"없어. 타고 온 배가 난파됐거든. 물물교환도 괜찮을까."

"배애? 설마 총각이랑 아가씨는 저 바다를 건너온 거야?"

"그래."

지그가 긍정하자 그녀는 진심으로 어이가 없다는 듯이 한숨을 내쉬었다.

"죽고 싶어 환장했네. 마해(魔海)를 건너다니 제정신이 아니야."

"마해?"

"그런 것도 모르는 걸 보니 어지간히도 멀리서 왔나 보네……."

이쪽 인간들에게는 다른 대륙이 있을 수도 있다는 인식이 없는 걸까.

시골이라 지식이 없는 건지, 대륙 전체가 그러한지 구분이 안 된다.

"아니 뭐, 나도 직접 본 건 아니지만 말이야. 실제로 저기 가서 살아 돌아온 사람은 거의 없으니까. 저기에는 터무니없는 마수가 득시글거리고 있거든."

마수.

설마 이곳에서 그 단어를 듣게 될 줄이야.

동화 속에나 나오는 존재인 마수가 이 대륙에는 남아있다는 말인가.

하지만 그 괴물…….

그것에 이름을 붙인다면 확실히 마수라는 이름이 가장 잘 어울릴 것 같다.

지그도 실제로 보지 않았다면 믿지 않았을 거다.

"총각이랑 아가씨는 운이 좋았어. 아아, 그러고 보니 식량 얘기 중이었지. 올해는 풍작이라 어디서든 물물교환을 할 수 있을 거야. 여기서 하고 갈 텐가?"

"부탁하지."

지그는 여차할 때를 위해 작은 보석을 늘 가지고 다녔다.

주요도시에서 먼 시골에는 통화가 쓰이지 않는 경우가 흔했고, 사정상 타국의 통화를 변통할 수 없는 경우도 있기 때문이다.

어느 나라에서든 일정한 가치가 있으며 처분하기 쉬운 물건을 찾은 결과, 작은 보석으로 하기로 한 것이다.

준비성 좋은 용병은 많건 적건 이런 수단을 마련해두는 게 상식이다.

딸이 좋아하겠다며 교환에 응해준 여성에게 고개 숙여 인사했다.

"이 근처에 큰 도시는 있나?"

"마을을 나서서 동쪽으로 주욱 가면, 5일 안에 하리안이라는 도시에 도착할 거야. 이 지방에선 제일 큰 도시지. 그런 걸 짊어지고 있으니 칼은 쓸 줄 알지? 모험가가 되는 것도 괜찮겠어."

그런 소릴 하더니 여성은 다시 일을 하러 돌아갔다.

"······모험가?"

처음 듣는 직업이다.

모험하는 것이 어떻게 일이 된다는 걸까.

궁금했지만 일하는 걸 몇 번이나 방해할 수는 없는 일이다.

지그는 시어셔가 있는 곳으로 돌아갔다.

"······."

시어셔는 물끄러미 한곳을 바라보고 있었다.

뭘 하고 있는지 물으려다가 알아챘다.

자극적인 냄새다.

아주 희미한, 시어셔와 싸웠을 때에 비하면 하늘과 땅 차이이
기는 하지만, 마술의 냄새가 분명하다.

그녀는 아니다.

그 즉시 냄새가 나는 곳을 경계했다.

시어셔의 대각선 전방으로 이동, 자세를 낮추고 쌍인검에 손을
댔다.

"진정하세요. 저거예요."

시어셔가 가리킨 방향을 계속 경계하며 시선을 돌렸다.

"뭐야······?"

그곳에서는 청년이 손가락에 불을 피우고 있었다.

불을 붙이려는 건지 화덕에 쌓인 장작에 대고 숨을 불어넣고
있다.

주변에 있는 인간들은 신경도 안 썼다.

그러한 광경이 당연한 일이라는 듯이 펼쳐져 있었다.

설마.

"설마, 마술까지 사용되고 있을 줄은 몰랐어요."

"저 녀석은 마녀인가?"

시어셔는 말없이 고개를 가로저었다.

"틀림없는 인간이에요. 계속 여기서 관찰하고 있었거든요. 개인차는 있지만 모두가 마력을 지녔어요. 이곳에는, 마술이 살아 있군요……."

뭔가에 깊이 감동한 듯한 얼굴로 시어셔가 위를 올려다보았다.

건너온 대륙에서 생각지 못한 공통점을 찾아냈다.

막연하게 느껴지는 이 감정을 뭐라 불러야 할지 모르겠다.

모르겠지만, 기분이 나쁘지는 않았다.

"……."

지그는 시어셔 몰래 표정을 구겼다.

마술은 매우 강력하다.

적으로 돌렸을 때의 위험성을 뼈저리게 알고 있다.

그걸 누구나 사용할 수 있을지도 모른다니, 웃기지 말라지.

저 청년을 보아하니 대단한 술식은 쓰지 못할 가능성도 있지만——.

"……희망적인 관측은 버리는 게 좋겠지."

"왜 그러세요?"

"아니, 아무것도 아니야. 빈 헛간을 빌렸다. 오늘은 거기서 묵지. 해가 뜰 때 출발한다."

"알겠어요. 다음은 어디로 가나요?"

시어서에게 향후 예정을 말하면서도 지그는 마술에 관해 생각하고 있었다.

마수 같은 게 있는 이 대륙에서 살아가는 인간들이 마술을 활용하지 않을 것 같지는 않다.

분명 전투용 술식을 만들어냈을 것으로 추측된다.

마녀만큼의 술식을 사용할 수 있을 것 같지는 않지만, 모자란 힘을 보충하기 위한 궁리란 것은 얕잡아볼 수 없다.

본격적으로 마술을 상대로 한 전투 방법을 확립할 필요가 생겼다.

향후의 일에 관해 생각하며 들뜬 시어서를 데리고 마을 변두리에 있는 헛간으로 향했다.

†

"일을 할까 해요."

마을을 나선 지 이틀째 되는 날.

하리안으로 향하던 도중에 시어서가 뜬금없이 제안했다.

지그가 딱 멈춰 섰다.

잠시 생각하다가 다시 걸음을 뗐다.

"그 이유는?"

"인간 사회에 녹아들기 위해서예요."

허리에 손을 얹은 채 의기양양한 얼굴로 말하는 그녀에게 말없이 계속하라고 재촉했다.

"이제 와서 마술을 안 쓰고 생활하는 건 저에게 무리예요. 200년도 더 그렇게 지내왔으니까요."

"그렇겠지."

아무렇지 않게 말한 나이를 듣고 놀라기는 했지만 이야기의 흐름을 끊지 않고자 내색하지 않았다.

"그러니 처음에는 정보를 모으며 눈에 띄지 않는 조용한 곳에서 지낼까 해요."

"그래. 나도 그럴 예정이었지."

하지만 그 마을에서 있었던 일이 머리에 떠올랐다.

마술이 있고, 그게 당연한 일로 받아들여지고 있는 사회.

"만약 마술을 사용하는 게 아무 문제도 안 된다면, 괜히 거리를 둬서 이목을 끌기보다는 그 안에 녹아드는 게 좋지 않을까 싶어서요."

게다가. 시어셔가 말을 이었다.

푸른 눈동자에는 지금까지와 다른 것이 깃들어 있었다.

그것은, 기대감이었다.

"인간의 좋은 점을 알아보고 싶어졌어요. 지금까지 안 좋은 점만 봐온 탓에, 좋은 점을 알아보려 한 적이 없거든요."

"그렇군."

"네. ……이럴 땐 마음을 바꾼 이유를 물어봐야 하는 것 아닌가요?"

시어셔가 불만스러운 얼굴로 이쪽을 올려다보며 입술을 삐죽거렸다.

그 모습을 보니 무의식중에 쓴웃음이 지어졌다.

"……왜지?"

"잘 물어보셨어요."

원하는 답변을 들어서 시어셔는 만족한 눈치다.

"그건 말이죠……."

말이 끊겼다.

시선 끝, 길 한복판에 거대한 멧돼지가 있었다.

크기는 소만큼이나 커다란 데다 털이 아니라 탁한 빛을 띤 갑주가 몸을 뒤덮고 있다.

엄니는 몸뚱이의 절반만 했는데, 오랜 세월 사용하며 난 흔적들이 역전의 전사와 같은 분위기를 자아내고 있었다.

"멧돼지……일까요?"

"갑옷을 입은 멧돼지가 있다는 이야기는 들어본 적이 없지만."

이미 지그는 무기를 뽑아 들고 전투태세에 돌입했다.

갑옷멧돼지도 이쪽을 적으로 간주한 것인지 핏발 선 눈으로 발을 구르고 있었다.

시어셔가 버럭 화를 내며 술식을 구축했다.

"나 참! 한창 좋을 때 방해하지 마시라고요!"

화풀이라도 하듯 날린 술식이 멧돼지를 공격한다.

땅 밑에서 솟아난 말뚝이 갑옷멧돼지를 덮친다.

무방비한 복부를 공격했음에도, 놀랍게도 말뚝 쪽이 부러졌다.

"뭐가 저렇게 단단해?!"

갑옷멧돼지는 멀쩡했지만 공격을 당해서 화가 난 모양이다.

우렁찬 울음소리와 함께 돌진해 왔다.

그 속도는 빨라서, 달려서 도망치기는 무리일 듯했다.

"주의를 끌지. 공격은 너한테 맡긴다."

지그가 앞으로 나섰다.

멧돼지의 돌진을 최대한 유도하고서 피하고는, 그 기세를 살려 회전하며 왼쪽 옆구리를 베었다.

갑옷을 깎아내고 흠집을 냈지만 살에는 닿지 않았다.

너무도 단단하다는 생각에 혀를 차며 거리를 벌린다.

대미지는 입히지 못했지만 주의를 끄는 데는 성공한 듯하다.

시어셔에게서 멀어지게끔 거리를 둔 상태에서 술래잡기가 시작되었다.

멧돼지처럼 무식하게 돌진한다는 말이 있지만, 이건 멧돼지에는 해당되지 않는 이야기다.

녀석들은 네 다리로 땅을 박차 날렵하게 방향 전환을 한다.

지그는 그 공격을 교묘하게 페인트를 섞어가며 피했고, 스쳐 지날 때마다 갑옷에 뒤덮여 있지 않은 부분을 베었다.

그 공방에는 술식이 끼어들 여지가 없어서 시어셔는 보고 있을 수밖에 없었다.

하지만 아무 것도 안 하고 있지는 않았다.

마력을 빚어내 최고의 일격을 날릴 틈을 살피고 있었다.

그리고, 그 순간이 찾아왔다.

멧돼지는 온몸에 난 자잘한 상처에서 피를 흘린 탓에 움직임이 약간 둔해졌다.

또 지그가 돌진을 회피했다.

멧돼지는 측면에서 베이기 전에 억지로 제동을 해서 엄니를 옆으로 힘껏 휘둘렀다.

그 공격을 기다리고 있었던 지그는 몸을 숙였다.

"흡!"

꿍음과 함께 휘두른 엄니를 피해, 혼신의 힘을 다한 일격을 선사한다.

앞다리의 뒷무릎.

엄니를 휘두를 때 들려 올라간 앞다리가 착지하는 타이밍을 노린다.

갑옷에 둘러싸여 있지 않은, 구부러진 무릎에 쌍인검이 박혔다.

뼈를 피해 휘두른 검은 다리를 끊어냈다.

균형을 잃고 쓰러진 멧돼지에게 깔리지 않도록 거리를 벌린다.

바로 그때, 시어셔가 술식을 날렸다.

조금 전의 세 배 정도 되는 크기의 말뚝이 좌우에서 날아든다.

마력을 실어 경도를 높인 말뚝은 갑옷과 함께 멧돼지를 관통했다.

멧돼지는 고통으로 가득한 포효를 내질렀다.

그리고 그 머리를 세 번째 말뚝이 바로 아래에서 꿰뚫었다.

†

"터무니없는 괴물이었군."

무기를 손질하며 갑옷멧돼지의 시체를 살핀다.

엄니를 정통으로 맞으면 인간은 그 즉시 끝장일 거다.

시어셔의 공격력이 있었기에 쓰러뜨릴 수 있었지만, 칼만 사용해 이걸 처리하려 했다면 대체 얼마나 많은 희생이 발생했을지.

"마수가 이렇게까지 강할 줄이야…… 솔직히 말해서 뜻밖이었어요."

이런 게 득시글거린다면 마녀라 해도 위험하다.

사람들이 사는 마을에 숨어드는 편이 훨씬 안전할 거다.

"흠……."

손질을 마친 지그가 멧돼지의 시체에 다가갔다.

몸통에서도 가장 커다란 측면의 갑각을 살펴보았다.

말뚝에 관통당해 깨지기는 했지만 그래도 충분히 컸다.

지그는 나이프를 꺼내 갑각을 벗겨내려 했다.

"뭐 하는 거예요?"

"갑각이 이렇게나 튼튼하니 팔릴지도 몰라. 고기도 먹고 싶고."

"딱딱해 보이는 고기네요……."

견고하게 붙어 있어서 시어셔의 술식까지 사용해 시간을 들여 절제해 나갔다.

엄니도 호사가에게 팔릴 것 같아 챙겨두었다.

뜯어낸 그것을 내려놓은 후 이번에는 고기를 해체하려 했다.

하지만 막상 고기를 썰려던 순간, 무언가가 나왔다.

"뭐지?"

새하얀 실처럼 생긴 그것은 야생 동물에서 흔히 볼 수 있는 기생충이었다.

다만 크기가 지렁이만 했다.

그 녀석은 머리(?)를 좌우로 흔들며 몸에서 기어 나오더니 땅바닥에 뚝 떨어졌다.

그 한 마리의 뒤를 잇듯 나머지 녀석들이 우르르 튀어나왔다.

"⋯⋯."

지그는 말없이 나이프를 집어넣고 옷매무새를 바로한 뒤 걸어나갔고, 시어셔가 그 뒤를 따랐다.

그녀는 온몸에 닭살이 돋아 있었다.

"정말이지, 마음 편히 고기도 못 먹겠군."

"⋯⋯당분간 고기는 쳐다보기도 싫어요."

마을을 나선 지 이레째 되는 날.

하리안에는 예상했던 것보다 이틀 정도 늦게 도착했다.

여행에 익숙지 않은 시어셔에게 속도를 맞춘 탓이다.

하리안은 생각했던 것보다 큰 도시라 사람들의 왕래도 많았다.

무장한 자들도 그럭저럭 있었지만 지그가 아는 타입의 인간들
은 없었다.

용병이나 병사들과 다른 분위기를 풍기는 그들이 조금 신경 쓰
였다.

"제법 커다란 도시로군."

쌀쌀맞은 감상을 내뱉은 지그와 대조적으로 시어셔는 할 말을
잃은 채 이곳저곳을 둘러보고 있었다.

입을 헤벌린 채 두리번거리는 모습은 그야말로 촌뜨기를 보는
듯했다.

"지그 씨 지그 씨, 저건 뭘까요?"

"공연 선전이군."

"저건?"

"빙과의 일종으로 유제품을 얼린 거다."

지그는 어린애처럼 들뜬 시어셔의 물음에 하나씩 답해주었다.

"그럼 저건?"

"저건………… 뭐지, 저건?"

시어셔가 가리킨 인물은 지그가 모르는 부류였다.

털이 많다.

아니, 털이 많은 정도가 아니다.

온몸이 털로 뒤덮여 있고, 귀는 머리 옆이 아니라 위에 달렸다.

두 발로 걷는 늑대가 있었다.

마수……는 아닌 것 같다.

옷을 입고 사과를 깨무는 모습은 인간과 차이가 없는 데다, 주변 사람들도 별다른 반응을 하지 않았다.

마을에서 마술을 봤을 때와 마찬가지로 저게 평범한 것이리라.

그 사실을 알아채고서 주변을 자세히 관찰하니, 드문드문 두 발로 걷는 동물들이 보였다.

대화도 나누는 걸로 보아 말은 통하는 모양이다.

"여러 종류의 사람이 있네요."

시어셔가 감탄한 듯이 말했다.

"그런 감상으로 때워도 될 상황인가……?"

애초에 저건 사람일까.

의아해하며 걸음을 옮겼다.

"이것저것 궁금한 것도 이해는 하지만, 우선은 돈이다. 이쪽에서 사용되는 통화가 없으면 아무것도 못 해."

게다가 통행에 방해된다.

조금 전부터 지나가는 사람들이 짜증스러운 얼굴을 한 채 지그 일행을 피해가고 있었다.

"네. 그걸 매입해줄 만한 곳은 어디일까요? 대장간?"

시어셔가 지그가 짊어진 갑옷멧돼지의 소재를 쳐다보며 말했다.

"대장간……이 맞을까? 생물에서 난 소재로 무구를 만드는 원시적인 방식을 사용하나?"

지그는 호사가에게 팔 생각이었다.

저쪽 대륙에서 멋들어진 수사슴의 뿔 등은 미술품으로 수요가 있었다.

"하지만 이쪽의 생물은 평범하지 않잖아요. 이 엄니만 봐도 굉장하고요."

"듣고 보니 그렇군. 일단 들러 볼까."

그럴싸한 가게를 찾아 대로를 걸었다.

얼마간 걷다 보니 지그에게 익숙한 소리가 들려왔다.

금속을 때리는 소리를 따라 나아가자 커다란 대장간이 나왔다.

손님들도 많고, 가게도 제법 번듯하다.

"어서 오십시오. 뭘 찾으러 오셨나요?"

안에 들어서자 점원으로 보이는 여성이 말을 걸어왔다.

"이걸 사주었으면 하는데, 여기서 그런 거래도 하나?"

그렇게 말하며 지그가 짊어지고 있던 것을 보여주자 점원은 "네, 그럼요. 이쪽에서 기다려주십시오"라고 하며 지그가 짊어지고 있는 물건을 흘끔 쳐다보더니 안쪽으로 안내했다.

안으로 들어가 물건을 가지러 나온 점원에게 건넸다.

"우억?! 이, 이봐, 좀 도와줘!"

갑각을 들어 올리려다가 중심을 잃은 점원이 도움을 요청했다.

몇 사람이 비틀거리며 옮기는 것을 보고 있자니 조금 불안해졌다.

"감정이 끝나려면 시간이 걸리니 가게 안을 둘러보며 기다려주십시오."

감정이 끝날 때까지 가게를 둘러보며 시간을 죽였다.

이 가게에는 특이하게도 금속뿐 아니라 생물을 소재로 한 무구도 많았다.

마수의 소재는 금속에 필적하는 소재인 것이다.

가게를 둘러보던 지그는 의아하다는 표정을 지었다.

"……이 가게, 이상한데."

"뭐가요?"

지그가 중얼거린 말을 듣고 시어셔가 다가왔다.

"양산품이 너무 적어. 죄다 별도로 제작된 것들이야."

"그게 이상한 일인가요?"

"병사들은 대량 생산이 안 되는 무구를 꺼리거든. 관리가 어렵고 대열을 이룰 때 일일이 개인의 무기를 고려해야만 하니까. 지휘 효율도 떨어지고."

"아하…… 어라? 하지만 지그 씨의 무기는 상당히 특이하잖아요."

쌍인검도 상당히 특수한 무기이기는 하다.

"창도 쓸 줄 안다. 예전에 용병단에 소속되어 있을 때는 창병이었으니까. 지금은 자유 용병이라 신경을 덜 써도 되는 거고. 이것저것 모색한 결과 이걸 쓰고 있지. 용병뿐 아니라 보통은 모든 무기를 어느 정도 사용할 수 있게끔 배우니까."

별도 제작한 무기만 전문으로 다루는 가게도 없지는 않지만 대부분은 높으신 분들의 장식 무기 같은 것들을 취급한다.

"다시 말해서 이 가게의 메인 타깃은 용병이나 병사가 아닐 거란 뜻인가요?"

"그렇겠지. 하지만 용병도 병사도 아닌 손님들만 상대하면서 이렇게 큰 가게를 꾸릴 수가 있나?"

"듣고 보니 누구에게 수요가 있을지 짐작이 안 가네요."

감정이 끝났는지 점원이 생각에 잠긴 지그 일행에게 말을 걸었다.

"오래 기다리셨습니다. 감정이 끝났습니다. 갑옷 우두머리 멧돼지의 엄니와 갑각을 합쳐 50만 드렝으로 산정했습니다만, 파시겠습니까?"

무구를 보고 있던 손님 중 몇 명이 이쪽을 흘끔 쳐다보았다.

많은 건지 적은 건지 모르겠다.

처음 들어보는 통화 단위다.

"그렇게 하지."

"알겠습니다. 금방 가져오겠습니다."

하지만 달리 팔 곳도 없어서 값을 후려칠 걸 각오하고 고개를 끄덕였다.

주변 손님들의 반응으로 미루어 그렇게까지 적은 금액은 아니겠거니, 하는 기대감도 있었다.

점원이 돈을 가져와 카운터에 내려놓았다.

트레이에 얹어놓은 동전의 양이 상당했다.

확인을 위해 점원이 세기를 기다렸다가 주머니에 넣었다. 정확히 50닢이었으니 금화 한 닢에 1만 드렝인 것이리라.

"참고삼아 묻겠는데, 이곳에서 가장 전형적인 검은 얼마면 살수 있지?"

지그가 주머니를 받아들며 물었다.

"글쎄요……. 철제 롱소드(장검)가 5만 드렝 정도 됩니다."

"그렇군. 고마워."

대략적인 시세를 들은 후, 지그가 가게를 나서려 했다.

그러자 점원이 지그의 등에 대고 말했다.

"제 쪽에서도 참고삼아 여쭈어도 될까요?"

"……뭐지?"

점원은 지그의 눈을 쳐다보았다.

"마수를 쓰러뜨린 건, 당신입니까?"

"아니, 이 여자야."

점원의 시선이 시어셔에게 옮겨갔다.

시어셔는 옅은 미소를 짓고 있었다.

"……감사합니다. 다음 방문을 기다리고 있겠습니다."

점원의 배웅을 받으며 가게를 나섰다.

시어셔가 고개를 갸웃했다.

"뭐였을까요."

"글쎄. 그보다 운이 좋군. 생각보다 좋은 값에 팔렸어."

생각지 못한 수입에 지그는 입꼬리가 올라가려는 걸 숨기느라 애를 먹었다.

"보석에 비하면 상당히 액수가 적은 것 같은데, 이쪽에서는 그렇지도 않은 건가요?"

"그거랑 비교하지 말라고. 저쪽에서의 이야기지만, 철검 한 자루의 값은 대충 한 달치 식비였으니까. 물론 숙박비는 제외하고 말이야."

"다시 말해서 두 사람이 반년 가까이 버틸 수 있는 금액이란 건가요. 확실히 꽤 괜찮네요."

그만큼 시간이 있으면 일자리를 찾기는 어렵지 않을 거다.

어찌 되었건 현지 통화를 손에 넣었다.

이제 본격적으로 행동할 수 있다.

"하지만 그 전에."

"네."

두 사람의 의견이 일치했다.

"우선 밥부터 먹지."

"네! 이제 딱딱한 빵은 사양이에요."

†

지그와 시어셔는 적당한 식당에 들어가 오랜만에 제대로 된 식사를 즐겼다.

얼마 동안 대화도 않고 식사한 끝에 여유가 생긴 두 사람은 그제야 주변에서 오가는 대화에 귀를 기울였다.

"요즘 어때?"

"요즘 들어 마수의 활동이 활발해졌더라고. 신입들한테도 주의를 줘야겠어."

"벌써 그런 시기인가. 돈 좀 만지겠구만."

"그러고 보니 큰길에 거물이 나왔다는 소문은 들었어? 길드가 현상금을 걸었다던데."

"지금 우리 대장이 참가자를 모으고 있어."

"우리도 위쪽은 의욕이 넘치는데 숫자가 모자라서 말이야. 조만간 그쪽 클랜에 협력 제안을 할지도 몰라."

"사실 우리 쪽도 머릿수가 부족해. 4등급 이상의 모험가들이 좀 바빠야지."

들려오는 대화에, 귀에 익은 단어가 있었다.

"모험가…… 이전에 마을에서 들었던 그건가."

"처음 듣는 직업이네요. 마수를 퇴치하는 일일까요?"

"그렇다면 모험가라는 이름은 이상하지 않나? 유해 동물을 퇴치하는 건 사냥꾼이 할 일일 텐데."

"그걸 유해 동물 퇴치라고 하는 건, 무리가 있지 않을까요……."

"아가씨랑 형씨, 모험가에 관심 있어?"

둘이서 모험가에 관해 이야기를 하던 도중, 그릇을 치우러 온 점원이 말을 걸어왔다.

지그가 답하려 했지만 점원은 시어셔에게 관심이 있는 눈치이기에 그녀에게 대응을 맡기기로 했다.

시어셔가 의도를 헤아려 미소를 지은 채 점원에게 물었다.

"사실은 그래요. 변경에서 왔더니 모르는 것투성이라…… 어떤 직업인가요?"

단정한 시어셔의 미소를 보고 기분이 좋아진 남자는 수다스럽게 떠들기 시작했다.

쓸데없는 부분이 상당히 많아서 시간이 걸렸지만, 요약하자면.

길드라는 조직이 관리하고 있는 마수 토벌을 생업으로 하는 자.

처치한 마수에 따라 보수가 지불되고, 소재 등을 팔아 생계를 꾸린다.

관리하고 있다고 표현했지만 사실 상당히 자유로워서, 파티나 클랜을 만드는 건 당사자들의 자유다.

"마수 전문 용병 집단 같은 건가."

"형씨, 그 말은 모험가들 앞에서는 금구(禁句)야."

지그의 말을 들은 남자가 주의를 주었다.

자신도 모르게 금구를 입 밖에 낸 모양이다.

하지만 지그는 뭐가 위험 발언이었는지 알 수가 없었다.

"어째서죠?"

"그 녀석들은 용병 따위와 같은 취급을 받는 걸 극도로 싫어하거든. 사람 목숨 갖고 장사질이나 하는 족속들이랑 같이 취급하지 마라, 모험가는 누구에게도 얽매이지 않고 자유롭게 살아가는 사람들이다……라는 게 그들의 주장이지."

"으음……."

너무도 과격한 표현에 시어셔는 지그가 염려되어 그를 곁눈질로 흘끔 쳐다보았지만 본인은 새침한 얼굴을 하고 있었다.

"뭐, 개인적으로는 다 기만이라고 생각하지만. 사람 목숨으로 먹고 사는 거랑 마수 잡아서 먹고 사는 거랑 뭐가 그렇게 다르다고, 마음에 드는가 아닌가의 차이지. 녀석들도 막 자유롭게 사는 건 아닌 데다, 결국 수요가 있고 돈이 돼서 하고 있는 것뿐이라고."

"헤에……."

이 점원, 재미있는 소릴 한다.

껄렁대는 말투와 대조적으로 주관적인 생각이라는 걸 할 줄 아는 모양이다.

다소 극단적인 면은 있지만.

"뭐어, 그 수요 문제 때문에 이 근처에 있는 용병 중에는 진짜 깡패나 다름없는 범죄자 같은 녀석들이 많으니 조심하는 게 좋긴 하지만."

지그의 머리가 정지했다.

이 남자의 말을 이해하는 데 시간이 걸렸기 때문이다.

그 사실을 모른 채 시어셔는 의문을 그대로 내뱉었다.

"수요 문제라면, 다시 말해서 전쟁이 줄었다는 건가요?"

"줄어든 정도가 아냐. 자잘한 소규모 충돌을 제외하면 거의 없어진 거나 다름없어."

"말도 안 돼."

순간적으로 입 밖으로 나온 말에 지그 본인이 놀랐다.

하지만 거짓이라곤 섞이지 않은 말이었다.

지그는 대로에서 보았던 늑대 인간을 떠올렸다.

피부색이며 문화 차이만으로 수백 년이나 전쟁을 치러왔다.

그러한 사람의 모습을 한 지적 생명체를 인간이 허용할 수 있을 리가 없다.

"마수야."

하지만 지그의 부정은 간단히 휩쓸려 내려갔다.

"꽤 오래 전에 마수의 활동이 활발해져서 대규모 전쟁이 일어나면 마수의 무리가 어디선가 왕창 밀어닥치고는 했다나 봐. 진영을 가리지 않고 닥치는 대로 덮쳐서 큰 피해를 입었고. 그런 일이 몇 번이나 반복된 결과……."

전쟁이 일어나지 않게 되었다.

하지 않는 게 아니라 못 하는 거다.

마수가 활보하는 대신, 이 땅은 전쟁을 멈출 수 있게 된 것이다.

그게 좋은 일인지, 지그로서는 판단할 수가 없었다.

"그래서 생겨난 게 모험가라는 직업이지. 형씨랑 아가씨도 실력에 자신이 있다면 한 번 해보지 그래? 그만두기도 쉽고 실력만 있으면 출세할 수 있는 세계라고."

"생각해 볼게요."

"저기 말이야, 다음에 나랑 같이……."

남자가 시어셔를 꼬드기려던 순간, 가게 안쪽에서 고함 소리가 들려왔다.

마지못해 가게 안으로 물러가는 남자를 곁눈질하며 지그가 요란하게 한숨을 내쉬었다.

"이게 무슨……."

예상치 못한 일에는 익숙하다고 생각했건만, 이번만큼은 지그도 어떻게 하면 좋을지 판단이 서지 않았다.

사람이 있는 한, 전쟁은 반드시 일어난다.

일시적으로 평화가 찾아온다 해도 언젠가는 반드시 그때가
온다.

용병들이 일거리가 없어 굶을 일은 없었다.

그런데 설마 외적 요인 때문에 일소될 줄이야.

"……괜찮으신가요?"

"지금은 일단, 눈앞에 있는 일에 집중하자고. 나중의 일은 그때
생각하고."

시어셔는 걱정스러운 눈으로 지그를 쳐다보았다.

"지금은 그보다 네 걱정이나 해. 무슨 일을 할지 생각해둔 건
있나?"

"일단은요."

"호오, 무슨 일이지?"

그녀는 조금 전까지 남자들이 이야기를 나누고 있었던 테이블
을 바라보았다.

반쯤 짐작이 됐지만 만약을 위해 물어보았다.

"저, 모험가가 되어 보고 싶어요."

타당한 선택이다.

신원이 불확실한 인간도 될 수 있고, 실력만 있으면 수입도 괜
찮다.

보통은 실력이 진입 장벽이 될 테지만, 그녀는 마녀다.

설령 이 땅의 인간들이 마술을 사용할 수 있다 해도 그녀의 발

끝에도 못 미칠 거다.

지금까지 계속 혼자였던 그녀에게 갑자기 인간 사회에 섞여 일하라고 하는 건 잔인한 짓이다.

"나쁘지 않군. 잘 맞을 거다."

"정말인가요?"

"그래."

조금 전에 봤던 점원에게 길드의 위치를 묻고서 가게를 나섰다.

필요한 물건을 사며 길드에 도착해 보니 해 질 무렵이 되어 있었다.

길드 건물은 생각했던 것보다 번듯하고 사람들의 출입도 많았다.

길드 앞에 도착하자 시어셔는 불안해하기 시작했다.

지금까지 이런 상황에서의 대응은 지그가 해왔으니 무리도 아니리라.

보석을 팔았을 때처럼 위압한다고 해결될 일도 아니다.

안절부절못하며 지그를 쳐다보았다.

"어, 어떻게 해야 할까요?"

평소 차분하기만 한 그녀의 모습은 찾아볼 수가 없었다.

뭘 모르겠는지도 모르겠는 모양이다.

"진정해. 너무 수상하게 행동하면 얕보인다."

"그건 안 되죠! 알겠어요, 우선 한 방 먹여서 상하 관계를 알게 해주면 되는 거죠?!"

역효과였던 모양이다.

허둥지둥 술식을 구축하려는 그녀를 어떻게 해야 냉정하게 만들 수 있을까.

그러고 보니 자신이 어릴 적에는 주변에서 어떻게 해줬더라.

흐릿한 기억을 파헤치며 시어셔의 정면으로 돌아들었다.

"지그 씨……? 우와악?!"

천천히 옆구리에 손을 넣어 그대로 들어 올렸다.

마치 높이 치켜들어 어린애와 놀아줄 때처럼.

"잠깐, 놔주세요!"

지나가던 사람들이 무슨 일인가 하고 이쪽을 보았지만, 신경 쓰지 않기로 했다.

갑자기 들어 올리자 시어셔는 버둥거렸지만 힘으로 당해낼 수 있을 리가 없다.

얼마 동안 버둥대더니 지그가 놓아줄 생각이 없다는 걸 알아챘는지 이내 얌전해졌다.

"……갑자기 왜 이래요?"

저항해봐야 소용없다는 걸 깨닫고 축 늘어져 있는 모습이 꼭 고양이 같았다.

"진정 됐나?"

"네에, 뭐어. ……흉한 모습을 보였네요."

겸연쩍어하는 그녀를 내려주었다.

그러고는 머리에 손을 얹었다.

"처음 겪는 일이니, 무리도 아니지. 하지만 인간 세상에서 살아가려면 피할 수 없는 일이다."

"……네."

"실패를 두려워하지 말라고는 안 해. 하지만 언젠가, 오늘 일을 돌이켜보고 웃을 수 있게끔 해 봐."

"……해볼게요."

"좋아."

머리를 마구 쓰다듬었다.

그녀는 간지럽다는 표정을 짓고 있다가 머리를 정리하고 한껏 숨을 들이쉬었다.

내뱉고 나니 떨리던 게 사라져 있었다.

"지켜봐 주세요."

"그래."

돌아보지 않고 말하자 냉정한 목소리가 돌아왔다.

그 목소리에서 안도감을 느끼며 그녀는 길드의 문을 힘껏 열었다.

†

길드 내의 시선이 그들에게 집중되었다.

노골적이지는 않지만 곁눈질로 품평을 하는 듯한, 끈적한 시선이 느껴진다.

지그 쪽에는 역량을 헤아리려는 듯한 시선이 모였다.

시어셔에게도 그러한 시선이 날아들었지만, 그보다는 외모를 보고 감탄한 듯한 시선이 많았다.

그러한 시선에도 아랑곳하지 않고…… 아니, 그럴 여유가 없는 시어셔는 똑바로 접수처로 향했다.

시간 때문에 접수처는 그다지 붐비지 않는 듯했다.

모험가들은 병설된 식당에서 오늘의 성과를 축하하고, 반성하고, 다음 계획을 세우고 있다.

접수처에는 금방 도착했다.

"오늘은 어떤 일로 오셨나요?"

접수원은 여성이었다.

그 사실에 약간 안도하며 용건을 말했다.

"모험가로 등록하고 싶은데요."

"신규 등록이시군요. 두 분 다 하실 건가요?"

여성 접수원이 지그를 쳐다보며 물었다.

"아, 아뇨. 이 사람은 제 동행이에요. 저만 등록하겠어요."

"알겠습니다. 그럼 이 서류에 기입해주십시오. 글을 모르시면 대필도 해드립니다."

"괘, 괜찮아요."

"그렇다면 번거로우시겠지만, 피 한 방울을 여기에 떨어뜨려 주세요."

말을 더듬으면서도 어찌어찌 대응하고 있다.

건네받은 종이와 바늘에 마술이 사용되어 있다는 사실에 조금 놀랐지만 차분하게 기입한다.

서류를 건네자 접수원이 확인했다.

"여기랑 여기, 기입이 누락된 곳이 있습니다."

"앗! 죄, 죄송합니다⋯⋯."

약간의 실수가 있었지만 등록은 순조롭게 진행되었다.

시어셔가 추가 기입을 한 서류와 피를 떨어뜨린 종이를 접수원에게 내밀었다.

"⋯⋯헉."

피를 떨어뜨린 종이를 확인한 여성 접수원의 표정이 살짝 변했지만, 시어셔는 그걸 알아챌 여유가 없었다.

하지만 지그는 알아챘다.

그의 시선을 알아챈 접수원이 헛기침을 했다.

대략적인 확인을 마친 후, 접수원이 서류를 접수했다.

"그럼 마지막으로 간단한 면담과 설명을 하겠습니다."

"네."

이게 마지막이라는 생각에 시어셔가 자세를 바로 했다.

"보아하니 무기를 사용하시는 것 같지는 않은데, 마술사이신 가요?"

"네."

"공격 계열입니까, 방어 계열입니까?"

"네? 그게⋯⋯."

이쪽의 마법에 관해서는 잘 모르는 탓에 섣불리 대답할 수가 없었다.

예상치 못한 질문에 시어셔가 굳어버렸다.

"변경 출신이라 말이지. 감각적으로 하다 보니 기초 지식이며 상식에 어두운 면이 있어."

말문이 막힌 그녀에게 도움의 손길을 건넸다.

그도 자세히 아는 건 아니지만 전후의 대화를 토대로 그럴싸한 변명 정도는 지어낼 수 있었다.

"그러신가요. 만약 괜찮으시다면 저희 쪽에서 참고서를 대여해 드리거나 지도관을 붙여드릴 수도 있으니 고려해 보십시오."

"네."

그녀는 참고서라는 말에 흥미가 동했다.

거의 독학으로 익힌 데다 감각적으로 해온 탓에 이쪽의 마술 양식은 어떨지 꼭 알고 싶었다.

"향후 다른 분과 파티를 맺을 예정은 있나요?"

다른 곳으로 샐 뻔한 정신이 접수원의 질문 덕분에 제자리로 돌아왔다.

매우 궁금하기는 하지만 지금은 눈앞의 일에 집중할 때라는 생각에 시어셔는 자제하기로 했다.

누군가와 함께 다닌다?

생각해 본 적도 없다.

지금까지 계속 혼자서 싸워왔다.

이전까지의 자신이라면 그 자리에서 부정했을 거다.

하지만 지금은——.

"모르겠어요."

"그러신가요. 이건 강요는 아니지만, 진위를 맡길 수 있는 분과 파티를 맺는 걸 추천하겠습니다. 마술사는 적이 접근하면 매우 약해지니까요."

그렇다, 모르겠다고 답할 정도로는 생각이 바뀌어 있었다.

게다가 접수원의 말도 납득은 됐다.

시어셔는 지그와의 전투를 떠올렸다.

그는 어디까지나 인간이다.

도시 하나를 수몰시키거나 불바다로 만드는 건 불가능하다.

그렇건만 접근을 허용하자마자 감당할 수가 없었다.

그는 상성 문제라고 했지만 솔직히 말해서 매우 분했다.

나름대로 근거리용 술식을 구축했건만 통하지 않았다.

마녀의, 마술사의 약점이 근거리전이라는 것은 틀림없는 사실이다.

특히 마수는 내구력이 뛰어나니 접근을 허용할 가능성은 최대한 배제해야만 한다.

"길드에 신청해두면 마찬가지로 파티를 찾고 있는 분을 소개해 드릴 수 있습니다. 단, 신청하시려면 어느 정도 의뢰를 달성하실 필요가 있습니다. 또한, 행실에 문제가 있거나 의뢰 달성률에 따라 신청이 거부될 수도 있으니 주의해주세요."

그녀는 규칙과 주의 사항에 대한 자세한 설명을 놓치지 않고자 의식을 집중시켰다.

†

시어셔에게 하는 설명을 들어보니 체제는 그럭저럭 확실하게 잡혀 있는 것 같다는 생각이 들어 지그는 안심했다.

이쪽은 문제없겠다 싶어 의식을 돌려 주변을 살폈다.

자신들을 바라보는 시선을 거슬러 올라가 본다.

대부분이 시어셔를 바라보고 있었다.

남자는 외모를 보고 넋이 나갔고, 여성은 질투와 선망 섞인 눈빛을 보내고 있다.

마녀라는 사실을 들키지는 않은 모양이다.

지그를 바라보는 시선은 두 종류뿐이다.

희한한 무기를 관찰하려는 것과 그의 실력을 가늠해 보려는 것.

행동거지만으로 실력을 정확히 가늠할 수는 없지만 그 인물이 '제법인지' 아닌지 정도는 알 수 있다.

후자는 지그를 보고 그걸 판단할 수 있을 정도의 실력을 갖춘 자들이라는 뜻이다.

지그는 그들을 향해 아주 잠깐 동안 날카로운 눈빛을 날렸다.

시선을 보내고 있다는 사실을 들킨 데다, 답례로 위협까지 해오는 바람에 모험가들은 엉덩이를 들썩이며 무기로 손을 뻗었다.

하지만 역시 실력자라고 해야 할지, 의도를 알아채고 금방 냉정함을 되찾았다.

지그는 이미 그쪽을 보고 있지 않았다.

용병짓을 하다 보면 이 정도는 일상다반사다.

평소의 그였다면 신경도 쓰지 않았겠지만, 지금은 호위 임무를 맡고 있는 몸이다.

누군가를 지키기 위해서는 손을 대지 말라고 견제해둘 필요가 있었다.

그렇게 주변을 둘러보던 중, 이 땅에 와서 몇 번째인지 모를 위화감을 느꼈다.

여성이 많다.

당연한 이야기지만 남자와 여자의 신체 능력에는 확연한 차이가 있다.

재능을 타고 난 여자가 인생 전부를 검에 바친다 해도 조금 실력이 좋은 남자 용병을 당해내지 못할 정도다.

필연적으로 여성 용병은 그리 흔하지도 않고, 있다 해도 알아채지 못할 모습을 하고 있다.

그럴 텐데도 대충 훑어보니 이 길드 안에 있는 이들 중 20퍼센트는 여성이었다.

다들 칼을 휘두를 수 있을 것 같지가 않을 만큼 팔이 가늘다.

이상하다 해도 과언이 아닌 광경에 지그는 현기증이 났다.

그러고 있는 동안 등록이 끝난 모양이다.

작은 카드 같은 것을 받아든 시어셔가 접수원에게 고개 숙여 인사하더니 이쪽을 쳐다보았다.

"이제 저도 모험가예요."

긴장이 풀렸는지 가슴을 편 채 카드를 보여주었다.

"그래. 잘 됐군."

"고맙습니다. 우선 첫걸음은 내디뎠어요. ……하지만 오늘은 시간이 늦었으니 본격적인 활동은 내일부터 해야겠네요."

"벌써 돌아가려고?"

"그 전에 자료실이 2층에 있다고 하니 참고서를 빌려도 될까요?"

"그래."

접수처 옆에 자리한 계단으로 2층에 올라가 끄트머리 쪽에 있는 방에 들어섰다.

방에는 책장이 빽빽하게 늘어서 있고 독특한 종이 냄새가 났다.

"……근사하네요."

책을 좋아하는지 매우 기뻐 보였다.

안쪽에 있던 관리인으로 보이는 인물에게로 향한다.

시어셔가 관리인과 이야기를 나누는 동안 책장을 둘러보았다.

뭔가 어려운 책이 많아서 읽을 수는 있어도 내용은 도통 이해할 수가 없었다.

"호오, 이건……."

그대로 제목을 훑어보던 중, 흥미가 당기는 물건을 발견했다.

마수도감이라 적힌 그것을 꺼내 읽어보았다.

마수의 명칭, 생태, 형상화(形象畫) 등이 기록되어 있어 유용한 정보가 될 듯했다.

"지그 씨."

정신을 차려보니 상당히 집중해 읽고 있었는지, 시어셔는 책을 다 고른 모양이었다.

책을 덮어 책장에 돌려놓았다.

"벌써 끝난 건가?"

"그렇긴 한데…… 돈이, 드나 봐요."

"……빌리는 데 말이야?"

관리인의 말에 따르면 담보 같은 것이란다.

책의 가격을 치르고, 반납할 때 파손 상황을 고려한 금액을 돌려받는 거다.

오래되어 상한 것 이외의 파손이 없으면 전액을 돌려받을 수 있으니 소중히 다뤄달라고 관리인은 고개 숙여 부탁했다.

"듣고 보니 옳은 말이군. 얼마지?"

관리인의 말도 일리가 있다고 생각하며 지갑을 꺼내 자연스럽게 물었다.

시어셔가 거북한 표정으로 가격을 말했다.

"한 권에, 15만이요……."

"…………호오?"

시어셔를 흘끔 쳐다봤다.

그녀가 가지고 있는 건 두 권이다.

이마에 살짝 땀이 배어났다.

"저기 그게, 저라면 시간 날 때 와서 읽으면 되니……."

"필요한, 지식인 거지?"

금화를 꺼내 트레이에 올려놓았다.

정확히 30닢을 얹어 관리인에게 내밀었다.

길드 카드의 번호를 기재하고 기한 등을 확인하자 절차는 끝났다.

책을 받아든 시어셔가 고개 숙여 인사했다.

"고마워요."

"신경 쓰지 말고 열심히 읽어."

"네!"

시어셔는 기쁜 얼굴로 답했다.

지그를 바라보며 관리인은 생각했다.

식은땀만 안 흘렸으면 멋졌을 텐데.

†

아침 일찍 일어난 두 사람은 숙소에서 아침 식사를 마치고 길드로 향했다.

일찌감치 나왔건만 그럭저럭 많은 사람이 와서 의뢰를 확인하고 있었다.

"그럼 이따 봐요."

시어셔도 오늘 할 일을 따내러 그들 속으로 들어갔다.

지그는 그 떠들썩한 소리를 등지고 접수처로 향했다.

어제와 다른 여성 접수원이 지그가 온 것을 보고 대응했다.

어제 시어셔가 외부인은 동행할 수 있는지 물었을 때, 신청하면 가능하다기에 그 수속을 하러 온 것이다.

수속 자체는 매우 간단했다.

이 제도를 이용하는 사람은 그럭저럭 많다는 모양이다.

주로 짐꾼이지만 마수의 생태를 연구하는 학자 등이 이용하는 경우도 있다나 뭐라나.

"동행자 신청을 하고 싶군."

"처음이신가요? 우선 이 서류에 기입해주십시오."

모험가 등록에 비하면 상당히 간단한 그것에 잽싸게 기입해서 건넸다.

서류 확인이 끝나 설명을 들었다.

"동행자에게는 딱히 제한이 없지만 그런 만큼 길드에서는 안전을 보장하지 않으니 충분히 주의를 기울여 동행하도록 해주십시오. 또한 다른 모험가와 분쟁이 발생해도 길드는 일절 간섭하지 않습니다."

"공격을 받았을 때는 어떻게 대처해야 하지?"

"헌병에게 피해 보고서를 제출해주세요."

"기가 막힌 대응이군. 너무 고마워서 눈물이 날 지경이야."

"감사합니다."

비아냥거리는 지그의 말에도 안색 하나 바꾸지 않고 영업용 미소를 장착한 채 건넨 동행 허가 카드를 받았다.

동행은 허가하지만 무슨 일이 생겨도 책임은 지지 않는다.

가해자는 어디까지나 국민의 일원으로서 이 나라의 법률에 따라 심판될 뿐이다.

죽은 사람이 말을 할 수 있다면 말이다.

신청을 마치고 의뢰 게시판 쪽으로 돌아왔다.

시어셔는 이미 의뢰 선택을 마친 듯했지만 혼자가 아니었다.

양옆에 우락부락한 남자 둘이 앉아있었다.

"나 원."

그녀의 외모를 고려하면 당연한 일일지도 모르지만, 남자들이 꼬였다.

자칫 잘못하면 평범한 호위 임무보다 성가셔질 것 같았지만,

불평해 봐야 소용없다.

지그는 한숨을 내쉬며 다가갔다.

하지만 들려온 대화에 따르면 그가 예상했던 것과 상황이 많이 다른 듯했다.

"아하. 그렇게 마술을 간략화하고 있는 거군요."

"바로 그거야. 시어셔는 배우는 것도 빠르네!"

"잘 가르쳐주신 덕분이죠."

"그렇게 칭찬해주니 이 아저씨도 기쁘구만!"

우락부락한 남자가 쑥스러운 듯이 말했다.

예상치 못한 그 광경에 지그는 자신도 모르게 걸음을 멈추고 말았다.

지그를 알아보고 시어셔가 손짓을 했다.

"지그 씨, 이분들은 베테랑 모험가인 베이츠 씨와 그로우 씨예요. 두 분에게 모험가에 관해서 이것저것 배우고 있었어요."

두 남자가 이쪽을 쳐다보았다.

시어셔와 대화하고 있던 게 베이츠, 묵묵히 듣고 있던 게 그로우라는 모양이다.

"여어 형씨, 이렇게 귀여운 아가씨를 혼자 두면 쓰나."

베이츠가 주변을 둘러보았다.

날카로운 눈빛으로 흘끔 쳐다보자 멀찌감치 떨어져 이쪽을 보고 있던 모험가들이 허둥지둥 시선을 돌렸다.

대부분이 젊은 남자였다.

"안 그래도 발정 난 애새끼들이 우글거리는 곳인데."

지그의 생각이 안일했던 것인지, 시어셔는 생각보다 더 이목을 끄는 모양이었다.

"고맙군, 일행이 신세를 진 모양이야."

"신경 쓰지, 마라. 신입을 돕는 건, 경험자의 일."

그로우라 불린 남자가 더듬거리며 말했다.

"바로 그거지. 뭐 언젠가 출세하면 그때 신입한테 똑같이 해주라고."

"그렇게 해서 돌고 도는 거군요. 알겠어요."

모범 답안 같은 발언에 두 사람은 감탄했다.

"파티를 맺을 상대를 소개해줄까도 했지만, 그건 필요 없을 같구만?"

베이츠가 의미심장한 눈빛으로 지그를 쳐다보았다.

지그는 그 얼굴이 낯이 익었다.

어제 위협했던 실력자 중에 그의 얼굴이 있었던 것이 떠올랐다.

"형씨는 모험가가 아니지?"

"그래. 호위 겸 짐꾼이다."

"그럼 됐어. 너무 참견하진 말라구."

정말 세심한 남자들이다.

다시 한번 감사 인사를 하자 두 사람은 자신들의 파티가 있는 곳으로 돌아갔다.

그걸 배웅한 후, 시어셔에게 어떤 의뢰를 골라왔냐고 물었다.

"이번에 받은 건 주머니 늑대 토벌이에요. 주머니 늑대는 놀랍게도 난생(卵生)인데, 배에 있는 주머니에 알을 잔뜩 넣고서 부화

시킨대요."

"그것도 분명 흥미롭기는 하지만, 가능하면 위험도나 습성 등을 듣고 싶은데."

"아 참, 그것도 그렇네요."

연구자 기질이라도 있는지, 흥미로운 게 생기면 자세히 조사하려 드는 버릇이 있나 보다.

"이 마수는 번식력이 강해서 정기적으로 토벌 의뢰가 나온대요. 숫자가 늘어나면 식량을 찾아 숲속에서 나온다는데 그즈음이 토벌 시기겠죠. 위험도는 평범한 늑대와 큰 차이가 없대요."

다시 말해서 무리 지으면 성가시다는 거다.

토벌에 익숙한 용병이라도 통솔이 잘 되는 늑대 떼에게는 애를 먹기도 한다.

그렇기에 정기적으로 토벌 의뢰가 나붙는 것일까.

"아무리 봐도 초심자용 의뢰가 아닌 것 같군."

"지금 받을 수 있는 것 중 제일 어려워 보이는 걸 골라왔으니까요."

길드에서 젊은 남자들이 시어셔를 신경 쓰고 있었던 데에는 이런 이유도 있을 것이다.

물론 흑심을 품은 게 더 큰 이유겠지만, 초심자가 느닷없이 무모한 짓을 하려 들면 말리려 드는 게 당연하다.

하지만 그녀는 모험가로서는 초심자일지 몰라도 전투 능력면에서는 보장할 수 있을 정도니 괜한 걱정이었다.

"꽤나 마음이 급하군. 출세라도 하려고?"

"어느 정도는요. 모험가는 등급이 오르면 여러 가지 혜택을 받을 수 있대요. 등급이 올라야 볼 수 있는 마술서도 잔뜩 있다고 하고요. 일단 그걸 목표로 하려고요."

"이런 식으로 말하기는 좀 그렇지만, 인간의 마술서가 마녀에게 도움이 되나?"

실력 차이가 너무 커서 아무짝에도 쓸모없지 않을까.

당연한 질문이었지만 그녀는 고개를 가로저었다.

"그럴 리가요! 아직 조금밖에 못 봤지만, 솔직히 말해서 마력 활용의 효율성만 놓고 보면 제가 압도적으로 뒤처져요!"

"뭐라고?"

예상치 못했던 답변이다.

"인간은 적은 마력을 잘 활용해서 최선의 결과를 내기 위한 궁리를 거듭했어요. 말 그대로 무수히 많은 사람들이 수백 년에 걸쳐서요. 고작 200년 정도 독학으로 배워온 제가 이길 수 있을 리가 없죠. 마력이 많은 덕에 다소 비효율적이라 해도 신경도 안 썼거든요."

힘없는 자들이 적은 힘을 유용하게 활용하기 위해 더 많은 노력을 한다.

지그는 놀라서 마녀가 이렇게까지 말하게 하다니, 이 땅의 인간들도 대단하다고 생각했다.

"게다가 아무래도 마술을 누구나 사용할 수 있게끔 한 도구 등, 제가 모르는 것도 잔뜩 있는 모양이에요. 저는 그걸 알고 싶어요."

아마도 처음이리라, 무언가를 추구해 야심을 불태우게 된 것은.

지금의 그녀는 여러 가지 욕구에 굶주려 있었다.

　"목적이 생긴 것 같아 다행이군. 그럼 슬슬 갈까. 현지까지는 며칠 정도 걸리지?"

　"도보로 7일 걸리지만…… 어떤 수단을 사용하면 순식간이에요."

　"뭐?"

　7일 걸리는 거리를 순식간에?

　지그는 무슨 소리인지 알 수가 없어서 고개를 갸웃했다.

　"자자, 따라와 보세요."

　그녀는 그렇게 말하며 좌측에 위치한 방으로 향했다.

　그곳에는 모험가들이 줄을 서 있었는데, 그들은 접수처에 카드를 보여주더니 안으로 들어갔다.

　줄은 순조롭게 줄어들어 얼마 지나지 않아 지그 일행의 차례가 되었다.

　시어셔가 카드를 보여주고서 두어 마디를 하자 안으로 들어가도 좋다는 허가가 떨어졌다.

　"카드요."

　접수원의 재촉에 동행 허가 카드를 보여주자, 그 카드를 확인하더니 눈짓으로 안으로 들어가라고 했다.

　방 안에는 빛나는 문자가 새겨진 석판 같은 것이 깔려 있었다.

　시어셔는 진작 들어가서 흥미롭다는 듯이 석판에 새겨진 문자를 쳐다보고 있었다.

　"중앙에 서주십시오."

　방에 있던 로브를 입은 남자의 말에 두 사람은 석판 한가운데에 섰다.

남자가 확인하더니 손을 내밀고서 영창을 시작했다.

그와 동시에 석판이 빛났다.

빛은 점점 커져서 시야를 가득 메웠다.

"윽!"

도저히 눈을 뜨고 있을 수 없을 정도의 빛이 두 사람을 감쌌다.

†

빛이 사라지고 시야가 돌아온다.

하지만 그곳에는 길드 건물이 아니라 낯선 숲이 펼쳐져 있었다.

"어떻게 된 거지……?"

주위를 둘러보았다.

뒤를 돌아보니 돌로 된 유적처럼 보이는 것이 세워져 있다.

이끼가 끼어 있는 걸로 보아 사람이 떠난지 오래인 곳인 듯했다.

"이게 고대의 마구(魔具), 전이석이에요."

순식간에 이동한 이 현상을 시어셔가 설명해주었다.

"특수한 재질로 된 전이석에 마법진을 그려서 서로 다른 석판들로 전이할 수 있게 한 것……이라고 해요. 아주 먼 옛날의 기술이라 현대에는 재현이 불가능하다나 봐요."

"……엄청나군. 이게 퍼지면 나라가, 아니, 세계가 뒤집힐걸."

"그렇게까지 편리한 건 아닌 모양이에요. 장소와도 관련이 있어서 특정 지점에서 옮겨놓으면 기동하지 않게 된다고 하고요."

모험가들은 이걸 사용해 각지의 마수를 토벌하고 있는 것이다.

이 전이석을 사용하면 대륙간 이동도 가능하지 않을까 생각했지만, 그렇게까지 편리하지는 않은 듯하다.

게다가 저 바다를 무사히 건너는 건 현재로서는 불가능할 것이라고 생각을 바로 잡았다.

지그는 주변에 적이 있는지 살폈다.

그렇게까지 깊은 숲은 아니지만, 좌우간 넓다.

시야는 좋지 않지만 그건 저쪽도 마찬가지다.

하지만 무리 지은 늑대를 이쪽이 먼저 포착하기는 어려울 거다.

"표적은 전이석으로부터 서쪽으로 조금 떨어진 곳에 있다고 해요. 가죠."

"그래."

나뭇잎 사이로 들이치는 햇살을 맞으며 걸어 나간다.

체력은 별로지만 숲에 살았던 덕인지 시어셔의 걸음걸이는 익숙해 보였다.

얼마간 걷자 조금 탁 트인 장소가 나왔다.

희한하게도 잡초가 무릎 정도까지 수북하게 자라 있는 가운데, 그곳에만 나무가 없었다.

그리고 그 안쪽에 깊은 숲이 있었다.

어슴푸레한 그 숲은, 매우 농후했다.

나무들이 아니라 공기가 농후한 것이다.

그곳에서 미지근한 맞바람이 불어왔다.

——그 소리에 숨어 풀숲을 가르는 소리가 난다.

"시어셔."

"네."

그녀도 알아챈 건지 이미 전투태세에 돌입했다.

숫자는 인식한 것만 해도 다섯 마리.

이쪽을 포위하려는 듯이 흩어졌다.

"어쩔까?"

"요격하죠. 공격에서 빠져나온 상대에게 대처해주세요."

"알았다."

적은 이쪽의 동향을 살피고 있는 것인지, 금방은 공격해오지 않았다.

시어셔가 술식을 구축하기 시작했다.

자극적인 냄새를 의식하며 지그는 주변을 견제했다.

포위가 끝나기 직전에 시어셔의 술식이 완성되었다.

지그를 중심으로 말뚝이 땅에서 원형으로 솟아났다.

풀숲을 헤집으며 주변을 선회하고 있는 주머니 늑대가 있을 것 같은 장소에 말뚝이 출현한 것이다.

그 끄트머리에 몇 마리의 주머니 늑대가 매달려 있다.

가죽이 그다지 두껍지 않은지 몸통에 직격한 개체는 보기 좋게 관통되어 있었다.

모두 다 치명상을 입었지만 숫자가 적다.

최소한 다섯 마리는 있었을 텐데 관통당한 건 세 마리뿐이다.

소리도 없이 등 뒤로 다가오고 있던 주머니 늑대가 잡초를 헤치고 덤벼들었다.

지그는 뒤로 돌며 쌍인검의 아래쪽 칼날을 주머니 늑대에게 내
질렀다.

목옆을 관통당해 즉사한 주머니 늑대에게서 칼날을 뽑으며 시
간차 공격을 하듯 좌측에서 덤벼든 상대를 그대로 퍼 올리듯 반
대쪽 칼날을 쳐올렸다.

배에 칼날을 꽂은 채 몸을 틀어 땅바닥에 내동댕이친다.

두 마리를 처리하고서 시어셔를 보니 도망치려던 한 마리를 말
뚝으로 꿰뚫고 있었다.

역시 이 정도는 상대도 안 되는 것 같다.

"이 정도면 될까요. 자아, 해체하죠."

모험가는 일반적으로 토벌 사실을 증명하고 돈으로 바꿀 목적
으로 마수의 부위를 해체한다는 모양이다.

"어디를 해체해야 하지?"

"주머니요. 아주 튼튼하고 가벼워서, 가공해서 배낭이나 물주
머니로 쓸 수 있다고 해요. ……뭐 하시는 거죠?"

지그는 어째서인지 손으로 입가를 가리는 듯한 모양새로 꼬물
거리고 있었다.

"아니, 아무것도 아니야. 그럼 분담해서 해체할까."

"제가 이래 봬도 가죽은 잘 벗기거든요~."

시어셔가 신이 나서 가죽을 벗겨 나갔다.

본인의 말대로 솜씨가 좋다.

목적했던 주머니 부근을 해체하기 위해 안에 손을 넣어 들어 올
렸다.

"구려?! 뭐야 이게, 냄새가 무진장 지독해요!!"

너무도 냄새가 심한 나머지 눈에 눈물이 그렁그렁해졌다.

"그렇겠지."

"지그 씨는 용케 멀쩡하네요…… 가만, 아?! 코마개 하고 있잖아요! 치사해! 알고 있었군요?!"

"몰랐는데."

야생 동물이 주머니 안까지 깨끗하게 씻을 가능성은 낮을 거라 생각한 것뿐이다.

오랜 세월 숙성된 주머니 안은 거의 위험 영역에 도달한 상태였던 모양이다.

얼마 동안 계속된 그녀의 불평을 흘려들으며 주머니를 해체했다.

물론 주머니 안은 직접 손대지 않으려 주의하며.

해체를 마친 시어셔가 손을 씻고 있다.

"우으~ 냄새나아…… 냄새가 안 빠져어."

제대로 손을 쑤셔 넣었는지 냄새가 안 빠진다며 울상이다.

지그는 웃으며 그 모습을 바라보았다.

하지만 갑자기 긴장된 표정을 짓더니 숲 안쪽을 쳐다보았다.

시어셔도 지그의 변화를 알아채고 주위를 경계했다.

오감에 의식을 집중하며.

풀숲이 흔들리는 소리 사이로, 멀리서 전투를 치르는 소리가 바람을 타고 들려왔다.

"누군가가 싸우고 있군."

"저한테는 안 들리지만, 다른 파티 아닐까요? 주머니 늑대 토벌 의뢰는 저 말고도 몇 사람이 더 받아갔으니까요. 그나저나, 그렇다면……."

그녀는 잠시 생각에 잠겼다.

마술서를 읽었다고는 해도 아직 기초적인 지식을 익혔을 뿐이다.

그걸 지식으로서가 아니라 직접 봐두고 싶다.

눈으로 보고 피부로 느끼면 보다 깊이 이해할 수 있을 거라고 마술서에도 적혀 있었다.

"지그 씨, 보러 갈까요?"

"그래, 나도 이쪽의 전투 방식을 봐두고 싶으니까."

방향성은 다르지만 그도 같은 의견인 듯했다.

결정을 내렸으니 행동은 빠를수록 좋다.

두 사람은 소리가 들리는 방향으로 달려나갔다.

†

전투음이 커질수록 두 사람의 발소리는 잦아들었다.

"들키지 않도록 조심해. 타인의 전투를 훔쳐보는 건 칼을 맞아도 할 말이 없는 짓이니까."

"네."

지그의 머리에는 여전히 용병으로서의 사고방식이 남아 있었다.

남에게 보이기 싫은 비장의 카드는 누구에게나 있기 마련이다.

그 사실을 아는지 모르는지가 아슬아슬한 싸움에서 결정타가 되는 경우도 있다.

하지만 그건 어디까지나 용병들의 이야기다.

그들이야 어제 함께 싸웠던 자와 오늘 칼을 마주치게 되는 것이 일상다반사였다지만, 모험가들은 그렇게까지 살벌한 관계가 아니다.

물론 불쾌해하기는 하겠지만.

그런 사실을 전혀 모르는 두 사람은 시간을 들여 다가가 나무 뒤에 숨어서 훔쳐보았다.

전투를 치르고 있는 것은 모험가와 주머니 늑대였다.

모험가의 숫자는 넷, 주머니 늑대는 여섯.

이미 다섯 마리의 시체가 땅바닥에 널브러져 있다.

전위 둘, 후위 둘로 균형이 맞는 파티다.

한손검과 방패를 든 쪽이 견제, 방해한 상대를 장검을 든 나머지 한 명이 확실하게 처리한다.

두 사람의 좌우로 전개하려는 적을 후위에서 활과 마술이 요격한다.

그야말로 막힘없고 매끄러운 움직임이었다.

마수의 무리는 제대로 연계를 취하지 못하고 차례로 쓰러져 갔다.

"저게 마수를 상대로 한 전투 방식인가."

훌륭한 전법이다.

서로를 보조하며 확실하게 숫자를 줄여나가고 있다.

저것에 비하면 자신의 전투 방식은 얼마나 치졸한가.

한 번 실수를 하면 그걸로 끝인 외줄 타기 같은 전투 방식이다.

개인의 전투 능력에 의존하는, 전법이라 부를 수도 없는 방식이 아닌가.

지그는 그 기술을 훔치고자 자세히 관찰했다.

†

전투는 얼마 안 가서 끝났다.

마지막 주머니 늑대가 쓰러진 것을 확인한 네 사람은 두 팀으로 나뉘어 경계와 해체 작업에 착수했다.

지그는 방금 전 전투를 돌이켜보며 머리에 새겨 넣고 있었다.

"굉장했네요."

"그래, 생각보다 더 수확이 있었어. 그쪽은 어떻지? 그다지 화려한 술식은 사용하지 않은 듯했는데."

"충분해요. 대단했어요. 저 사람들은 술식을 구축할 때……."

시어셔가 설명하던 도중에 문득 마술의 냄새가 났다.

풋내와 조금 비슷하지만 맡아본 적 없는 냄새다.

하지만 자극적인 냄새는 아니라 지그는 그렇게까지 경계하지 않으며 냄새가 난 방향을 흘끔 쳐다보았다.

시선을 옮긴 곳에서는 조금 전에 봤던 모험가들이 해체 작업을 하고 있었다.

저들이 뭔가 술식을 사용한 것이겠거니, 하고 관심을 떼려던 그때.

풍경이 아주 약간…… 일그러진 듯한 기분이 들었다.

"…………."

"지그 씨?"

환각이라도 본 건가?

그렇게 생각했지만 일단 다시 한번 확인해 보았다.

방패를 든 이와 궁수에게 주변을 경계하게 한 것은 타당한 조치다.

해체 작업을 하고 있는 것은 나머지 두 명인 검사와 마술사다.

……마술사?

그는 나이프로 주머니를 해체하려 하고 있다.

주머니 안에서 고약한 냄새가 난다는 걸 아는지, 장갑을 끼고 입가를 가리고 있다.

술식을 사용하고 있는 듯한 낌새는 없다.

그럼 이 마술은 누가?

지그의 등에 전율이 일었다.

해체 작업 중인 마술사의 후방 10미터.

나뭇잎 사이로 희미한 햇볕이 들이치고 있는 곳에서 빛이 부자연스럽게 굴절됐다.

희미하게 떠오른 실루엣이, 사냥감을 정조준하고 있다.

"뒤다!!"

들키지 않게끔 거리를 두고 있던 지그가 여기서 달려가 봐야 늦었다고 판단하고 소리쳤다.

순간, 궁수가 활로 이쪽을 겨누었다.

그러더니 순식간에 상황을 이해하고 빠르게 등 뒤로 다가온 '무언가'를 향해 화살을 쏘았다.

반쯤 감에 의지해 날린 화살은 '무언가'에 명중했지만 치명적인 피해를 입히지는 못했다.

하지만 조금이나마 돌진 속도를 늦춘 덕에 검사가 마술사를 끌어안고 옆으로 몸을 날릴 시간은 생겼다.

고속으로 돌진한 '무언가'는 마술사가 해체하고 있던 주머니 늑대의 시체를 낚아채듯이 물더니 그대로 잘근잘근 씹었다.

피가 뿜어져 나와 입가를 붉게 물들임과 동시에 공간에서 스며 나오듯 그 모습이 드러났다.

몸길이는 8미터 정도.

허공에 두둥실 떠 있는 그 모습은 바다를 헤엄치는 상어 같았다.

하지만 머리부터 뒤로는 가늘고 기다란 뱀처럼 낭창거렸고, 푹 꺼진 눈은 뒤룩뒤룩 분주하게 움직이고 있다.

흑갈색을 띤 몸과 호흡에 맞춰 떨리는 아가미 안쪽의 새빨간 살이 끔찍하리만치 징그럽다.

"유령 상어?! 왜 이런 곳에……."

"피 냄새를 맡고 나온 거야! 저 녀석의 상대를 하기에는 준비가 부족해. 철수한다!"

유령 상어는 헤엄치며 모습을 감췄다.

화살을 맞아 피투성이가 되었음에도 사라졌다.

유심히 보면 미세하게 풍경이 왜곡되어 보이지만, 한 번 시야에서 벗어나면 다시 찾아내기가 어려웠다.

"리스티, 저 녀석을 놓치지 마. 자신을 인식한 상대를 무모하게 공격하지는 않으니까. 라일, 마르트. 늑대 사체는 줘버려. 후미는 리스티와 라일이 맡아. 일직선으로 돌아간다, 고고고!!"

리더의 지시에 따라 궁수와 방패 검사가 후미에서 방어를 굳히더니 유령 상어를 견제하며 잽싸게 퇴각했다.

유령 상어는 추격을 포기하고 주머니 늑대의 시체를 먹기 시작했다.

그 모습을 지켜보며 리더는 주변을 살폈다.

조금 전에 들었던 목소리의 주인공은 이미 모습을 감춘 지 오래였다.

†

지그 일행은 한발 먼저 길드로 돌아와 오늘의 보고를 하고 있었다.

물론 상어처럼 생긴 마수에 관해서는 비밀로 했다.

"수고하셨습니다. 첫날에 이 정도 성과를 올린 건 굉장한 거예요. 앞으로의 활약을 기대하겠습니다. 하지만 무리는 하지 마세요."

"네."

첫날 성과치고는 썩 괜찮은 모양이다.

접수처에서 보수금을 받은 시어셔는 신이 나서 돌아왔다.

"어땠지?"

"꽤 많아요. 2만 5천 드렝이었어요."

"호오."

하루 벌이치고는 나쁘지 않다.

"앞으로 같은 수준의 의뢰를 네 번 더 하면 승급할 수 있대요."

"그렇게 빨리?"

그녀에게 물어보니 승급 시스템에 관해 자세히 설명해주었다.

10점이면 승급.

본인에게 맞는 등급의 의뢰를 완수하면 1점.

한 등급 높은 것을 완수하면 2점.

실패하면 두 배의 점수를 잃는다.

다시 말해서 높은 등급의 의뢰를 받았다가 실패하면 4점 감점
된다.

어지간히 자신이 있는 사람이 아니면 높은 등급의 의뢰에 도전
하기를 꺼릴 수밖에 없는 것이다.

"그와는 별개로 달성한 의뢰에 부족한 점이 있거나 행실이 나
쁘면 감점돼요. 길드에서 특별히 부탁한 의뢰를 완수하면 많은
점수를 얻을 수 있다는 모양이지만요."

"뭐, 괜히 아첨하거나 꼼수를 부리기보다는 견실하게 하는 게
가장 빠른 길일 것 같군."

"맞아요. 아무튼 전부 1점씩 추가로 받으면, 앞으로 네 번이면

승급할 수 있는 셈이잖아요."

이야기를 하는 동안에도 계속해서 모험가들이 돌아왔다.

그중에서 좀 전에 봤던 파티를 발견했다.

"그 마수에 관해 보고하지 않아도 괜찮을까요?"

"어차피 저 녀석들이 보고하겠지. 게다가 우연히 그리로 달려 간 것뿐이라고 변명해봐야 통하지도 않을 테고."

저들은 주변에 대한 경계를 게을리하지 않았다.

우연히 그곳으로 달려갔다고 둘러대는 건 무리가 있다.

"훔쳐봤다는 걸 들키면 품행 불량으로 감점당하겠죠……?"

"그렇겠지."

†

"그런가요…… 유령 상어가."

"그래. 주머니 늑대의 번식기치고는 이르잖아. 아마 그 녀석에 게 쫓겨 온 걸 거야."

"보고해주서서 감사합니다. 그나저나 대단하시네요, 앨런 씨. 유령 상어를 격퇴하다니. 그 마수에게 습격을 당했는데도 희생자 가 나오지 않은 건 처음일지도 몰라요."

유령 상어는 그 은밀성 때문에 발견하기가 어렵다.

보통 토벌 의뢰가 나붙는 건 어디선가 희생자가 나온 다음이 고, 이쪽이 먼저 발견한 사례는 매우 적었다.

개체 수가 적은 덕에 피해자의 수 자체도 적어서 적극적으로 대책을 강구하자는 움직임으로 이어지기가 어렵기도 했다.

"……그거 말인데, 사실 우리도 접근 사실을 몰랐어. 지나가던 누군가가 알아채고 말해주지 않았다면 틀림없이 누구 하나는 죽었을걸."

"그랬나요…… 그 누군가라는 건……?"

앨런은 고개를 가로저었다.

"모르겠어. 거리도 있었고 한순간에 벌어진 일이었으니까. 차림새로 봐서는 모험가인 것 같았는데…… 그래서 부탁하고 싶은 게 하나 있어."

"오늘 숲을 탐색했던 파티의 정보, 말씀이신가요?"

"가능할까?"

여성 접수원은 생각했다.

기본적으로 모험가의 정보는 공개하지 않는다.

하지만 정당한 이유가 있다면 예외다.

문제는 어디까지 알려줄 것인가 하는 거다.

"……오늘 숲에 들어간 파티의 숫자와 이름, 출발과 귀환 시각. 알려드릴 수 있는 건 그 정도예요."

"충분해, 고마워."

감사 인사를 하고서 돌아가려는 앨런을 접수원이 불러 세웠다.

"조건이 하나 있어요."

"뭔데?"

"그분을 찾으면 길드에도 알려주세요. 유령 상어의 은신을 간파하는 기술은 저희도 필요하니까요."

"……확약은 못 해. 말은 해보겠지만 거절당하면 포기해 줘."

"충분합니다. 여기 있어요."

접수원에게서 리스트를 받은 앨런은 이번에야말로 동료들이 있는 곳으로 돌아갔다.

†

"우와, 이쪽으로 오고 있어요."

"당당하게 있어."

허둥대는 시어셔를 타이르며 그대로 스쳐 지나갔다.

저쪽은 이쪽을 알아보지 못하고 지나쳐 갔다.

그녀는 가슴을 쓸어내렸다.

"새삼스러운 이야기지만."

그대로 길드를 나선 두 사람은 저녁 식사를 하러 갔다.

"죽게 내버려두는 게 가장 편했을 것 같네요."

"뭐, 그렇지."

그녀의 말이 맞았다.

잠자코 보고 있었으면 성가신 일은 모두 그 마수가 처리해주었을지도 모른다.

"하지만 뭐, 여러모로 좋은 걸 보여줬으니까. 그 정도는 해도 괜찮겠지."

"그것도 그러네요."

"또 그런 상황과 맞닥뜨리면 어느 정도는 도움을 주도록 해."

"도움이 안 될 것 같은 사람이라도요?"

"그래."

시어셔는 의아하다는 듯한 표정이다.

"인간 사회에서 살아가는 데 중요한 건 적을 만들지 않는 것과 아군을 만드는 거다."

"아군……인가요. 그건, 아주 어려울 것 같네요……."

그녀는 떨떠름한 얼굴이었다.

오랫동안 적밖에 없었던 그녀에게 갑자기 아군을 만들라고 한들 받아들이기가 어려울 거다.

"딱히 절대 배신하지 않을 아군을 만들라는 게 아니야. 자기가 불리할 때 도와줄지도 모른다 싶은 정도면 돼. 얕은 관계라도 좋으니 인맥을 많이 만들어. 반드시 너에게 도움이 될 테니까."

"……잘 모르겠지만, 알겠어요. 지그 씨가 그렇다면 해보죠."

이야기를 마친 두 사람은 새로운 식당을 개척하기 위해 주변을 물색했다.

"저기는 어떨까요?"

시어셔가 가리킨 가게는 해산물 계열인 듯했다.

이 근처는 바다가 가까우니 맛이 없을 가능성은 낮을 거다.

"좋아, 가보지."

안에 들어가 끄트머리에 있는 자리에 앉아 주문했다.

주문을 받은 점원이 멀어지는 것을 확인한 후, 요리가 나오기를 기다리는 동안 시어셔에게 궁금했던 것을 물었다.

"이전에도 말했지만, 저 녀석들의 마술은 어떻게 다른 거지?"

"한마디로 말하자면, 마술의 자동화라고나 할까요. 마술의 발동 공정은 기억하나요?"

"……분명 떠올린다, 지향성을 부여한다, 형태를 부여한다, 였던가?"

다소 가물가물한 기억을 발굴해내 답했다.

"맞아요. 여기 사람들은 그 공정 중 지향성을 부여하는 부분까지를 자동화했어요."

"자동화라니…… 가능한 건가?"

"전이석을 떠올려 보세요. 거기 새겨져 있던 건 마술각인이라는 건데, 사전에 술식을 새겨뒀다가 마력을 흘려보내기만 하면 기동하게끔 한 거예요."

"요컨대 자신의 몸에 술식을 새겨두었다는 건가?"

"정확히 말하자면 일부러 미완성 술식을 새기는 거예요."

그런 건가.

완전히 술식을 새겨버리면 그 술식밖에 못 쓰게 된다.

그러니 공정 중 지향성을 부여하는 부분까지를 새겨둔다.

기동시키면 형태를 부여하는 것만 남은 상태까지 진행할 수 있다는 건가.

"하지만 그러면 술식의 경향이 편향되지 않나?"

"애초에 경향이 다른 술식을 배우는 건 아주 힘든 일이에요. 마술 하나만 사용할 줄 아는 사람은 둘째 치고, 손에 든 카드 중 하나로 사용하기에는 아주 유효한 방법이죠. 여차할 때 고민하지 않아도 되니까요."

순간적인 판단이 요구될 때, 많은 선택지는 때때로 오히려 해가 될 수도 있다.

적의 공격을 피할 것인가, 방어할 것인가.

적을 공격할 때 술식을 사용할 것인가 검을 사용할 것인가.

할 수 있는 게 정해져 있으면 고민할 필요가 없는 것이다.

파티 단위로 움직일 때 역할 구분이 쉬워진다는 것도 이점이다.

"물론 단점도 있지만요. 자잘한 변경이 불가능해지니까요. 하지만 단점을 웃도는 효과를 얻을 수 있을 거라 생각해요. 인간도 대단한 걸 궁리해 냈네요."

"나도 마술각인을 새기면 할 수 있게 되나?"

"무리예요. 지그 씨는…… 아니, 저쪽 대륙의 인간들은 마력이 전혀 없으니까요. 그래서 마술의 냄새를 맡을 수 있는 거고요."

매우 유감이다.

짐을 늘리지 않고 원거리 무기를 쓸 수 있으면 아주 편리할 텐데.

조짐을 냄새로 알아챌 수 있는 것도 편리하기는 하지만, 마술을 사용하는 능력과 그것 중 어느 쪽이 더 좋으냐고 누가 묻는다면 사용하는 능력 쪽을 택할 거다.

이야기가 일단락되었을 즈음, 요리가 나왔다.

지그는 해물 페페론치노, 시어셔는 파에야다.

"오, 맛있군."

마늘향과 섞인 해산물의 냄새가 식욕을 자극한다.

가격도 싸고 양도 많은 좋은 가게다.

머릿속 메모장에 그렇게 적어두었다.

"이쪽도 맛있어요!"

파에야도 호평이다.

새우와 조개가 잔뜩 들어간 파에야도 정말 맛있어 보인다.

"조금 나눠 먹지."

"그래요. 그쪽도 궁금했거든요."

두 사람은 음식을 나눠 먹다가 결국 추가 주문까지 해가며 저녁 식사를 즐겼다.

"신경 쓰이는 게 있었는데."

식후에 차를 마시며 지그가 말을 꺼냈다.

"모험가는 이상하게 여자가 많군. 마술은 둘째 치고 검사 노릇은 할 수 있는 건가?"

마술사들뿐이었다면 이해할 수 있었을 거다.

하지만 전위 같은 차림새를 한 이도 적지 않았다.

"이쪽 사람들은 마술로 항상 몸을 강화하고 있으니까요. 기본적으로 여성 쪽이 마력량이 더 많으니 순수한 육체능력을 합치면 거의 비슷한 실력이 될걸요."

"뭐라고?"

지그가 자신도 모르게 몸을 앞으로 내밀었다.

"그거 큰일이군. 어느 정도 강화되는지는 모르겠지만 신체능력이 같은 녀석에게는 절대 못 이긴다는 건가."

"으~음, 그거 말인데요…… 지그 씨, 주머니 늑대랑 싸워보니 무슨 생각이 들었나요?"

"딱히 아무 생각도. 무리 지으면 성가실지도 모르지만 단독으로는 별 것 아니지. 신출내기 용병에게는 버거울지도 모르지만."

"이쪽에서도 대충 비슷한 인식이에요. 신출내기에게는 버겁지만 숙련자에게는 별 것 아니라고 해요."

그거 이상하군.

신체능력을 강화할 수 있다면 다소 꼴사나운 싸움을 할 수는 있어도 애를 먹을 일은 없을 텐데.

"아마도 이쪽 사람들은 순수 신체능력이 낮은 걸 거예요. 저들의 강화는 상당히 일상적인 것이거든요. 거의 무의식적으로 하고 있다고 할 수 있어요. 신체능력을 마력으로 보충하고 있어서 저하한 건지, 떨어지는 신체능력을 보충하기 위해 마력이 발달한 건지는 모르겠지만. 마수도 마찬가지에요. 마력으로 강화하고 있기에 저렇게 커다란 몸을 유지할 수 있는 거죠. 결과적으로 남녀 간의 능력 차이는 줄어들고, 전투에서도 활약할 수 있게 된 거예요."

그 말을 듣고 지그는 안심했다.

마술을 쓸 수 없는 데다 유일한 밑천인 신체능력까지 뒤처지면 어떻게 해야 하나 싶었던 것이다.

안심하고 나자 다른 의문도 발생했다.

"그럼 나는 왜 강화했다는 걸 못 알아챈 거지?"

"자신의 몸에 영향을 미치는 건 지향성을 부여할 필요가 없기 때문이에요. 몸의 움직임 그 자체를 보강하기만 하면 되니까요. 정확히 말하자면 보강하고 있는 건 육체능력뿐이 아니라 몸 그 자체인 것 같아요. 아마 마력이 없으면 병도 잘 안 나아 죽을 걸요, 이 사람들."

기본 능력을 강화하기 위한 게 아니라 보완하기 위한 능력이라는 건가.

하지만 그건 그것대로 복잡한 이야기로군.

좋기만 한 건 아니란 건가.

"마술 이야기가 나와서 말이지만, 마수도 사용하고 있었죠?"

"……그래. 알아챈 건 순전히 운이었어."

숲에서 보았던 상어 같은 마수가 떠올랐다.

그 커다란 게 모습을 감추고 허공을 헤엄쳤다.

정말이지 성가시기 그지없다.

"마수가 저러한 마술을 사용한다면, 사전에 정보 수집을 해둘 필요가 있겠어."

이쪽에서도 정보상을 찾을 필요가 있으려나.

……정보상이 맞나?

마수 학자 같은 걸 찾아가는 게 좋을까.

아니, 그렇지.

마수도감이었던가? 그 책이 좋겠다.

이 이상의 지출은 피하고 싶지만 꼭 빌리고 싶다.

그런 생각을 하던 중, 주변에서 그 마물에 관한 이야기가 들려왔다.

"그러고 보니 들었어? 유령 상어가 나왔다던데."

"그래. 앨런네 파티가 격퇴했다더라."

"이야, 대단하구만. 요즘 그 녀석들 잘나가네. 이제 곧 4등급이지?"

"부럽구만. 하지만 토벌한 건 아니라니 조만간 길드에서 정식으로 공고를 낼지도 모르겠어."

"요전에는 헛방을 쳤었으니까, 거 잘들 좀 하지."

"그나저나 길드가 오보를 내다니 별일이네."

아무래도 그 마수는 유령 상어라고 부르는 모양이다.

"그 파티, 제법이다 싶었더니 5등급이었나요…… 어쩐지."

"5등급이란 게 대단한 건가?"

숫자만 들으면 한가운데 정도인 것 같은데.

"베이츠 씨에게 들은 바에 따르면 모험가 중 절반이 7등급 이하래요."

다시 말해서 7등급 상위권이 중간 정도의 실력이라는 거다.

듣자 하니 그들은 승급을 앞둔 5등급 상위권인 것 같다.

그럼 위쪽에서 밑바닥이란 건가.

"이거 위험할지도 모르겠군."

생각했던 것보다 실력자였던 모양이다.

당연히 주변에 대한 영향력과 정보 수집 능력도 높을 거다.

자신들의 존재에 도달할 가능성도 낮지는 않다.

"녀석들이 자잘한 걸 신경 쓰지 않는 성격이기를 기도할까……."

†

그 일은 주머니 늑대 사냥을 계속한 지 사흘째 되는 날 아침에 일어났다.

"질렸어요!"

시어셔가 폭발했다.

자다가 뻗친 머리를 한 채 아침 식사로 나온 빵을 둘로 쪼개던 그녀가 버럭 소리를 쳤다.

잠에 취한 눈을 하고 있던 그녀를 깨워서, 준비해둔 아침 식사 앞에 앉혀놨는데 깨어났나 했더니 저런 소리를 한 것이다.

"흠……."

지그는 턱에 손을 댄 채 그녀가 화를 내는 이유를 생각했다.

아침 식사로 빵을 먹는 건 아직 이틀째다. 어젯밤엔 고기, 그전에는 생선이었다.

식사 내용에 질렸다는 건 아니리라.

그렇다면 가능성이 있는 건…….

"과연…… 차인가."

"아뇨, 아녜요."

"……."

둘로 쪼갠 빵에 잼을 바르고 있는 시어셔를 쳐다보았다.

그녀는 잼을 넉넉하게 바른 빵을 베어 물고는 우물우물 입을 움 직여 씹더니 차와 함께 목구멍으로 넘겼다.

단것과 차를 만족스럽게 즐기는 모습에서는 분명 질린 듯한 낌 새를 느낄 수가 없었다.

"제 말은 같은 마수를 계속 사냥하는 데 질렸다는 뜻이라고요."

"아아, 그런 거였나."

그후로 3일. 효율적이라는 이유로 하염없이 같은 마수만 골라서 잡고 있었다.

시어셔는 계속 같은 마수를 상대하는 데 싫증이 나 있었다.

지그는 그녀의 감각을 도통 이해할 수가 없는지 의아하다는 표정이다.

"지그 씨는 안 지겨워요?"

"매일 인간을 상대로 싸워왔으니까. 사흘 정도로는 딱히."

"그랬죠……."

용병으로서 죽고 죽이는 싸움을 계속해온 그에게 같은 상대와 싸우는 게 지겹지 않냐는 것은 그야말로 어리석은 질문이었다.

"오늘은 쉴까."

"그건…… 가긴 할 거지만요."

시어셔는 떨떠름한 얼굴로 고개를 끄덕였다.

빨리 승급하고 싶은 그녀에게 지겨우니 쉰다는 선택지는 없는 모양이다.

하지만 그다지 좋은 상태는 아니다.

우울한 상태로는 평소와 같은 실력을 발휘할 수 없을 테고, 생각지 못한 실수를 할 가능성도 없지는 않다.

하지만 순순히 휴일을 받아들일 것 같지도 않다.

지그는 잠시 생각하다가 이전에 용병단에 있었던 선배의 말을 따라보기로 했다.

"오늘은 조금 일찍 일을 마치고 나들이나 할까."

"나들이요…… 어디로요?"

"옷이라도 사러 가지. 그것만으로는 여러모로 불편하지 않나?"

시어셔는 일할 때는 마녀의 검은 로브를 입고 있지만, 평상복으로 갖고 있는 건 이전 대륙에서 급하게 샀던 삼베옷뿐이다.

'옷 선물 받고 싫어할 여자 없다'.

여자라면 사족을 못 쓰던 선배 용병이 술자리에서 자주 하던 소리인데, 마녀에게도 저 말이 해당될까.

하지만 지그가 여자와 관계했던 건 창관에 가서 성욕을 해소했을 때 정도뿐이다. 그것도 금전을 건네고 행위만 하는 실로 사무적인 거래였던지라 대화를 즐길 여지가 없었다.

하지만 달리 의지할 것도 없으니 그의 말을 믿어보는 수밖에 없다.

"옷 말인가요…… 으~음."

하지만 시어셔는 고개를 갸웃한 채 고민에 빠졌다.

역시 마녀와 인간 여자는 감각적으로 큰 차이가 있는 걸까.

애초에 그녀는 계속 혼자 지낸 탓에 꾸며 입는다는 행위를 무의미하다고 생각할지도 모른다.

(실패인가?)

자신의 복장을 확인하는 시어셔에게 가볍게 손을 들어 보이며 말했다.

"아니, 관심 없으면 무리할 필요는."

"지그 씨는……."

다른 제안을 하려던 지그의 말을 시어셔가 가로막았다.

그녀는 섹시하기는커녕 무미건조하기 그지없는 옷의 끄트머리를 손가락으로 집은 채 딴 곳을 쳐다보고 있었다.

"지그 씨는, 제가 꾸며 입는 편이 좋은가요?"

조금 딱딱한 말투로 시어셔가 물었다.

지그는 평소와 분위기가 다른 그녀의 모습에 당황해서 질문의 의미가 무엇일까 생각해 보았지만 도통 알 수가 없었다.

잘은 모르겠지만 일단 고개를 끄덕여두어야 할 장면인 듯한 기분이 들었다.

"그래, 그러는 편이 좋지."

"그런, 가요……."

지그의 답변을 들은 시어셔가 머리카락을 손가락으로 빙글빙글 돌리며 지분거렸다.

어쩐지 기분이 좋아진 듯 느껴지는 걸로 미루어 좀 전의 답변은 정답이었던 모양이다.

"알겠어요. 그럼 오늘은 일찍 끝내고 옷을 사러 가죠."

"음."

의뢰인의 기분이 풀렸다는 사실에 지그는 안도했다.

여자는 옷을 선물하면 넘어온다는 말은 진실이었던 모양이다.

마녀에게 그게 통할지 걱정이었지만 상황을 보아하니 마녀도 여자이기는 한 모양이다.

속으로 여자를 밝히던 선배 용병에게 감사 인사를 했다. 다시 만날 일은 없겠지만.

시어셔는 신이 난 얼굴로 아침 식사를 마치더니 준비를 시작했다.

꽤나 들떴는지 콧노래까지 흥얼거리고 있다.

이렇게나 옷을 사러 가는 걸 기대하는 것을 보니, 역시 삼베옷만 입는 게 여러모로 불만이었던 모양이다.

지그는 그렇게 납득하고는 자신도 일할 준비를 하기 위해 찻잔을 비웠다.

†

일 자체는 아무 문제도 없이 끝났다.

첫날과 같은 돌발 상황도 일어나지 않아 몇 마리의 주머니 늑대를 처리하고 평소처럼 돌아왔다.

시어셔는 이쪽에서 사용하는 마법이 원래 있던 대륙과 어떤 차이가 있는지를 확인했다고 했지만, 지그의 눈에는 딱히 다른 부분이 보이지 않았다.

길드로 돌아와 접수처에서 보고를 한다.

이 시간대의 접수처는 한가해서 기다리지 않고 보고를 마칠 수 있었다.

"네, 수고하셨습니다. 오늘은 꽤 일찍 오셨네요."

"좀 이따 지그 씨와 쇼핑을 하러 가기로 했거든요."

그 말을 들은 여성 접수원이 빙긋 미소를 지어 보였다.

"그거 잘됐네요. 몸도 중요하지만 스트레스를 푸는 것도 모험

가의 일 중 하나니까요. 재미있게 놀다 오세요…… 어라? 일행
분, 다투고 있는데요?"

생글생글 웃던 접수원이 의아하다는 듯이 안쪽을 쳐다보았다.

시어셔가 그 시선을 좇아보니 지그 주변에 젊은 남자 몇 명이
있었다.

목소리까지는 안 들렸지만 그다지 평화로운 분위기는 아닌 듯
보였다.

아무래도 기다리는 동안 젊은 모험가들이 지그에게 시비를 건
모양이다.

시어셔는 그 광경을, 턱에 손을 댄 채 바라보았다.

"……이전부터 이상하다 싶었는데. 지그 씨는 아무리 봐도 위
험해 보이잖아요? 왜 저렇게 생긴 사람한테 시비를 거는 거죠?"

젊은 모험가들이 지그에게 시비를 거는 건 이번이 처음이 아
니다.

시어셔라는 겉모습만 보면 매우 아름다운 여성과 늘 붙어 다니
다 보니, 훼방꾼이라 생각한 남자들이 질투하는 건 당연한 일이
었다.

하지만 그런 이유가 있다 해도 지그의 분위기와 체격을 보고도
계속 시비를 걸다니, 위험 감지 능력이 결여됐다고 표현할 수밖
에 없지 않을까.

시어셔의 소박한 질문에 여성 접수원은 쓴웃음을 지은 채 뺨을
긁적거렸다.

"거기에는 이유가 있는데 말이죠……."

"덩치가 커서 얕보이는 거야."

접수원의 말을 이어받는 모양새로 굵은 목소리가 들려왔다.

돌아보자 까까머리를 한, 우락부락하지만 애교 있는 생김새의 남자가 윙크를 했다.

"베이츠 씨."

"여어, 시어셔. 모험가 일은 잘하고 있고?"

"덕분에요."

그는 고개 숙여 인사하는 그녀에게 한 손을 들어 보이며 카운터에 기댔다.

그러더니 웬 서류를 접수처에 제출하며 재미있다는 듯이 지그가 있는 쪽을 쳐다보았다.

시어셔는 좀 전에 베이츠가 한 말에 대한 의문을 입 밖에 내 보았다.

"어째서 체격이 좋은 사람을 얕보는 거죠?"

"모험가, 특히 전위란 놈들은 마력으로 몸을 강화하는 게 무엇보다도 중요하지. 신체강화술을 잘 다룰수록 역량도 올라간다 해도 과언이 아니야. 몸이 커지도록 단련한다는 건 마력을 통한 신체강화술이 미숙하다는 증거……라는 게 신체강화술에 익숙해지기 시작한 녀석들이 지껄이는 전형적인 말이지."

"아~…… 뭐어, 그런 식으로 생각하지 못할 건 없을 것도 같네요……?"

그렇다고 해서 몸을 단련하는 게 헛수고일 것 같지는 않은데, 라는 생각을 하며 시어셔는 애매하게 고개를 끄덕였다.

어째서 그런 착각을 하는 건지 원. 베이츠는 얼굴을 손으로 쓸며 한탄했다.

"확실히 몸을 단련하는 것보다 강화술을 갈고닦는 편이 힘이 늘어난 걸 눈에 띄게 실감할 수 있다는 건 부정하지 않겠지만. 마력이 적은 녀석은 그걸 보완하기 위해 몸이 커지도록 단련하기 일쑤라는 것도 사실이고. 나도 그랬으니까."

분명 베이츠도 체격은 좋은 편이다.

하지만 그는 쌓아온 실적이 있어서 얕보일 일이 없다.

접수원이 한숨을 내쉬며 베이츠가 제출한 서류를 훑어보고 도장을 찍었다.

"……일면만 보고 그게 전부라고 단정 짓는 사람은 어디에나 있죠. 이게 옳다고 한번 믿어버리면 다른 건 보이지도 않게 되는 거예요."

접수원이 돌려준 서류를 받아 품 안에 넣으며 베이츠가 입을 열었다.

"뭐어, 그런고로 덩치 큰 녀석을 얕보는 녀석들도 어느 정도 있어. 성장해서 강화술의 발전이 한계에 부딪히면 둘 다 단련한 쪽이 강하다는 지극히 당연한 사실을 알아채게 되지만 말이야. 젊은 날의 과오라는 거지."

지그에게 시비를 거는 게 젊은 모험가들뿐인 것도 납득이 갔다.

"저 녀석이 얌전하게 대응하는 것도 거기에 한몫하고 있지만 말이야. 젊은 녀석들이 베테랑한테 저딴 식으로 굴면 그 즉시 땅속에 파묻혀도 할 말이 없을 텐데."

지그가 일할 때 말고 힘을 쓰는 모습은 본 적이 없다.

얕보이면 끝장이라는 말을 신조로 삼고 있는 모험가들의 눈에, 받아치지 않는 지그는 겁쟁이처럼 보일까.

주변에서 떠들어대는 모험가의 말을 적당히 흘려 넘기던 지그가, 시어셔가 보고를 마친 듯하다는 걸 알아채고 자리에서 일어났다.

아직 얘기 안 끝났다는 듯이 팔을 붙잡으려는 모험가들을 스윽 피했다.

뒤쫓아 오려던 모험가들을 베이츠가 눈빛으로 위협했다.

고위 모험가의 위압적인 눈빛에 젊은 모험가들은 얼굴이 파랗게 질려 떠나가 버렸다.

지그가 눈짓으로 감사인사를 하자 베이츠가 한손을 들어 그에 답했다.

"오래 기다리셨어요."

"다 끝났나?"

"네. 가요."

짧은 대화를 마치고는 나란히 길드를 나섰다.

두 사람은 대장간 등이 늘어선 거리를 지나 번화가의 중심, 잡화 등의 일용품점이 밀집되어 있는 장소로 향했다. 중심에서 다소 떨어진 곳에 있는 헌옷 가게가 아니라 멀끔하게 생긴 재봉소로 들어간다. 안에는 중년 주인장과 점원으로 보이는 젊은 아가씨가 서 있었다.

"어서 오십시오. 어라, 오늘은 둘이 오셨나요?"

"그래. 이 여자의 옷을 마련하고 싶어서."

점원 아가씨와 지그가 익숙한 투로 대화를 나눈 것으로 미루어, 그는 몇 번인가 이 가게에 왔었던 모양이다.

"……의외네요. 지그 씨, 이런 가게에 자주 오나요?"

"그런 건 아니지만…… 어쩔 수 없이 말이지."

"이 손님, 몸집이 커서 헌 옷 가게에 맞는 사이즈의 옷이 하나도 없었대요!"

젊은 점원은 말을 흐리는 지그는 아랑곳하지 않고 냉큼 사정을 털어놔 버렸다. 악의 없는 폭로에 지그와 주인장은 골치가 아프다는 듯이 이마에 손을 얹을 따름이었다.

매우 지그답다고 할 수 있는 사정에 시어셔도 따라서 웃고 말았다. 심상치 않은 미모를 지닌 그녀가 그렇게 웃자 매우 화사해 보였다.

"우와, 엄청 미인이네…… 손님도 제법이시네요."

동성인데도 넋을 놓고 그 모습을 쳐다보던 아가씨가 지그의 팔을 찰싹찰싹 때렸다. 의뢰인이다, 라고 말하며 가게 안을 둘러보았다.

그녀의 말대로 지그의 몸에 맞는 헌옷은 그리 흔치 않아서 어쩔 수 없이 새 옷을 지어달라고 했다. 하지만 지금까지 자신의 옷만, 그것도 같은 걸로 부탁한 탓에 이 가게에 있는 여성용 옷을 제대로 본 적이 없었다.

"어떤 옷으로 하시겠어요?"

점원의 질문에 시어셔를 쳐다보자 그녀도 동시에 지그의 의견을 문득 눈짓을 해왔다.

"지그 씨는 어떤 옷이 좋으신가요?"

네가 입을 옷일 텐데, 라고 답하려던 지그는 아침에 나눴던 대화가 떠올라 말을 삼켰다.

그녀는 아마도 타인의 시선을 의식해가며 복장을 고르는 게 생전 처음일 거다. 아무 조언도 없이 느닷없이 고르라고 하는 건 잔인한 짓이리라.

이번에는 자신이 골라야 할까, 라고 생각한 지그가 삼켰던 말과 다른 질문을 던졌다.

"본인 사이즈는 아나?"

"감각적으로는 알지만, 숫자로 말하라고 하면……."

잘 모르겠어요, 라고 중얼거리는 그녀의 어깨에 손을 얹고서 점원에게 눈짓을 했다.

"부탁하지. 천천히 해도 돼."

"부탁받았습니다! 그럼 이쪽으로 오세요."

"네?! 저, 저기……."

"괜찮아요, 괜찮아."

치수를 재기 위해 안쪽으로 끌려가는 시어서를 배웅하고는 조용히 일의 경과를 살피던 주인장에게 시선을 보냈다.

"……"

깔끔하게 머리를 묶은 중년 남자는 말 없이 고개를 끄덕이더니 지그에게 여성의 옷을 고르는 방법을 지도하기 위해 일어섰다.

여성이 어떤 옷을 좋아하는지 모르는 투박하고 글러 먹은 남자의 마음을, 이 주인장은 속속들이 알고 있었던 것이다.

"어쩜, 이렇게나 몸매가 좋으세요……?"

점원이 같은 여성으로서 선망의 눈빛을 시어셔에게 보내고 있다. 굳이 말하지 않았지만 지그와 주인장도 같은 감상이었다.

전시되어 있던 모델이나 입을 법한 옷을 그대로 입어버렸으니, 그녀의 몸매가 얼마나 빼어난지는 말하지 않아도 짐작이 갈 것이다.

"뭔가, 엄청 창피한 것 같은데요……."

그녀가 입고 있는 것은 차분한 파란색과 검정색을 기조로 한 원피스 드레스였다. 드레스라고는 했지만 다리 쪽은 옆트임이 깊이 나 있고, 아래에는 짧은 바지와 속옷을 입어서 움직이기 쉬웠다. 털 달린 케이프를 걸치고 팔꿈치까지 오는 장갑을 꼈다. 허리에는 나이프 벨트와 파우치, 발에는 장딴지 중간까지 오는 튼튼한 부츠를 신었다.

시어셔의 윤기 나는 검은 머리, 그리고 눈동자 색과 맞춘 파란 강조색이 아주 잘 어울렸다.

긴 검은 머리에는 조금 전에 옷 갈아입는 걸 기다리는 동안 지그가 고른 머리 장식을 꽂았다.

"어떤가요, 지그 씨?"

시어셔가 불안한 눈으로 이쪽을 쳐다보았다. 자각이 없다는 건 이런 경우를 말하는 것이리라.

원래부터 얼굴 생김새가 단정하기는 했지만 이렇게 제대로 꾸

미니 더욱 강렬하게 느껴졌다. 그냥 예쁘기만 한 게 아니라 마녀 특유의 분위기와 빨려들 것만 같은 눈동자 때문인지 요염하다는 생각마저 들었다.

"……그래, 괜찮은 것 같군."

지그는 그렇게 답하는 게 고작이었다. 한심한 자신의 태도에 내심 쓴웃음을 지은 채 '애들도 아니고'라는 생각을 하며. 히죽히죽 웃고 있는 점원이 조금 짜증 났다.

"그런, 가요. ……다행이네요."

지그의 반응을 완전히 이해한 건 아니겠지만 진심으로 칭찬한 것임을 알아챘는지 시어셔는 만족스러운 미소를 지었다.

†

그 후에도 보수와 점수, 그 두 가지에서 이점이 있는 주머니 늑대 사냥을 계속했다. 한 번 스트레스 해소를 한 덕인지 그 후 시어셔는 기분 좋게 일을 하는 듯 보였다.

일단 안전을 위해 유령 상어와 조우한 장소에서 떨어진 곳에서 토벌했다.

지그가 걱정했던 것과 같은 일은 전혀 일어나지 않아, 어느덧 다섯 번째 토벌 의뢰였다.

이날은 시어셔의 부탁으로 거의 그녀 혼자서 전투를 하고 지그는 주변 경계에만 신경 썼다.

듣자하니 적당한 살상력의 출력 조정과 마수를 상대로 거리를 벌리는 방법을 시험했다는 모양이다.

그렇게 다섯 번째 토벌 의뢰가 끝났다.

첫날과 같은 사태는 일어나지 않아 무사히 일을 마친 시어셔는 접수처로 향했다.

"축하드립니다. 평가치가 10점에 달해서 9등급으로 승급하셨어요."

길드에서 보고를 마치자 승급 사실을 말해주었다.

"감사합니다."

내심 드디어 승급인가, 라는 생각이 들기는 했지만 내색하지 않고 감사 인사를 했다.

"최단기간 승급이라니, 대단하시네요. ……하지만 일을 너무 하셨어요. 잠시 쉬어주세요. 피로가 쌓이면 생각지 못한 실수를 하기 마련이니까요."

"그런가요? 보통은 어느 정도의 빈도로 일하나요?"

"일반적인 파티는 이틀에 한 번, 일을 많이 하는 곳도 사흘에 하루는 휴식을 취합니다. 거의 솔로로 매일 의뢰를 처리하고 있는 시어셔 씨는, 솔직히 말해서 이상할 정도죠."

이상하다라.

본의 아니게 너무 눈에 띈 모양이다.

(귀찮지만 가끔은 쉬도록 할까요…….)

"그렇, 군요. 의욕이 너무 앞섰던 모양이에요. 말이 나온 김에 잠시 쉴게요."

"그렇게 해주세요. 그리고 일정 숫자의 의뢰를 처리하셨으니 파티 소개도 가능하게 되었습니다만, 어떻게 하시겠어요?"

"으~음…… 보류할게요."

"알겠습니다."

다른 사람과 행동을 함께 하려면 좀 더 상식적인 마술을 배울 필요가 있다.

다행히도 이쪽의 인간들은 마력량을 감지할 수 있을 만큼 감이 좋지는 않은 모양이다.

너무 대규모 술식만 사용하지 않으면 소란이 일어나지는 않을 거다.

"시어셔 씨에 관한 소문이 자자해요. 너무 끈덕지게 권유를 해오면 길드에 말씀해주세요. 마땅한 조치를 취하겠습니다."

"소문, 이요?"

무슨 소리일까.

너무 눈에 띄는 것도 좋지 않겠다는 생각을 한 직후에 이런 소릴 듣게 되다니.

"여성 모험가 자체는 그렇게까지 드물지 않습니다. 하지만 솔로에 신입, 앞날이 기대되는 데다 외모까지 근사하면 남자들이 가만히 두는 게 더 이상하죠."

이전에도 지그에게 그런 말을 듣기는 했지만 자신은 남자들이 좋아할 만한 생김새를 하고 있다는 모양이다.

계속 혼자 지내다 보니 다른 사람과 외모를 비교해본 적이 없어서 실감은 안 나지만.

(지그 씨의 반응이 뜨뜻미지근해서 빈말인 줄 알았는데요…….)

무뚝뚝한 그는 자신의 생각을 말로 표현하기보다는 행동으로 나타낼 때가 많다. 믿음직스럽기는 하지만 속마음을 읽으려면 고생이 이만저만 아니었다.

"지금까지는 파티를 맺을 수 없는 상황이었으니 조용했지만, 앞으로는 권유를 해오는 사람이 많아질 겁니다. 특히 젊은 분들은 주변의 시선을 신경 쓰지 않는 경우도 많아서, 함께 있는 남성이 있어도 개의치 않고 접근하려 할 거예요."

지그가 도끼눈을 하고 있으면 괜찮을 줄 알았는데 그렇지도 않은 모양이다.

남자의 성욕은 때때로 생명의 위험보다 우선시되기도 하는 건가, 싶어서 괜히 감탄하고 말았다.

"알겠습니다. 지그 씨가 해치우기 전에 길드에 말할게요."

"……느낌상 그럴 것 같기는 했지만, 강한가요, 저분은?"

매일 많은 사람을 보아 와서 그런지.

싸움에 능하지는 않아도 안목은 있는 모양이다.

"굉장하죠."

간결한 답변에 여성 접수원은 한숨을 내쉬었다.

"그렇게 되기 전에 말씀해주시면, 매우 감사하겠습니다……."

떨떠름한 표정의 그녀에게 미소로 답하고서 발걸음을 돌려 병설된 식당으로 향했다.

"여기다."

먼저 돌아와 있던 지그가 불렀지만, 그는 몸집이 크다 보니 굳이 부르지 않아도 어디에 있는지 바로 알 수 있었다.

손을 든 그에게 다가가 카드를 내밀었다.

"무사히 승급했어요."

"축하한다."

의기양양한 얼굴로 가슴을 펴고 말하자 지그가 짝짝 박수를 쳤다.

하지만 곧이어 다소 불만스러운 표정을 지었다.

"……근데 조금 쉬라는 말을 들었어요. 일을 너무 했대요."

"뭐, 그렇겠지."

예상했었는지 놀라지는 않은 모양이다.

"하지만 전 아직 안 지쳤는데요?"

"지친 상태가 될 때까지 무리하지 말란 거다. 자고 일어났을 때 완벽한 몸 상태를 유지할 수 있도록 해 둬. 아슬아슬할 때까지 버티면 예상치 못한 사태가 일어났을 때 맥없이 당한다."

"네~에."

불만스러워 보이는 그녀의 모습에 살짝 웃음이 났다.

하고 싶은 일이 있는데 제동이 걸린 거다.

지그도 그러한 경험이 있었다.

검술 실력이 좋아지기 시작했을 즈음, 강해지는 게 기뻐서 앞뒤를 안 가리고 칼을 휘두르다가 베테랑에게 두들겨 맞고서야 멈추고는 했더랬다.

"너무 언짢아하지 마. 내일은 나들이나 할까. 마구를 취급하는 큰 가게를 찾아두고 싶은데……."

"마구?! 갈게요, 가!"

말이 채 끝나기도 전에 시어셔가 격한 반응을 보이기에 쓴웃음을 지었다.

"아침 식사 후에 바로 가보죠. 아, 잠시만 기다려주시겠어요? 책을 빌려올게요."

"그래."

시어셔는 이미 10등급에게 허용된 대부분의 서적을 다 읽었는지, 승급 날을 애타게 기다리고 있었다.

요즈음 그녀는 의뢰를 처리하거나 독서를 하며 하루하루를 보냈더랬다.

†

그녀를 배웅하고서 점원에게 마실 것을 주문하고 기다렸다.

"여기, 앉아도 될까?"

지그는 목소리의 주인공을 보았다.

묘한 여자다, 라는 것이 첫인상이었다.

넉넉한 법의(法衣) 같은 것을 입었다.

은발 머리와 여성적인 몸도 눈길을 끌었지만 가장 특징적인 것은 안대다.

두 눈을 가리듯이 천을 걸치고 있는 데다 눈을 뜨고 있는 것 같지도 않았다.

눈먼 신관이라도 되는 걸까.

"……그러든가."

주변을 둘러보니 사람들이 그럭저럭 있기는 하지만 빈자리가 없지는 않았다.

굳이 동석하려는 이유가 있는 모양이다.

지그는 그대로 턱짓으로 맞은편 자리를 가리켰다가, 중간에 눈썹을 씰룩거리고서 물병에 담긴 물을 컵에 따라 건넸다.

"고마워."

우아한 동작으로 앉더니, 턱을 괴고서 이쪽으로 고개를 돌렸다.

보이지는 않겠지만 이쪽을 관찰하고 있다는 게 또렷이 느껴졌다.

하지만 지그는 개의치 않고 시치미를 떼며 차를 홀짝거렸다.

그녀도 그가 내민 물을 마셨다.

얼마 동안 그러고 있자 기다리다 지쳤는지 안대녀가 말을 걸어왔다.

"용건이 뭐냐고 안 물어봐?"

"동석한 것뿐이잖아."

당당하게 표면적인 핑곗거리를 입 밖에 내자 안대녀가 굳어져 버렸다.

"…………앨런 군의 부탁으로, 사람을 찾고 있었어."

이래서는 끝이 없겠다고 생각했는지 안대녀가 멋대로 이야기를 시작했다.

"도와준 것에 대한 답례를 하고 싶대."

답례라…….

"그래. 하지만 짚이는 바가 없군. 딴 데 가서 알아보는 게 좋지 않을까."

"그날, 그 시간대에 의뢰를 수행했던 파티를 모두 알아봤어. 하지만 다들 짚이는 바가 없다지 뭐야. 이상하지 않아?"

역시 일이 꼬인 모양이다.

수평적인 관계에 있는 자를 적으로 돌리면 본격적으로 성가셔질 텐데.

하지만 너무 일찍 이쪽을 짚어낸 것도 같다.

"그 사람들을 자세히 조사해 보니, 실력은 나쁘지 않지만, 유령 상어의 기술을 간파할 만큼의 비장의 수를 가지고 있을 듯한 사람은 없더라고. ……그런데 어떤 인물만은 정보가 전혀 없었어."

과연. 다른 녀석들이 너무 평범해서 소거법으로 도달한 건가.

시어셔는 기대받는 신입이라 눈에 띄는 듯하니 무리도 아니다.

"하지만 그 애는 여성. 도와준 건 남자 목소리였다고 하니, 잘못 짚었나~ 싶었는데…… 놀랍게도 그 애는, 남자를 짐꾼으로 데리고 다닌다잖아."

안대녀는 이쪽의 반응을 놓치지 않으려 하는 듯했다.

지그는 표정 하나 바꾸지 않고 마주 보았다.

"근데 만나보고서 깜짝 놀랐어. 이게 짐꾼이라고? 짐꾼치고는 체격이 꽤나 좋네."

"경험이 많아서 그래. 베테랑 짐꾼이라 말이야."

"무기는?"

"짐을 지키는 데 필요하거든."

"……그래?"

표정이 변하지 않자, 안대녀는 간접적으로 말해서는 소용없겠다고 판단했는지.

직접적인 방법으로 전환했다.

"단도직입적으로, 묻겠는데……."

그 얼굴이 중간부터 파랗게 질리기 시작했다.

싸아~ 하고 체온이 떨어짐과 동시에 식은땀이 났다.

몸 안에서 무언가가 날뛰는 걸 필사적으로 억제한다.

몸 상태가 급격하게 변해서 말문이 막혔다.

"괜찮나?"

"아, 아니…… 괜찮아."

걱정하는 목소리에도 겨우 답변했다.

숨을 몰아쉬며 손으로 배를 문지르려던 그때.

"그래? 무리하지 않는 게 좋을 거야. 화장실 가고 싶어서 죽을 지경이지?"

"윽!!"

(이, 남자……!)

그는 좀 전부터 차만 홀짝거리고 물에는 전혀 손을 대지 않았다.

히죽히죽, 비열한 얼굴로 이쪽을 쳐다보고 있다.

"아아, 그렇지, 묻고 싶은 게 있댔지. 지금 물어보면 특별 서비스로 뭐든 솔직하게 대답해주지. 천천히 말이야."

"이…… 개똥 같은 자식……!"

안대녀는 가증스럽다는 듯이 얼굴을 일그러뜨렸다.

"무슨 소리. 똥을 싸고 싶은 건 너일 텐데?"

"……큭!"

인내심이 한계에 달했는지 황급히 자리를 뜨는 안대녀를 배웅했다.

자극이 전달되지 않게끔 하고 싶은지 엉거주춤한 자세로 발길을 재촉하는 모습이 실로 우스꽝스러웠다.

교대라도 하듯 시어서가 돌아왔다.

엉거주춤한 자세로 달려가는 여자를 의아하다는 눈으로 쳐다보며 입을 열었다.

"뭔가요, 저거?"

"글쎄."

†

안대녀를 쫓아낸 다음 날.

아침 식사를 마친 두 사람은 마구점으로 향했다.

마구란 각인과 달리 술식을 완전히 새겨 넣은 것이다.

그냥 술식을 새긴다고 그만인 게 아니라, 용도에 따라 형태와 재질을 바꿀 필요가 있다.

마구의 형태는 그 자체로 마술을 발동시킬 때 술식을 보조하기도 하기 때문이다.

작은 불을 일으키고 마실 물을 정제하는 등의 간단한 것이라면 그렇게까지 형태에 집착할 필요는 없는 듯하지만.

마구는 편리하기는 하지만 개인이 잘 다루는 술식을 능가하지는 못해서, 서투른 속성을 보조하는 정도의 용도로 쓰이고 있다.

자신이 사용하는 술식보다 강력한 마구는 결국 기동에 필요한 마력이 부족해 온전히 다룰 수가 없기 때문이다.

"어찌 되었건 마력이 없는 나는 다룰 수 없는 건가……."

진심으로 아쉽다는 듯이 지그가 중얼거렸다.

대조적으로 시어셔는 신이 나서 구경하며 점원에게 이런저런 질문을 하고 있었다.

얼마간 가만히 두자.

그녀를 기다리는 동안 가게에 있는 물건들을 둘러보았다.

다종다양한 마구를 구경하는 건 지겹지가 않았다.

"그나저나 음…… 비싸군."

작은 것은 둘째 치고 공격, 방어에 실제로 사용할 수 있는 수준의 물건은 가격이 껑충 치솟는다.

반쯤 경매장에 온 듯한 기분으로, 비싼 쪽으로 이동해가며 구경했다.

그러던 도중, 신경 쓰이는 물건이 있어서 걸음이 멈췄다.

"단도(短刀)인가?"

다른 마구들은 보옥이 박힌 팔찌이거나 장식품 같은 것이 많아서 오히려 눈에 띄었다.

남색 도신에 독특한 생김새를 하고 있어서 솔직히 실용적인 칼로는 보이지 않았다.

"이게 신경 쓰이십니까?"

걸음을 멈추고 보고 있었던 탓인지 점원이 말을 걸어왔다.

"이것도 마구인가?"

"이쪽은 정확히 말씀드리자면 마구라기보다는 마장구(魔裝具)입니다. 술식이 새겨져 있는 마구와 달리 특수한 성질의 소재로 만들어진 무기를 말하죠."

"어떻게 다르지?"

"주된 차이점은 그 자체가 특수한 효력을 지녔다는 겁니다. 마구와 달리 마력을 주입할 필요가 없죠. 이 단도는 창금강(蒼金剛)이라 불리는 마력을 분해하는 성질을 지닌 광석을 사용한 것으로, 간단히 말씀드리자면 마술을 벨 수 있습니다."

마술을 벨 수 있다고?

상상 이상의 성능을 지녔다는 이야기를 듣고 무심결에 다시 단도를 쳐다본 순간, 의문이 떠올랐다.

"도신이 이렇게 짧으면 베기 전에 술식이 직격하지 않나……?"

"하겠죠."

그럼 무슨 소용이야.

"더 길게는 못 만드나?"

"물론 가능하지만, 그 정도의 물건은 무구점에서 찾으시는 편이 좋을 겁니다. 게다가, 가격이……."

그 말을 듣고서야 가격표를 봤다.

150만.

이 길이에 이 가격이라니.

실용적인 사이즈의 것은 얼마나 할지 상상도 하기 싫다.

"무구로 만들면 비싸지지만, 창금강 화살촉 등도 취급하고 있습니다. 방어술을 사용하는 마수에게 유효하죠."

과연.

화살촉 크기라면 그나마 현실적인 가격이 될 테고, 재사용도 가능할 거다.

비장의 카드로는 나쁘지 않다.

"화살촉은 얼마지?"

"세 개에 50만입니다."

"…………."

현실적……인가?

†

"이용해주셔서 감사합니다."

점원의 배웅을 받으며 가게를 나섰다.

지그는 당연히 사지 않았고, 시어셔도 작은 것을 하나만 산 모양이다.

"뭘 샀지?"

그녀는 작은 통 같은 것을 가지고 있었다.

"빛을 발생시키는 마구예요. 주입한 마력에 따라 시간과 빛의 양이 바뀌어서 편리해요."

그녀는 밤에 자주 책을 읽으니 조명으로 쓸 만할 것 같다.

"전투에서 쓸 만한 마구는 너무 비싸서 아직은 못 살 것 같네요……. 보기만 해도 즐겁기는 했지만요."

"마술지팡이였던가? 그건 어떻지?"

"그건 마술사용 근접 무기인데, 장치식 둔기예요. 때리는 타이밍에 기동시키면 폭발한대요."

꽤나 흉흉한 물건이군.

하지만 초심자에게 둔기를 쥐어주는 건 나쁘지 않은 선택이다.

기술 같은 걸 신경 쓰지 않고 때리기만 해도 되니 충분히 쓸 만하다.

시어셔에게는 그 흙방패가 있으니 필요 없을 듯하지만.

"그러고 보니 들으셨어요? 그 유령 상어가 토벌됐대요."

"호오."

전투 능력은 모르겠지만 찾는 건 물론이고 처치하는 것도 어려워 보이는 상대였건만.

"그 마수는 후각이 매우 민감해서, 피투성이로 만든 미끼를 놓아두면 반드시 나타나거든요. 그때 원형으로 둘러싸고, 미끼를 먹는 도중에 몰매를 놓는 게 일반적인 방법이라고 해요."

"그러기 전에 들키지 않나?"

"온몸에 풀즙을 발라두면 괜찮다나 봐요. 시력은 그렇게까지 좋지 않은 모양이니까요."

억지스러운 수단이지만 쓰러뜨릴 수 있다면 어엿한 전술이다.

덩치에 비해 교활한 능력이라고 생각했지만, 역시 그 마수는 직접 전투에 능하지 않은 모양이다.

하지만 그 위협은 얕볼 게 아니다.

있다는 걸 알면 대책을 세울 수 있지만, 희생자가 발생하기 전에 알아챌 수 있을지조차 불분명하기 때문이다.

"내일부터 무얼 사냥할지는 정했나?"

"대충은요. 비행 오징어와 칼날 벌 중 하나, 혹은 둘 다 잡을까 해요."

둘 다 들어본 적이 없다.

벌은 대충 알겠지만, 오징어?

"오징어라면, 그 오징어?"

"네. 저는 책에서만 봤지만, 바다에 사는 그거예요."

그녀는 책을 꺼내더니 펼쳐서 지그에게 건넸다.

받아들어 책등을 보니 언젠가 지그가 자료실에서 발견한 마수 도감이었다.

펼쳐진 페이지에는 방금 이야기했던 마수가 실려 있었다.

▼ 비행 오징어.

나무 위에서 생활하며 다리를 사용해 나무 사이를 자유롭게 이동한다.

주식은 작은 동물이지만 큰 개체는 인간을 공격하기도 한다.

나무 위에서 덤벼들어 촉완(觸腕)으로 움직임을 봉하고, 이빨을 찔러 넣어서 소화액을 주입하여 체내를 분해해 그 체액을 빤다.

비행 오징어의 공격을 받은 생물은 속이 텅 비게 되어 사인(死因)을 알기 쉬우니, 이러한 시체를 발견하면 머리 위를 주의할 것.

의외라고 생각할지도 모르지만 머리는 나쁘지 않아서 어정쩡한 미끼에는 낚이지 않는다.

그 몸통은 매우 맛있어서 고가에 거래된다.

이빨은 가늘고 튼튼해서 의료를 비롯한 여러 분야에서 수요가 있다.

"육지에도 있는 건가, 그게. 포식 방법이 상당히……."

"맛이 궁금하네요!"

이 흉흉한 생물에 대한 설명을 보고도 저런 생각을 하다니.

이상한 데서 유들유들한 그녀의 태도에 어이가 없어졌다.

"칼날 벌은…… 침이 칼날로 된 커다란 벌이에요. 독은 없다는 모양이지만요."

이름 그대로라는 건가.

"하지만 벌과 같다면, 이쪽이 더 위험도가 높지 않나? 머릿수로 밀어붙이면 속수무책일 텐데."

"커다란 집을 만드는데, 거기에 손을 대지 않으면 괜찮아요. 일벌이 사냥을 할 때, 몇 마리씩 무리 지어서 집에서 나온다니 그걸 노릴까 해요."

몇 마리라면 문제없이 대처할 수 있을 거다.

게다가 검과 달리 마술이라면 손쉽게 면(面)으로의 제압이 가능하다.

"왜 그 녀석들이지?"

"우선 보수가 짭짤하니까요. 게다가 이 두 종은 서로를 포식하는 관계이기도 하고요."

"포식자와 피식자가 양립할 수도 있는 건가?"

자세히 아는 건 아니지만 생태계가 무너지거나 하지는 않는 걸까.

"숫자와 지형, 기습과 개체로서의 크기 차이 등의 이유로 포식자가 뒤바뀌는 경우는 흔해요. 숫자로는 칼날 벌이, 개체로서는 비행 오징어 쪽이 우수하죠. 어느 쪽이 우세할지는 그때마다 달라요."

승패는 운에 따라 좌우되기 마련.

강한 쪽이 반드시 이기는 건 아니라는 것은 자연계에도 해당되는 법칙이라는 건가.

"그런고로 한쪽을 찾아내면 나머지 한쪽도 찾기 쉬울 것 같아서요. 칼날 벌 의뢰를 받았다가, 비행 오징어도 잡히면 소재를 팔예정이에요. 칼날 벌의 소재는 별로 가치가 없지만, 너무 많아지면 성가시다는 이유로 늘 토벌 의뢰가 나오거든요."

그녀도 여러모로 생각을 한 모양이다.

모험가로서 빈틈없이 정보 수집을 했다.

효율적으로 의뢰를 해치워 승급하는 걸 시야에 두고 돈벌이를 할 궁리까지 했다.

"알았다. 그렇다면 오징어는 내가 담당해야 하나?"

"부탁드릴게요. 제가 텅 빈 껍데기가 될지 어떨지는 지그 씨에게 달렸어요."

"책임이 막중하군. 최선을 다하도록 하지."

장난스럽게 말하며 귀로에 올랐다.

†

오늘도 모험가 일을 하기 딱 좋은 날이다.

길드에서 시어셔가 의뢰를 받아오기를 기다리는 중이다.

지그가 하품을 참으며 의자에 앉아있던 참에 또다시 누군가가 다가왔다.

"여기, 앉아도 될까?"

대사까지 어제와 같은 건 과연 우연일까.

"그러든가."

이왕 이렇게 된 김에 이쪽도 같은 대사로 답했다.

그리고 마찬가지로 물을 내밀자 상대는 질겁을 했다.

"아, 아니. 지금은 목이 안 말라서."

그 반응으로 안대녀와 인연이 있는 인물임을 알 수 있었다.

장검을 짊어진 붉은 머리 남자.

나이는 비슷해 보인다.

몸집, 행동거지만 봐도 실력자라는 게 느껴진다.

"나는 앨런, 앨런 클로즈."

"지그다."

"잘 부탁해, 지그. 갑작스럽지만 단도직입적으로 묻고 싶어. 그 때 소리쳐 알려준 건 너야?"

앨런은 자기소개에 응하자 곧장 본론을 꺼냈다.

직설적인 태도는 지그도 싫지 않았다.

그는 확신하고 있는 듯했다.

어설프게 얼버무린다고 속아줄 것 같지가 않다.

"그걸 알아서 어쩌려고?"

"아무것도 안 해. 그냥 감사 인사를 하고 싶은 것뿐이야."

"아마도 그 녀석은, 너희의 전투 기술을 훔치려고 관찰하고 있었겠지. 그러다 우연히 알아챈 거고. 그래도?"

지그는 앨런의 진의를 캐내려 했다.

"물론이지."

즉답이었다.

"훔쳐보고 있었던 건 불쾌하긴 하지만, 동료의 목숨보다 중요한 문제는 아니야. 구해준 것에는 고마운 마음뿐이라고."

"……그렇군."

망설임 없는 말이었다.

연기일 가능성이 아주 없지는 않지만, 애초에 눈빛만 봐도 알수 있을 만큼 보는 눈이 있는 편은 아니다.

들켜 버린 이상, 얼버무려봐야 의미가 없다.

공격해 오면 몰살해 버릴 각오로 대응하자.

지그는 두 손을 들어 항복 포즈를 취했다.

"그래, 나야."

"어라, 의외로 순순히 인정하네."

"번거로운 건 질색이라서."

"어쨌든 고마워. 네 덕분에 동료들이 살았어."

앨런은 고개를 숙였다.

지그는 팔랑팔랑 손을 내저었다.

"신경 쓰지 마. 좀 전에도 말했듯이 우연이니까."

"뭔가 특별한 기능이라도 있는 건 아니고?"

"없어. 우연히 빛이 비쳐서 풍경이 왜곡되어 보이지 않았다면 절대 못 알아챘을걸."

당연히 냄새에 관한 건 비밀로 했다.

거기까지 이야기해줄 의무는 없기 때문이다.

실제로 우연히 알아챈 것이었으니 완전히 거짓말은 아니었다.

"너는 모험가가 아니지?"

"그래. 짐꾼 겸 호위지."

"그 여자, 소문이 자자하던데. 기대되는 신입이라고."

"그렇다더군."

그도 소문을 들은 모양이다.

"뭔가 답례를 하고 싶은데, 모험가가 아니면 현금이 좋을까?"

"그 정도 일로는 돈 안 받아."

"자자, 그런 소리 말고."

거절했지만 앨런은 물러나지 않았다.

젊은 나이에 모험가 상위권에 든 자답게 의외로 고집이 있었다.

"하나 빚진 걸로 하지. 조만간 적당한 걸로 갚아."

어느 정도 양보하지 않으면 물러나지 않을 것 같아, 대충 둘러 대 어물쩍 넘기려 했다.

"으~음…… 답례할 만한 게 바로 떠오르지 않으니 그렇게 타협해야 하려나. 언젠가 반드시 갚을게."

"기대하지 않고 기다리지."

"그럼 오늘은 이만. 아아, 그러고 보니…… 엘시아 씨가 엄청 화를 냈어."

누구지.

하지만 화낼 만한 짓을 한 인간은 한 사람뿐이다.

"그 안대녀인가."

"안대녀라니…… 그 사람은 3등급인 굉장한 모험가야. 너무 무례하게 굴지 마."

3등급이라.

지금의 시어서에게는 구름 위의 존재라 해야겠군.

그 안대녀, 그렇게 강했나.

"아래쪽은 그다지 튼실하지 않은 것 같던데."

"……그 말은 절대로 본인한테 하지 마."

앨런은 쓴웃음을 지은 채 떠나갔다.

그 뒷모습을 가만히 배웅했다.

"……너무 경계했나?"

보아하니 이쪽에게 위해를 가할 타입으로는 안 보였다.

이쪽과 저쪽은 가치관이 다르니 단언할 수는 없겠지만…….

"그렇다면 어제는 다소 지나쳤던 걸지도 모르겠군."

모종의 마술을 사용한 걸 알아채고 그런 수단을 취한 것이었는데, 익숙지 않은 땅이라 다소 예민해져 있었던 걸지도 모르겠다.

"일이 꼬이지 않으면 좋으련만."

지그는 의뢰를 받아온 시어서에게 손을 들어 보이며 중얼거렸다.

†

의뢰는 무사히 수령한 모양이다.

하지만 그녀는 석연치 않은 얼굴이었다.

"왜 그러지?"

"……어쩔 수 없는 일이긴 하지만, 사람이 늘었어요."

그야 뭐, 그렇겠지.

지금 받아온 것은 8등급 의뢰다.

7등급 이하가 모험가의 절반을 차지한다는 이야기는 6, 7, 8등급의 의뢰를 처리하는 인원이 가장 많다는 뜻이다.

다시 말해서.

"높은 확률로 충돌이 일어나겠네요. 사냥감을 두고 쟁탈전이 벌어질지도 몰라요."

당연한 이야기지만 다들 돈을 벌고 싶다.

필연적으로 짭짤한 의뢰나 돈이 되는 의뢰에 사람이 몰릴 수밖에 없다.

사람이 많다는 건 그만큼 다툼도 많다는 뜻이다.

효율 좋은 사냥터 등은 경쟁이 심할 거다.

"저희는 신입이니까…… 눈치를 살펴야 할지도 몰라요."

고참 모험가들의 영역권에 발을 들이면 분명 성가신 일이 벌어질 거다.

좋은 사냥터는 대부분 주인이 있다고 생각하는 게 좋으리라.

"일단 가보죠. 안 되겠다 싶으면 다른 방법을 생각해 볼게요."

"그 방법밖에 없나."

한 번 받아들인 이상, 파기하면 위약금이 발생하고 평가도 떨어진다.

그런 사태는 어떻게든 피하고 싶다.

두 사람은 빠른 걸음으로 전이석이 있는 방으로 가서, 조마조마한 마음으로 줄을 서 있다가 삼림으로 향했다.

전이 장소로부터 동쪽으로.

지금까지 주머니 늑대를 잡았던 장소의 반대쪽으로 간다.

현지에 도착한 순간, 두 사람의 표정이 어두워졌다.

멀리서 봐도 사람이 많았다.

"이건…… 예상했던 것 이상이네요……."

시어셔의 얼굴에 약간의 떨떠름함이 번졌다.

시야 끝에는 칼날 벌의 것으로 추측되는 거대한 벌집이 있었다.

3분의 2 정도가 땅에 묻혀 있고, 노출된 부분에서 작은 아이 크기 정도의 벌이 드나들고 있다.

몸통의 색은 평범한 벌과 달리 검었다.

곳곳에 하얀 줄무늬가 있고, 꼬리 쪽에 가느다란 곡도(曲刀) 같은 칼날이 붙어 있다.

거대한 벌집에서 멀찌감치 떨어진 곳에 모험가들이 진을 치고 있었다.

다른 파티와 부딪히지 않도록 싸우기 편한 평지에서 많은 모험가가 대기 중이다.

무수히 많은 칼날 벌들이 벌집을 드나들고 있지만, 날아다녀서 전투가 일어날 듯한 루트를 지나는 개체는 생각 외로 많지 않았다.

"칼날 벌은 땅속에 집을 짓는데, 커지면 저런 식으로 튀어나와요."

"저 집을 처리하면 상당히 줄어들지 않나? 땅속에 있는 걸 처리하려면 고생 좀 하겠지만, 기름을 흘려 넣거나 하면 방법은 있을 텐데."

당연하다고 할 수 있는 의문에 그녀는 애매하다고 말하는 듯한 표정을 지었다.

"칼날 벌은 여왕이 없어지면 남은 것 중 가장 큰 개체가 다음 여왕이 돼요. 그냥 벌집을 파괴해 봐야 언젠가 다시 만들겠죠. 게다가……."

그녀는 다소 조심스럽게 말했다.

"게다가, 모험가들이 협력하지 않을 거예요. 저들에게는 좋은 돈벌이가 되는 장소니까요."

"……그런 건가."

그녀가 말하려는 바를 이해했다.

요컨대 저들은 칼날 벌이 사라지면 난감한 것이다.

상대할 방법을 속속들이 알아 위험성이 적은 마수를 기계적으로 사냥하기만 해도 수입을 얻을 수 있다.

실로 안정적으로, 무리하지 않고 정기적으로 돈을 벌 수 있다.

"그게 나쁘다는 건 아니지만, 모험가라는 이름은 바꾸는 게 좋겠네요."

기득권익에 목을 매는 그 모습은 모험과는 거리가 멀어 보였다.

농가조차도 궁리에 궁리를 거듭하며 날씨와 유해 동물을 상대로 나날이 전전긍긍하고 있건만.

"일단 전혀 위험하지 않은 건 아닌 모양이에요. 때때로 지나치게 접근하거나 눈먼 화살이 맞거나 해서, 많은 칼날 벌이 사방팔방에서 공격해오기도 한다니까요."

시어셔도 생각이 복잡한지.

그 말에는 여러 의미가 담겨 있었다.

이러니저러니 해도 모험가라는 직업을 즐기고 있는 그녀로서는 저들을 받아들이기가 어려운 걸지도 모른다.

"아주 제멋대로 지껄여대는군."

"어?!"

목소리가 들려와 뒤를 돌아보았다.

그곳에는 이쪽에게 적의를 내뿜고 있는 모험가 파티가 있었다.

"시작한 지 얼마 되지도 않은 계집이 어디서 건방을 떨어."

······이럴 수가.

사람도 많은 데다 그럭저럭 거리가 있었다.

소란을 피운 것도 아닐뿐더러 누가 들을 만큼 큰 소리로 말하지도 않았건만.

시어셔도 놀랐는지 대답을 못 하고 있었다.

상대를 관찰해 보니, 한 사람에게 특징적인 부위가 있는 것이 보였다.

말을 걸어온 이들 중 한 남자의 귀가 길었다.

대나무 잎처럼 가늘고 긴 귀다.

별종이라고 하기에는 생김새가 지나치게 단정하다.

이 대륙 특유의 인종일지도 모른다.

저 귀가 장식이 아니라면 청력이 뛰어날 가능성이 높다.

경솔했다. 이쪽 사람들은 자신들이 온 곳의 인간들과 근본적으로 다른 점이 많다.

머리로는 알지만 자꾸만 평범한 인간을 기준으로 행동하게 된다.

"실례되는 소리를 한 건 사과하겠어요. 하지만 이익을 위해 주객이 전도된 짓을 못 본 척하는 건 이해하기가 어렵네요."

들었다면 어쩔 수 없다는 듯이 시어셔가 도리어 당당하게 말했다.

"……네가, 우리의 뭘 안다고 그딴 소릴 해?"

그 자신도 알고 있을 것이다.

쥐어 짜낸 듯한 목소리에는 분노가 아닌 자신에 대한 초조함이 담겨 있었다.

그럼에도 겉모습만 보면 어린 계집 같은 시어셔가 그런 말을 한 것이 그들의 심기를 건드린 모양이다.

남자들의 적의가 조금씩 부풀어 오르는 게 느껴진다.

그녀는 그걸 못 알아챈 눈치다.

살의조차 아닌 적의 같은 미적지근한 걸 보내온들 알아챌 수가 없는 것이리라.

"어떻게 알겠어요. 저는……."

"시어셔, 그만둬."

계속해서 말을 쏟아내려는 그녀를 제지했다.

"윽………… 네."

순간적으로 뭐라 말을 하려던 그녀는 지그를 보더니 얌전히 물러섰다.

하고 싶은 말이 남은 듯 보이기는 했지만.

지그는 시어셔의 어깨를 두드린 후, 남자들에게로 고개를 돌렸다.

"미안하게 됐군. 사람이 많아서 초조해져 있었거든."

"……흥. 여자 뒤꽁무니나 쫓아다니는 겁쟁이놈이."

남자는 욕지거리를 하듯 말했다.

순간, 등 뒤에서 살기가 부풀어 오르는 게 느껴져 옆구리를 찔러서 제지했다.

다행히도 그들은 그걸 알아채지 못한 채 등을 돌리고 떠나갔다.

"…………."

그걸 말없이 배웅하는 시어셔의 눈매가 매서웠다.

그들의 모습이 멀어져 간다.

아무리 그래도 이만큼 떨어져 있으면 알아듣지 못할 거다.

그런 확신이 들 만큼 거리가 멀어진 참에 입을 열었다.

"어째서 말린 거죠?"

나무라는 듯한 투는 아니었지만 불만이 그득했다.

지그는 타이르듯이 설명했다.

"저런 인간들은 생각보다 아주 많아. 적으로 돌려봐야 좋을 게 없어."

"…………."

이 답변으로는 납득할 수가 없나 보다.

그녀는 고개를 홱 돌리고 말았다.

"게다가."

그런 태도에 쓴웃음을 지은 채 말을 이었다.

"모두가 다 강하지는 않아. 자신의 이상(理想), 그리고 현실의 자신과 마주하며 절충점을 찾아야 하지."

"……지그 씨도 그런가요?"

"그래."

늘 꿋꿋하게 위를 향해 나아가려는 자세는 훌륭하다고 생각한다.

하지만 그걸 타인에게 강요하는 건 좀 아닌 것 같다.

"마음에 안 드는 녀석이 있더라도 그런 식으로 생각하는 사람도 있구나, 정도로만 생각해. 정면으로 상대하다가는 끝이 없을걸."

"……네."

그녀도 나름대로 납득했는지 평소와 같은 얼굴로 돌아와 있었다.

"하지만 이해를 하거나 거기에 어울려줄 필요는 없어. 너는 지금까지 했던 것처럼 하면 돼."

모두가 강한 건 아니다.

하지만 강한 사람, 강해지려는 사람이 주변 사람들에게 어울려 준답시고 발목을 붙들려 있는 것 또한 좋지 않다.

"그렇게 할게요. 어쨌든 오늘은 다른 일을 하죠."

평상심을 되찾은 그녀는 빠르게 판단을 내렸다.

이미 사고를 전환하여 다음 방침을 생각해낸 모양이다.

"의뢰를 취소하려고? 아무리 그래도 그러면 손해가 너무 클 것 같은데……."

평가치가 떨어져도 강등되지는 않겠지만 감점된 만큼은 메꿔야 점수를 올릴 수 있다.

"취소는 안 해요. 칼날 벌은 다른 모험가들이 사냥을 마치고 돌아갈 즈음에 후딱 쓰러뜨리죠. 그 사이에 이 근처를 탐색해서 숫자가 많고 토벌하기 쉬운 마수를 찾아봐요."

이 근처에서 숫자가 많고 의뢰를 해치우기 쉬운 마수를 알아내 집중적으로 처리하자는 것이 그녀의 계획인 듯했다.

"알았다. 어느 정도의 보수를 목표로 할 거지?"

"이번에 한해 보수는 따지지 않기로 해요. 좌우간 점수를 올려서 8, 9등급을 빠져나가는 데 집중하고 싶어요. 여기만 통과하면 보수도 숫자도 풍부한 의뢰를 받을 수 있으니, 참도록 해요."

"그렇군. 알겠다."

어디까지나 효율 중시.

이전과 다른 점이 있다면 지금 당장이 아니라 앞날의 효율을 중시하기로 했다는 것이다.

방침을 정한 두 사람은 칼날 벌의 집을 우회하여 숲속으로 들어갔다.

✝

벌집을 우회하여 둘이서 숲속을 탐색한다.

이 근처에는 벌레형 마수가 많아서 곳곳에서 날갯소리가 들렸다.

"그나저나 벌레형 마수는 마수가 맞나?"

마충(魔蟲)이라고 해야 하지 않을까.

"정확히 말하자면 마수목 마충과로 분류되는 모양이에요. 복잡해서 다들 마수라고 부르지만요. 더 줄여서 벌이나 오징어라고만 부르는 일도 드물지 않고요."

"최종적으로 전달만 되면 좋은 명칭이라고 여기게 되는 건 현장의 숙명인 것 같군."

농담을 주고받으며 주변을 조사한다.

하지만 결과는 신통치 않았다.

"여러 종류가 지나치게 흩어져 있군."

작은 무리와 둥지는 보이지만 그뿐이다.

빈번하게 마주치는 마수는커녕 거물도 보이지 않는다.

"이 근처는 칼날 벌의 영역이니까요. 너무 무리가 크면 발견될 테니, 소규모 무리만 만드는 걸지도 몰라요."

아니면 큰 무리를 만드는 마수는 모조리 포식당한 것이리라.

칼날 벌은 이 숲 전체에 위협이 되고 있다는 뜻일까.

지그는 자연스럽게 움직여 시어셰에게 손을 내보였다.

"이곳에 기습, 매복을 하는 마수가 많은 건 그 때문인가."

"그렇겠죠."

엄지를 세운 주먹을 아래로 향하게 한 후에 손가락을 두 개 펴 보였다.

적 있음, 수는 둘.

그녀는 말없이 고개를 끄덕이고는 지그의 한 발짝 뒤로 물러났다.

그가 앞장서서 몇 걸음 전진했다.

머리 위에 있는 나무가 흔들리더니 무언가가 뛰어내렸다.

녹색과 갈색 얼룩무늬를 지닌 비행 오징어였다.

가녀린 여성만 한 크기의 비행 오징어는 촉완을 펼쳐 사냥감을 옭아매고자 덤벼들었다.

순간, 옆에서 날아온 돌로 된 탄환이 녀석들에게 직격했다.

두 마리는 날아갔지만 그다지 치명적인 피해를 입지는 않은 듯하다.

비틀비틀 몸을 일으키더니 기습이 실패했다는 사실을 깨닫자마자 도망치려 한다.

그 순간 지그가 돌진했다.

나뭇가지를 붙잡으려던 촉완을 한꺼번에 베어 버린다.

땅에 떨어진 비행 오징어가 일어나기 전에 두 마리를 처리했다.

"으~음, 흙 마술은 잘 안 먹히네요."

시어셔가 자신의 술식을 맞고도 멀쩡했던 마수의 모습을 떠올리며 떨떠름한 표정을 지었다.

탄력 있고 미끌미끌한 이 몸에는 말뚝과 돌로 된 탄환이 잘 먹히지 않았다.

거꾸로 불이나 전기를 사용하면 어이가 없을 정도로 간단히 쓰러뜨릴 수 있다는 모양이다.

그럴 경우, 가치 있는 몸통 부분을 팔 수 없게 되는 것이 문제지만.

"상성이 안 좋았던 거야. 몸통을 팔 수 있으니 긍정적으로 생각하지."

지금 막 잡은 비행 오징어를 해체한다.

조금 전까지만 해도 얼룩무늬였건만 죽은 지금은 둘 다 새하얘져 있었다.

"왜 색이 바뀌는 거지?"

"평범한 오징어도 색이 바뀌잖아요? 위협을 할 때는 몸의 색이 변화한다고 쓰여 있는 걸 봤어요. 아, 촉완은 못 먹으니 챙기지 않아도 돼요. 머리 지느러미, 간, 이빨, 소화액 주머니가 매매 대상이에요."

그녀의 지시에 따라 부위를 해체해 나간다.

"소화액 주머니는 상처가 나지 않도록 조심해주세요. 바깥 공기가 들어가면 못 쓰게 되거든요."

"이런 걸 어디에 쓰지?"

바깥 공기가 들어가면 못 쓰게 된다면 쓸데가 별로 없을 듯한데.

"박제를 만들 때 중요 재료로 쓰인다던데요? 아주 상태가 좋은 물건을 만들 수 있다나 봐요."

"……이런 것까지 이용하는 자세는 솔직히 말해서 존경스럽군."

"장인의 끝없는 탐구심에는 저절로 고개가 숙여지네요."

해체 작업이 끝나 주변을 보았다.

그럭저럭 깊이 왔는지 주변에 다른 모험가는 보이지 않았다.

"비행 오징어가 저쪽에서 와줘서 다행이군. 이 정도 위장이면 찾기 어려웠을 텐데."

아무런 냄새도 안 났으니 마술로 색을 바꾼 건 아닌 것 같다.

"숫자가 적고 저는 몸집이 작아서 잡을 수 있겠다고 생각한 거겠죠."

"그렇군. 파티를 이루면 이렇게 은신에 특화된 마수의 습격을 회피할 수 있는 건가."

은밀성이 뛰어난 마수는 직접 전투능력에 문제가 있어 반격당하기 쉬운 여러 명의 인간을 습격하는 것을 피하기 마련이다.

이건 큰 이점이라 할 수 있겠다.

"그렇게 생각하면 그 상어는, 은신형인 것치고는 강한 편이었을지도 모르겠네요."

그 마수는 기습을 하기는 했지만 여러 명을 상대로 상당히 공격적인 행동을 취했다.

포착된다 해도 도망칠 수 있는 속도, 그리고 눈앞에 있어도 놓칠 것만 같은 높은 은밀성이 있기 때문이리라.

같은 은신형이라도 비행 오징어는 그 상어에 비해 상당히 수준이 떨어지는 듯했다.

"지그 씨, 지그 씨……!"

"응?"

시어셔가 흥분한 듯이 목소리를 낮춰서 지그를 불렀다.

"저것 좀 보세요……!"

그녀가 가리킨 방향을 보았다.

그곳에서 마수들이 서로 싸우고 있었다.

한쪽은 칼날 벌이었지만 나머지 한쪽은 처음 보는 마수다.

회색 애벌레 같은 몸에 특징적인 다리를 지녔다.

곤충처럼 가늘고 긴 다리가 몸 옆에 여러 개 달렸고, 그 다리로 날렵하게 움직이고 있다.

꼬리에는 침이 달렸다.

칼날 벌을 민첩한 움직임으로 농락하며 꼬리를 휘둘러 떨어뜨린다.

"저건 분명…… 바위 벌레네요. 애벌레처럼 생겼지만 저게 성충이에요."

"저 녀석은 제법 강하군."

십여 마리의 칼날 벌을 상대로 별다른 피해를 입지 않고 계속해서 숫자를 줄이고 있다.

숫자 차이가 이만큼 나다 보니 당연히 모든 공격을 피하지는 못했다.

날쌘 움직임 덕분이기도 하지만 보기보다 방어력도 좋은 모양이다.

"이 근처에서는 상당히 강한 편이에요. 원래는 7등급이 파티를 이루어 쓰러뜨리는 마수라고 하니까요."

"그럴 만하군."

"지그 씨, 저거 우리끼리 쓰러뜨려 버리죠."

시어셔의 제안에 지그는 생각에 잠겼다.

쓰러뜨리는 건 가능하다.

멀리서 본 것뿐이지만 대응할 수 없을 정도의 속도는 아니다.

자신 혼자서 상대한다면 칼날 벌의 무리 쪽이 훨씬 성가실 것이다.

그가 신경 쓰고 있는 것은 길드 쪽이었다.

"멋대로 높은 등급의 마수를 상대해도 괜찮은 건가?"

원칙적으로는 자신보다 1등급 위의 의뢰까지만 받을 수 있다.

두 등급이나 높은 의뢰를 멋대로 처리해 버리면 규칙을 어기는 게 되지 않을까.

그는 그 점이 걱정됐다.

"확실히 원래는 손을 대서는 안 되는 상대지만 예외는 있어요. 상대가 공격해왔을 경우, 어쩔 수 없이 요격하는 건 인정돼요. 그때 격파한다면 보수도 제대로 나오고요."

만약 움직임이 느린 마수이거나 호전적이지 않은 마수라면 이 변명은 통하지 않을 거다.

하지만 바위 벌레는 호전적이면서 움직임이 빠른 마수다.

충분히 변명이 통할 녀석이다.

"알겠다. 부위는 어쩔까?"

"바위 벌레에서 쓸 만한 소재는 거의 없어요. 꼬리에 달린 침만 있으면 되니 마음껏 해치워 주세요."

그러는 동안 결판이 난 모양이다.

마지막 칼날 벌이 바위 벌레의 턱에 물려 절명했다.

지그가 달린다.

그다지 소리가 나지 않도록 했지만 바위 벌레는 예민하게 감지하고 이쪽을 포착했다.

귀도 나쁘지 않은 모양이다.

그렇다면 소리를 죽일 필요는 없겠다고 판단한 지그가 더욱 속도를 높였다.

부딪히기 직전, 시어셔가 술식을 날렸다.

하지만 바위 벌레는 민감하게 감지하고 땅의 말뚝을 피했다.

정확히 말하자면 바위 벌레는 귀가 좋은 게 아니다.

몸에 돋아난 얇은 털이 공기와 지면의 진동을 감지하고 있는 것이다.

긴 다리를 교묘하게 움직여 몸을 뒤틀어서 말뚝을 피한다.

회피한 직후인데도 전혀 자세가 무너지지 않았다.

그대로 턱을 내밀어 물고자 덤벼든다.

우측으로 몸을 날려 피하고 다리를 베어 날려버리려 했다.

하지만 바위 벌레는 곧장 방향을 틀더니 그 기세 그대로 추적해 왔다.

무수히 많은 다리는 갑작스러운 방향 전환에도 견딜 수 있는 균형 감각을 부여했다.

"칫!"

어쩔 수 없이 뒤로 물러나며 칼을 휘두른다.

기세가 죽어 상처를 입히지는 못했지만, 턱을 옆에서 얻어맞자 바위 벌레의 방향이 틀어졌다.

그 기세 그대로 엇갈리며 휘두른 꼬리를, 몸을 숙여 피하고는 방향을 돌린 바위 벌레의 돌격에 대비했다.

부딪히기 직전, 다시 시어셔가 술식을 날렸다.

또다시 감지하고 회피 행동을 취했지만 이번에는 피하지 못했다.

이번 술식은 말뚝이 아니라 벽이었다.

옆으로 긴 벽.

몸을 비튼 정도로는 피할 수 없다.

바위 벌레의 앞부분이 솟구친다.

자랑거리인 다리는 땅을 벗어나 꿈틀댈 따름이다.

지그가 벽 위로 뛰어 올랐다.

들려 올라가 무방비하게 배를 드러낸 바위 벌레를 지그의 쌍인 검이 옆으로 반듯하게 쓸었다.

몸통과 이별한 머리가 허공을 난다.

남겨진 몸통이 다리를 꿈틀거리며 땅바닥에 쓰러졌다.

머리는 얼마 동안 분주하게 턱을 움직이더니 이윽고 천천히 움직임을 멈췄다.

"……이 정도면 되겠지."

얼룩을 닦고 무기를 집어넣는다.

상당히 강했다.

저 다리를 활용한 선회는 위협적이군.

"최근 제 술식을 예측하거나 먹히지 않는 경우가 너무 많은 것 같은데요……."

시어셔가 못마땅한 얼굴로 투덜댔다.

"그런 소리 말라고. 좋은 보조였으니까."

절묘한 타이밍에 머리가 들려 올라갔다.

혼자서 상대했다면 훨씬 애를 먹었을 거다.

"고마워요. 하지만 이런 일을 겪고 났더니 본격적으로 마구가 있었으면 좋겠단 생각이 드네요⋯⋯. 속성 하나만으로는 여러모로 불편해요."

"자금을 모아야겠군."

시어셔에게 해체 작업을 맡기고 칼날 벌의 시체를 모았다.

"그나저나 덕분에 횡재했네요. 이걸로 칼날 벌 토벌 수는 채웠어요."

"그래도 되는 건가?"

"괜찮아요. 바위 벌레가 칼날 벌을 쓰러뜨렸고, 우리가 바위 벌레를 쓰러뜨렸잖아요. 원래 승자가 다 갖는 법이라고요."

어부지리를 얻는 것도 전장에서는 흔한 일이라 이건가.

"이만하면 오늘은 충분해요. 돌아갈까요."

"그러지."

중간까지 쓰러뜨린 마수의 소재로 가방도 가득 찼다.

두 사람은 왔던 길로 돌아가.

칼날 벌의 집 근처로 왔다.

아직 남아있는 모험가들도 많았다.

순서대로 쓰러뜨리고 있어서 시간이 걸리는 모양이다.

그들은 숲속에서 돌아온 시어셔 일행을 의아한 눈으로 쳐다보았다.

하지만 그 짐이 마수의 소재로 빵빵해진 것을 알아채더니 안색
이 바뀌었다.

선망, 질투, 분노, 초조함.

여러 감정이 담긴 시선이 집중되는 게 느껴졌다.

지그는 그중에서 오후에 보았던 모험가를 발견했다.

하지만 시어셔는 그들에게 눈길도 주지 않았다.

그녀는 뒤도 안 돌아보고 나아갔다.

†

길드로 돌아와 평소처럼 보고를 하러 접수처로 갔다.

"늘 수고가 많으십니다. 오늘은 꽤 많네요."

"감정을 부탁드려요. 아, 이쪽은 임시 토벌 증거예요."

바위 벌레의 침과 턱을 지그가 내밀었다.

"네, 살펴보⋯⋯⋯⋯?"

소재를 본 여성 접수원이 잠시 굳어버렸다.

"저기, 이건 바위 벌레의 큰 턱 아닌가요?"

"헤에~ 그런 이름이었나 보네요, 그 마수."

뻔뻔하기도 하다고 생각하는 건 진상을 알기 때문일까.

진상은 모르겠지만 접수원은 버럭 화를 냈다.

"이러시면 곤란해요! 바위 벌레는 7등급에 해당하는 마수라
고요!"

"그렇게 말씀하신들…… 갑자기 공격해 와서 어쩔 수 없이 응전한 거라고요. 도망치려고 했지만 빨라서 도망칠 수가 없어서……."

힘없이 기가 죽은 척을 해보인다.

그 모습을 보고 정신을 차린 접수원이 목소리를 낮췄다.

"죄송합니다, 큰소리를 쳐서. 그런 사정이 있었다면 어쩔 수 없지만, 절대로 무리는 하지 마세요."

"……네, 조심할게요."

그녀는 진심으로 걱정하는 듯했다.

시어셔는 조금 가슴이 따끔했다.

"그나저나 훌륭하네요. 바위 벌레를 둘이서 쓰러뜨리는 건 쉬운 일이 아니었을 텐데. 이 일은 상부에 보고해 두겠어요. 우수한 모험가에게는 상응하는 편의를 제공하는 게 길드의 방침이니, 뭐든 혜택이 있을 거예요."

"감사합니다."

감사 인사를 하고서 접수처를 떠났다.

"혼나 버렸네요."

"뭐, 어쩔 수 없지."

"하지만 이상하게도 기분이 나쁘지는 않았어요."

"겉치레가 아니라 진심으로 걱정해서가 아닐까."

"그런가요?"

"아마도."

그 후, 시어셔는 평소처럼 책을 빌리러 자료실로 향했다.

지그는 식당에서 기다렸다.

"여기, 앉아도 될까요?"

또냐.

요즘 계속 이런 일이 생기는군.

얼굴은 안 봤지만 목소리만 들어도 알겠다.

그 정도로 매일 얼굴을 마주 하는 상대다.

"…………그러든가."

"실례할게요."

그렇게 말하며 여성 접수원은 맞은편 자리에 앉았다.

"일은 괜찮은 건가?"

"휴식 시간이라서요."

대화가 끊겼다.

지그는 애초에 자기 쪽에서 말을 거는 법이 없다.

그에 반해 접수원은 지그를 위에서 아래까지 빤히 관찰하고 있다.

"…………몇 가지 질문을 해도 될까요."

한참 동안 관찰하더니 만족했는지 그제야 입을 열었다.

"불편한 질문에 답하지 않아도 괜찮다면, 그러든가."

"그래도 괜찮아요. 당신은 과거에 모험가 일을 한 경험이 있나요?"

"없지."

"그럼 과거에 뭐든 전투와 관련된 직업에 종사한 적이 있나요?"

"그래. 오랫동안 용병으로 일했다."

그녀의 눈썹이 슬쩍 꿈틀했다.

상대에게 그다지 좋은 정보가 아니었나 보다.

"……용병, 말인가요."

"마음에 안 드나?"

"아, 아뇨. 그런 건 아니지만……."

"이쪽의 용병은 상당히 질이 나쁘다고 하니, 무리도 아니지."

"……당신이 있던 곳은 그렇지 않았나요?"

꽤나 궁금한지 접수원은 살짝 몸을 내민 채 물었다.

"간단히 계약을 어기는 녀석은 일을 못 하게 되니까. 용병단의 이름에도 흠집이 나서 그런 녀석들은 엄격하게 처벌하지."

"그렇군요……. 결례를 했습니다."

"사과할 필요는 없어. 사람 죽여서 돈을 번다는 건 틀림없는 사실이니까."

"…………그런가요. 당신과 시어셔 씨는 어떤 관계입니까?"

"호위 대상이자 의뢰인이다."

그녀는 표면상 아무렇지도 않게 행동하고 있지만 감출 수 없는 혐오감이 느껴진다.

성실하게 살아온 자에게는 당연한 반응이었다.

"그 말에 거짓은 없다고 믿겠습니다. ……시어셔 씨는 아주 유망한 모험가입니다. 배우려는 의지가 강하니 앞으로 모범이 될 사람으로 성장하겠죠."

평가가 좋은 줄은 알았지만 이 정도일 줄이야.

본인은 너무 눈에 띄고 싶지 않다고 했지만…….

충분하단 말로도 부족할 만큼 눈에 띄고 있군.

속으로 한숨을 내쉬며 접수원에게 뒷말을 재촉했다.

"시어셔 씨를 제대로 보호해 주세요. 길드에 필요한 인재입니다."

"일이니 당연히 그래야지. 돈을 받는 동안에는 지킬 거다."

그 말은 그녀가 기대했던 바가 아닌 모양이다.

'돈을 받는 동안에는'이라는 말을 한 순간 매우 강한 혐오감이 느껴졌다.

"그렇습니까. 모쪼록 잘 부탁드리겠어요."

사무적으로, 무감정하게 말하고서 접수원은 자리에서 일어나 돌아갔다.

그 뒷모습을 배웅하며 생각했다.

그녀는 분명 돈보다 중요한 게 있다고 생각하는 인간일 거다.

그도 사실 그 말이 맞다고 생각한다.

돈은 어지간한 일을 해결할 수 있지만, 그것에만 의존하면 중요한 순간에 손이 닿지 않는다.

지그는 지금까지 그러한 경험을 몇 번인가 해왔다.

저 접수원이 그 사실을 알지는 모르겠지만, 만약 모른다 해도 지식이나 교육만으로 그 답에 도달한 것이라면 교육이란 것도 무시하지 못할 것 같다.

"……뭐어, 어찌 되었건 돈이 없으면 아무것도 못 한다는 것도 사실이지만."

시어셔가 계단을 내려오는 모습이 보이기에 그도 자리에서 일어났다.

오늘은 평소보다 많이 번 덕인지 책이 한 권 늘어나 있었다.

"이제 어쩔까요. 바로 돌아갈까요?"

"대장간에 들러도 될까. 손질을 하고 싶은데."

마수를 베면 무기가 쉽게 상한다.

최근에는 간단한 손질만 직접 해온 탓에 본격적인 연마 작업을 맡기고 싶었다.

"물론이죠. 차라리 새로 장만하지 않을래요? 요즘 돈도 좀 모였으니까요."

"새로운 무기라……."

이쪽의 소재를 사용한 무기에 관심은 있다.

마수의 엄니나 발톱은 매우 튼튼해서 어지간한 철검을 능가할 정도의 내구성을 지녔다.

쌍인검은 예리함보다 중량과 원심력을 이용해 때리고 가르는 무기다.

당연히 뛰어난 내구성이 필요해서 대형화와 중량화를 피할 수 없다.

하지만 마수의 소재를 사용한다면 이야기가 달라진다.

최소한의 중량으로 충분한 내구성을 확보할 수 있다.

중량이 떨어지면 위력도 떨어지겠지만, 그걸 보충할 방법은 얼마든지 있다.

떨어지는 위력만큼 기동력이 올라가시 할 수 있는 일이 늘어날 테니, 이점이 더 크다.

"가격을 봐야 하겠지만, 나쁘지 않을지도 모르겠군."

"그럼 견적도 내볼 겸 이것저것 물어봐요."

"그러도록 할까."

이후 예정을 결정한 두 사람은 길드를 나섰다.

노점에서 출출한 배를 채우고는 첫날 이후 가지 않았던 대장간으로 행했다.

가게는 일을 마친 모험가들로 붐볐다.

"어서 오십시오. 일전에는 이용해주셔서 감사합니다. 오늘은 어떤 일로 오셨나요?"

점원은 이쪽을 기억하고 있는 듯했다.

……그렇게 걸리적거리는 엄니를 짊어지고 온 손님인데 어떻게 잊겠냐고 할지도 모르겠다.

"무기 연마 작업을 부탁하고 싶은데. 겸사겸사 이것과 같은 계통의 무기를 찾고 있는데, 있나?"

"양검(兩劍) 말씀이신가요……. 사용자가 아주 적은 무기다 보니 가게에 진열된 것들 중에는 없네요. 창고에 있을지도 모르니 담당자에게 연락해 볼게요."

지그는 이 무기를 쌍인검이라 부르고 있지만, 이쪽에서는 양검이라 부르는 모양이다.

지방에 따라 무기의 명칭이 미묘하게 다른 것은 흔한 일이다.

무기를 건네고서 얼마간 기다렸다.

시어셔는 시간을 죽일 겸 가게 안을 둘러보고 있다.

여전히 희한한 무기들이 진열된 것을 보고 있었더니 점원이 돌아왔다.

"요청하신 무기는 이 둘밖에 없었습니다."

수레에 두 자루의 쌍인검이 실려 있었다.

외날 직검이 붙어 있는 것과 양날 장검이 붙어 있는 것.

녹색 빛이 도는 외날 쪽은 묘하게 생물적인 모양새를 하고 있었다.

"이쪽은 얇은날 참수 벌레의 낫을 통째로 사용한 일품입니다."

생물적인 정도가 아니라 그 자체였다.

"매우 날카로워서 취급에 능하지 않은 사람이 어설프게 휘둘렀다가 팔이 달아난 일까지 있었습니다."

"……그렇군."

지그는 속으로 지금부터 팔려는 상대에게 저렇게 광고를 해도 되는 걸까 생각했다.

그의 속을 아는지 모르는지 더 자세한 설명을 이어갔지만, 이 무기는 애초에 지그의 선택지에 들어 있지 않았다.

제대로 다루지 못할 일은 없겠지만, 그가 무기에 바라는 것은 신뢰성이다.

잘 베이는 무기는 그만큼 상하기도 쉬워서 연전이나 소모전에 부적합하다.

애초에 중량과 원심력을 이용해 때리는 무기인 까닭이다.

대검에 예리함을 요구하는 것이나 다름이 없어서 콘셉트부터 잘못됐다고 할 수 있었다.

"──이상입니다. 다음은 이 무기인데."

대충 설명이 끝난 건지, 지그가 관심이 없다는 것을 알아챈 건지 나머지 한쪽을 설명하기 시작했다.

"이쪽은 푸른 쌍투구벌레의 뿔에서 소재를 채취한 물건입니다."

"들어봐도 되나?"

점원이 고개를 끄덕이는 것을 확인하고서 집어 들었다.

중량은 지금 사용하고 있는 것보다 조금 가벼운 정도.

푸른색 날은 육중하고 튼튼해 보인다.

"조금 휘둘러보고 싶은데……."

"이쪽으로 오시지요."

점원을 따라간다.

공방 근처에 자리한 조금 넓은 장소에 왔다.

그곳에는 무기의 성능을 시험하는 데 사용하는 듯한 커다란 장
작이 잔뜩 있었다.

"이곳에서라면 어느 정도 휘둘러도 문제없을 겁니다."

"고맙군."

점원이 멀찌감치 떨어진 걸 확인하고 시작했다.

평소 애용해온 무기가 아니라 길들이듯이 천천히 휘두른다.

중심, 손잡이, 휘둘렀을 때 칼날의 거리.

그것들을 한 번 휘두를 때마다 확인해 나간다.

마음을 비우고 칼을 휘두르는 지그의 모습에, 주변에서 망치질
을 하던 장인들이 무의식중에 손을 멈추고 말았다.

바람을 가르는 소리가 점점 커져, 그들의 귀에도 들릴 정도가
되었다.

무기를 깊이 파악할수록 속도는 빨라져, 이제는 주변에 있던

사람들이 전혀 눈으로 좇을 수가 없었다.

"그대로, 거기 있는 갑옷을 베어보세요."

점원이 옆에 있던 성능 시험용 갑옷을 가리켰다.

"그래도 되나?"

"괜찮습니다."

그 말이 끝나기 무섭게 지그는 속도가 붙은 혼신의 일격을 갑옷에 때려 박았다.

거치대가 상하지 않도록 옆으로 휘두른 칼날은 갑옷의 옆구리에 명중.

갑옷은 종잇장처럼 찌그러지더니 위쪽 절반이 회전하며 날아가 버렸다.

"훌륭하십니다."

동작을 추스르던 지그가 무기를 보았다.

강렬한 참격으로 열기를 띤 도신에는 흠집 하나 안 나 있었다.

"굉장하군."

중심도 잘 맞고 사거리, 중량 모두 흠잡을 데가 없다.

마수 소재가 우수하다는 건 알았지만 이 정도일 줄은 몰랐다.

꼭 손에 넣고 싶지만 이만한 무기라면.

그리 쉽게 손이 닿을 가격이 아닐 거다.

"이건 얼마지?"

그럼에도 기어이 가격을 묻고 만 것은 미련 때문일까.

"이 무기는 100만입니다."

"역시 그 정도는 하는 건가……."

예상했던 가격을 듣고 고개를 푹 숙였다.

"하지만."

그렇지만 이어진 말을 듣고 고개를 들었다.

"애초에 팔리지 않아서 창고에 보관하고 있던 물건이라, 만든 인물과 교섭이 가능할지도 모릅니다."

"정말인가?"

"네. 양검은 사용자가 적어서 저희 측도 처분하기가 난감했거든요. ……적다는 말은 다소 포장을 한 거고, 정확히 말씀드리자면 제가 아는 한 이 도시에는 없습니다."

"한 사람도?"

"과거에 한 명 있었습니다. 그 물건의 주인이었죠."

점원이 녹색 쌍인검을 가리키며 말했다.

"…………과연."

어찌 되었건.

"교섭해 볼까요?"

지그는 생각했다.

설령 값을 깎는다 해도 이쪽이 낼 수 있는 건 50만 정도다.

아무리 처분하기 곤란한 물건이라 해도 반값이 되지는 않을 거다.

재료비며 인건비를 감안하면 80만은 할 거라 봐야 하리라.

"……아쉽지만 관두지. 아직 수중에 돈이 없어서."

"그런가요………… 그 말씀은, 돈만 있으면 사실 의향은 있다는 뜻입니까?"

"무슨 뜻이지?"

지그가 어쩔 수 없이 거절하자 점원은 묘한 소리를 하기 시작했다.

따로 보관해두기라도 하겠다는 건가.

굳이 그렇게 하지 않아도 그녀의 말에 따르면 사용자가 없으니 팔릴 일은 없을 텐데.

"손님만 괜찮으시다면, 요금은 후불로 할 수도 있거든요. 물론 계약금은 필요하지만요."

"대출인가……."

악마의 속삭임이다.

과거 그것 때문에 신세를 망친 동업자를 산더미처럼 보아온 탓에 그것의 무서움은 잘 알았다.

이 일이 끝나면 목돈이 들어온다며 아슬아슬하게 계산을 했다가 패주, 의뢰인 실종 콤보를 맞고 노예까지 전락한 녀석이 있었다.

가산을 압류당하고 넋이 나가 있던 참에 소지품을 몽땅 뺏기고 마차에 실려 가는 모습을 비통한 얼굴로 배웅했더랬다.

"아, 아니, 관두도록 하지. 수중에 없는 돈으로 뭘 사는 건 성미에 안 맞아."

"그러신가요…… 아쉽네요."

과거의 일을 떠올리니 소름이 돋아서 거절했다.

점원은 아쉬워하면서도 강요는 하지 않았다.

그날은 그대로 연마 작업만 부탁하고 가게를 뒤로 했다.

"어라, 저 사람 안 샀어?"

양검을 정리하는 점원에게 장인 중 한 명이 말을 걸었다.

"네, 아쉽게도. 이건 연마 작업 의뢰를 받았으니 잘 부탁드리겠습니다."

"어엉. ……뭐야, 이거. 정말 그냥 철제잖아. 아깝구만, 저렇게나 실력이 좋은데."

"간트 씨도 그렇게 생각하셨나요?"

간트라 불린 장인은 수염을 손으로 쓸며 말했다.

"양검을 저런 식으로 다루는 녀석은 지금까지 본 적이 없어. 대부분이 보기에만 좋은 연무용 검술이지. 근데 그 형씨는 완전히 정반대였어. 아마 상당히 많은 전장을 경험했겠지."

다소 까다로운 면이 있는 이 장인이 이런 소릴 다 하다니, 별일이다.

"대출도 권해봤지만, 얼굴이 새파래져서 도망치더군요."

"하핫! 그럴 만도 하지!"

간트 씨는 카카카, 하고 웃었다.

따라서 미소를 짓고 있던 미소가 문득 진지한 표정을 지었다.

"간트 씨. 실제로 얼마까지 깎아주실 수 있나요?"

"으~음…… 요즘에는 푸른 쌍투구벌레의 숫자가 줄어서 별로 깎고 싶지 않은데……."

"저게 명검이라는 건 저도 압니다. 하지만 가게 운영면에서 봤을 때, 팔릴 기약이 없는 물건을 언제까지고 떠안고 있을 수는 없어요."

"응, 뭐어, 그야 그렇지만……."

지당하기 그지없는 말에 간드는 말문이 막혔다.

"다소 손해를 보더라도 실력 있는 사람의 손에 맡기는 게 장인으로서 뿌듯하지 않을까요?"

"뿌듯함이 밥 먹여주는 건 아닌데……."

"간트 씨."

"……80."

"농담이 과하시네요."

점원의 압박감에 밀려 에누리 교섭이 시작되었다.

"75."

말없이 고개를 가로젓는다.

"70!"

"저걸 만든 게 몇 년 전이었죠?"

"…………65! 이 이상은 진짜 무리야!"

"네, 교섭 성립이네요."

이 정도가 타협점인 것 같다고 판단하여 점원은 교섭을 마무리했다.

그러고는 풀이 죽은 간트를 고의로 무시했다.

"자아, 이제 저쪽 하기 나름인데요……."

아무리 에누리를 한들 저쪽이 살 생각이 없다면 의미가 없다.

"느낌은 나쁘지 않았어요. 하지만 저쪽의 주머니 사정을 모르니 뭐라 단언할 수가 없네요. 아마 3, 40만 정도 있는 것 같은데…….”

겨우 찾아낸, 악성 재고품을 사줄지도 모를 손님이다.

이 기회에 어떻게든 팔아치우고 싶다.

“실력 좋은 손님과 친밀한 관계를 맺어두면 돌아오는 것도 큰 법이니까요.”

선의 같은 게 아니다.

그녀는 그녀대로 자신을 위해 움직인 것이었다.

†

“사지 않아도 괜찮겠어요?”

시어셔가 빈손으로 돌아온 지그에게 물었다.

“좋은 물건은 있었지만, 돈이 부족해서.”

약간 아까운 짓을 했는지도 모르겠다.

하지만 무기를 사고 무일푼이 될 수는 없는 일이다.

무기는 어디까지나 장사 도구고, 벌기 위해 사는 물건이다.

“조만간 돈이 모이면 사도록 하지.”

“지그 씨나 저나 당분간은 돈을 벌어야겠네요. 그러기 위해서라도 우선 등급을 올려야겠지만요.”

“결국 결론은 그렇게 되나.”

이렇게 되고 나니 시어셔의 말마따나 휴일이 귀찮게 느껴졌다.

“안 되지 안 돼. 휴일을 즐길 수 없게 되면 인간으로서 끝장이야.”

“?”

고개를 가로저어 그런 생각을 쫓아냈다.

"그러고 보니 소재를 제공하는 것도 가능하다고 해요."

"소재를 제공해?"

"자신이 쓰러뜨린 마수의 소재를 가져와서 무구를 만들어달라고 하는 거예요. 기술비와 인건비만 치르면 돼서 본래의 가격보다 싸게 먹힌다나 봐요."

"시골 마을의 식당 같은 짓을 하고 있군……."

하지만 싸게 먹힌다는 이야기는 매력적이다.

이거다 싶은 마수의 이빨이나 발톱을 손에 넣어 가져와 제작을 맡길 수 있다면, 자신이 이상적이라 생각하는 무기를 만드는 것도 가능할 거다.

"다만 문제가 하나 있어요."

"문제?"

"장인과의 연줄이 필요하거든요. 제작을 맡기고 싶은 사람에 비해 만들 수 있는 사람의 수가 적어서, 특수 주문 의뢰는 그렇게 쉽게 받아주지 않는다고 해요. 우선적으로 의뢰를 맡기려면 개인적인 연줄이 있거나 돈을 싸 들고 갈 필요가 있다는 모양이에요."

"둘 다 그리 호락호락한 일은 아니군."

머나먼 바다 너머에서 왔으니 연줄 같은 게 이 땅에 있을 리가 없다.

돈을 아끼고 싶은데 돈을 싸 들고 간다면 그야말로 주객이 전도된 꼴이 될 거다.

"착실하게 가는 게 제일인가……."

"이 세상에 쉬운 일은 하나도 없네요."

세상의 혹독함을 통감하며 두 사람은 숙소로 돌아갔다.

지그의 아침은 이른 시간에 시작된다.

잠에서 깨면 세수를 하고 몸단장을 하고서 스트레칭을 한다.

방 안에서 시간을 들여 천천히 몸을 푼다.

싸우는 사람에게 유연성은 중요하다.

가동 영역이 넓어지고 대응할 수 있는 범위가 늘어서 부상도 잘 입지 않게 된다.

하지만 스트레칭은 힘들고 수수한 데다 재미까지 없는 훈련이라 게을리하는 이가 많다.

체력이나 근력과 달리 효과가 눈에 띄게 나타나지 않기 때문이리라.

지그도 싫어하는 훈련이다.

하지만 이걸 하고 말고에 따라서 몸의 반응이 크게 달라진다.

게을리하면 손해를 보는 건 자신이라는 걸 알면서도 다들 자신도 모르게 대충하게 된다.

그런 훈련이라도 계속할 수 있는 것은 어떻게 보면 재능이라 할 수 있으리라.

충분히 몸을 푼 후에는 달리기를 한다.

무기를 짊어지고, 사람 한 명 무게 정도의 짐을 짊어지고 도시 가장자리를 돈다.

전장에서는 걸을 수 없게 된 자부터 죽는다.

부상, 체력, 기력.

요인은 여러 가지지만 기동력을 잃은 자들은 모두 죽음이라는 결말을 맞는다.

적의 뒤를 치기 위해 산속을 하염없이 걷는다.

보급 물자를 전달하기 위해 짐을 죽어라고 옮긴다.

때로는 움직일 수 없게 된 동료를 업고 철수할 때도 있다.

전쟁은 곧 걷는 것이라는 말이 있을 정도다.

예전부터의 습관에 따라, 자신을 구할 생명선의 일환으로 지그는 달린다.

숙소에 돌아오면 우물물로 땀을 씻어낸다.

방으로 돌아오니 마침 해가 뜨고 있었다.

시어셔를 깨우러 옆방에 들어간다.

늦게까지 책을 읽고 있었는지, 이불을 모아 끌어안은 자세로 자고 있다.

얇은 속옷만 입고 있어 허연 어깨며 다리가 거의 훤히 드러났다.

길고 윤기 나는 검은 머리가 침대에 널브러져 있다.

지그는 그 광경에서 시선을 돌리며 그녀를 깨운다.

"아침이다, 일어나."

"우아에으……."

뺨을 찰싹찰싹 때린다.

우물우물 뭐라 말하고 있지만 못 알아듣겠으니 무시.

세면기에 물을 떠와 손수건을 적셔서 얼굴에 얹어놓는다.

"꺅."

의식이 깨어난 시어셔가 벌떡 일어난다.

그러더니 멍하니 이쪽을 쳐다보았다.

"좋은 아침."

"……좋은 아침이에요."

"준비 다 되면 말해."

"느에."

아직 잠이 덜 깬 그녀를 두고 방으로 돌아온다.

시어셔는 깨우기 힘들기는 하지만 잠기운이 오래 가는 타입은 아니다.

한 번 일어나면 금방 재기동한다.

준비를 마치고 얼마동안 기다리자.

"오래 기다리셨죠."

몸단장을 마친 그녀가 평소와 같은 모습으로 얼굴을 내밀었다.

조금 전에 보았던 잠에 취한 모습은 어디로 가버렸나 싶을 정도로 말짱하다.

"갈까."

"네."

둘이 나란히 숙소를 나선다.

사람들의 왕래가 많아지기 시작한 가운데 육체노동을 하는 남자들이 줄을 서는 단골 노점으로 향한다.

큰길가에 면한 가게에서는 오늘도 좋은 냄새가 풍겨왔다.

"오늘은 미트 파이가 남아 있었어요!"

"잘됐군."

중간에 노점에서 산 아침 식사를 걸어가며 먹는다.

이것이 그들의 아침 일상이었다.

†

"토벌대요?"

평소처럼 붐비는 길드.

평소와 같은 접수원에게 의뢰서를 가져가자 그런 이야기를 했다.

"네. 상부에서도 시어서 씨라면 문제없을 거라고 판단했습니다."

요전에 말했던 편의라는 것일까.

그렇다 쳐도 움직임이 빠르기도 하다.

"토벌대가 뭔가요?"

"특정 마수 토벌대. 일정 주기마다 폭발적으로 증가하는 마수에 대한 대처를 목적으로 한 모험가들의 혼합부대죠."

마수의 번식에는 몇 가지 종류가 있다.

크게 분류하자면 집을 짓고 계속해서 무리를 만드는 콜로니형.

발정기와 같은 육아 시즌에 단숨에 늘어나는 브리딩형.

콜로니형은 정기적으로 토벌 의뢰가 나와서 급격하게 증가할 일은 없다.

문제는 브리딩형이다.

번식력이 낮은 마수라면 문제없지만 개중에는 터무니없이 숫자가 불어나는 종도 있다.

단독으로는 약해, 많은 수를 생산함으로써 종을 번영시키려는 마수는 이런 경향이 강하다.

"그러한 마수를 솎아내기 위한 길드의 요청 의뢰입니다. 성질상 광범위한 섬멸이 가능한 마술사가 적임이죠. 그래서 이 시기가 되면 길드에서 우수한 마술사분들께 제안을 하고요."

"마술사만으로 편성하면 마수가 접근했을 때 위험하지 않나요?"

"대부분은 파티 멤버 중 검사도 참가해서 그렇게까지 문제가 되지는 않습니다. 편한 만큼 보수는 적지만요."

마술사가 잔뜩 모여서 융단폭격을 가한다면 검사가 나설 차례는 오지 않을 거다.

가끔씩 화를 면한 녀석들을 처리하기만 해도 보수를 받을 수 있으니 편하기는 하리라.

하지만 의뢰 자체도 간단하고 위험하지 않다 보니 솔직히 말해서 보수도 적다.

"이 요청 의뢰의 이점은 평가치에 대한 추가점이 크다는 거예요. 길드 주도라 큰 금액을 지불하지 못하는 것을 보충하려는 의도죠."

"할게요!"

하지만 지그 일행에게 가장 필요한 것은 바로 그 평가치였다.

그야말로 시의적절한 의뢰라 두말없이 승낙했다.

"본래는 7등급부터 받을 수 있는 의뢰지만, 일전의 공적을 가

미해서 길드 측에서 특별히 시어셔 씨에게 허가를 내드리기로 했어요."

"감사하기는 한데, 괜찮은 건가요? 그렇게 쉽게 특례를 만들어 버려도."

규칙이란 것은 간단히 깨지지 않아야 의미가 있다.

실력이 있다는 이유로 특례 같은 것을 남발하면 강자들의 독재가 시작될 것이다.

"걱정하지 마세요. 이게 통하는 건 처음뿐이니까요."

무슨 뜻일까.

의도를 파악할 수 없어 시어셔가 고개를 갸웃했다.

"자세히 캐묻지는 않겠지만, 두 분 모두 전투 경험 자체는 풍부하시죠?"

"……네에, 뭐."

"그런 분들이 사실은 종종 있거든요. 원래는 기사였다거나, 살고 있던 고향에 길드가 없어서 등록은 하지 않았지만 마수 토벌 경험은 있다거나. 그런 형식상으로만 초심자인 분들이 계속 아래 등급에 계시면 서로에게 좋을 게 없으니까요."

"듣고 보니 그러네요."

"그런 분들이 적절한 등급에 있지 않으면 길드의 신용에도 금이 가고요. 그런고로 그러한 분들은, 7등급까지는 빨리 올려 버린답니다."

길드도 온갖 사람들에게 대응하기 위해 여러모로 궁리하고 있는 모양이다.

참가를 결정하자 접수원이 서류를 건넸다.

"거기에 필수 사항을 기입해서 내일 중에 제출해주세요. 출발은 사흘 후 아침. 현지에서 이틀 야영할 예정이니 단단히 준비해서 오세요. 식사는 길드 측에서도 어느 정도 준비하겠지만, 윤택하지는 않을 테니 최소한의 식량은 준비하시고요."

그 후에도 얼마간 설명을 들었다.

설명이 끝난 후에는 오늘의 의뢰에 착수했다.

전이석을 사용해 숲으로 이동하여 칼날 벌의 집이 있는 방면으로 향한다.

벌집을 지나치며 보니 오늘도 칼날 벌을 사냥하는 모험가들로 북적거리고 있었다.

계속해서 나아가 일전에 바위 벌레와 조우했던 곳 근처까지 왔다.

"또 마주치지 않을까 싶었는데, 그런 행운이 그리 흔치는 않나봐요."

"이 근처에서는 흔치 않은 녀석이지?"

"네. 그 수준의 마수가 흔했다면 7등급 정도한테 출입 허가를 내리지도 않았을걸요?"

바위 벌레는 7등급 중에서도 상위의 힘을 지녔다고 한다.

요전에 마주쳤던 건 운이 좋았던 거다.

일반적인 적정 등급의 모험가라면 운이 나빴다고 하겠지만.

"오늘은 비행 오징어를 사냥해요. 아무래도 그들에게 우리는 맛있는 먹잇감으로 보이는 모양이니까요."

인원수가 많으면 좀처럼 만나기 어려운 마수라 해도, 소수라면 조우할 기회가 많다.

머릿수가 적은 것도 의외로 나쁘지 않다.

"그런 것 같군. ——벌써 왔다."

조금 전부터 비행 오징어 세 마리가 나란히 달리듯 따라왔다.

녀석들은 시어셔 일행을 맛있는 먹잇감으로 보고 있는 듯하지만, 자신들도 그렇게 보이고 있을 줄은 꿈에도 모를 것이다.

"토벌 증거는 이빨과 소화액 주머니만 있으면 되니, 오늘은 몸통 부분을 가지고 돌아가요. 요전에 갔던 식당에 소재를 가져가겠다고 얘기를 해뒀거든요."

"……대체 언제."

시어셔는 하고 싶은 일이 생기면 상당히 적극적으로 행동하는 경향이 있나 보다.

뜻밖의 커뮤니케이션 능력에 놀라며 마수를 요격하기 위해 경계 자세를 취했다.

†

의뢰를 처리한 다음 날.

지그는 혼자서 거리를 산책하고 있었다.

뭔가 명확한 목적이 있는 것은 아니고, 마음 내키는 대로 가본 적 없는 장소를 어슬렁거렸다.

"오."

수상쩍은 가게를 발견했다.

뒷골목 끄트머리 쪽에서 개인이 운영하고 있는 작은 가게다.

약물과 식물을 취급하는 걸까.

어두컴컴해서 자세히 보지 않으면 가게인지조차 알 수가 없을 정도다.

"꽤나, 끌리는군."

지그는 그 수상쩍은 가게로 걸음을 옮겼다.

†

"휴식이요?"

의뢰를 처리한 날 밤.

비행 오징어의 몸통을 제공하고 요리가 나오기를 기다리는 동안 지그가 꺼낸 이야기에 시어셔는 고개를 갸웃했다.

"그래. 야영하며 토벌하려면 준비해야 할 것도 많고, 긴장 상태에서의 수면은 생각보다 피로가 안 풀리기 마련이야. 푹 쉬고 대비하는 게 좋아."

"흐음…… 아뇨, 참죠. 마침 저도 하고 싶은 일이 있었거든요."

불만스러운 표정이었지만 필요한 일이라 생각해 받아들이기로 한 모양이다.

그러던 참에 요리가 나왔다.

"오~ 기다리고 있었어요."

김이 폴폴 나는 비행 오징어 머리 지느러미 스테이크다.

적절하게 그릴 자국이 난 하얀 살에 붉은 소스를 끼얹어 먹음 직스러워 보였다.

"꽤나 싱싱한 놈을 가져왔더구만. 보존 방법도 흠잡을 데가 없었고."

"마스터가 말씀하신 대로 한 것뿐이에요."

아무래도 이 남자는 점원이 아니라 점장인 모양이다.

거뭇한 피부에 까까머리, 잘 단련된 육체는 어지간한 모험가들에게도 뒤지지 않을 정도다.

"이 소스는 뭔가요?"

"토마토 칠리소스야. 양파와 토마토에 볶은 마늘을 넣고 뭉근하게 끓여내서 끝내준다고."

두 사람은 요리에 관한 이야기에 열을 올렸다.

듣기만 해도 아주 맛있을 것 같다.

"하고 싶은 말은 많지만, 우선 먹어 봐."

"그래, 식으면 아깝잖아."

"잘 먹겠습니다."

나이프로 썰어서 입으로 옮긴다.

농후한 살의 감칠맛과 소스의 신맛이 잘 어우러졌다.

지나치지 않은 매콤한 맛과 마늘 향이 식욕을 자극한다.

"······맛있군."

"마스터, 이거 엄청 맛있어요."

"그야 당연하지."

아낌없는 칭찬에 점장은 아주 싫지만은 않은 듯한 표정을 지었다.

두 사람은 그 후, 아주 묵묵하게 요리를 먹어치웠다.

"그러고 보니 지그 씨는 어떻게 하실래요?"

식후에 나온 차를 마시며 느긋하게 있던 중, 시어셔가 물었다.

"이 도시를 산책하고 올까 한다. 오래 있게 될 것 같으니까. 어느 정도 정보를 입수해두고 싶어."

"으음, 그것도 재미있을 것 같네요……. 아아, 하지만 해야만 하는 일이……."

갈등이 심한지 컵의 가장자리를 깨물며 그런 소릴 했다.

"재미있는 곳이 있으면 휴일에라도 안내하지."

"정말로요? 그럼 그걸 기대하고 있을게요."

†

"이것 참, 과격한 물건을 다 다루는군."

그런 대화를 나눈 다음 날.

지그는 곧장 수상쩍은 가게에 들어가 구경을 하고 있었다.

예상한 대로 약품 관련 가게인 듯했다.

하지만 취급하는 물건은 의약품이 아니라 훨씬 위험도가 높은 물건들이다.

수면약에 독약, 끝내는 미약(媚藥)과 같은 일반적인 약과는 거리가 먼 물건들만 취급하는 듯 보였다.

"아마도, 아니, 분명 허가 같은 건 안 받았겠지."

가게를 돌아다니며 중얼거렸다.

담배 같은 것도 있었지만 집어 들고 냄새를 맡아보니 묘하게 달콤한 향이 났다.

마약의 일종이리라.

"대륙이 달라도 이런 부분은 다르지 않군."

많은 사람이 모이는 장소에는 반드시 이러한 것들이 생기기 마련이다.

사람들이 모인 곳에는 돈이 모여들고, 돈이 모이면 그걸 챙기려는 암흑가의 인간들이 모여든다.

세상일이 돌고 돌아 엉뚱한 사람까지 이득을 보는 것은 자연의 섭리라 해도 과언이 아닐 거다.

이런 부류의 장소는 일반인들에게 지극히 해롭지만 잘만 어울리면 제법 편리하다.

지그는 심드렁한 척을 하며, 이쪽을 살펴보고 있는 점원에게 다가갔다.

"이 근처 대장은 누구지?"

카운터에 은화 한 닢을 내놓으며 물었다.

점원은 그것에 손을 대지 않고 지그를 품평하듯 쳐다보았다.

"……손님, 우린 보잘것없는 약방이야. 안 살 거면 돌아가."

"어디서 물건을 받고 있지?"

"기업 비밀이야. 돌아가."

"……그래, 민폐를 끼쳤군. 이건 사과의 의미야."

지그는 은화를 그대로 둔 채 깔끔하게 물러났다.

✝

"…………."

남자가 가게에서 나가는 걸 확인한 점원은 은화를 주머니에 넣고 가게 문을 잠그고는 뒷문으로 나갔다.

주변을 살피며 빠른 걸음으로 뒷골목을 걷는다.

몇 번인가 모퉁이를 돌고, 신경질적으로 뒤를 확인하면서 나아간다.

목적지는 작은 집이다.

꾀죄죄하기는 하지만 사람이 살고 있는지 먼지가 쌓이지는 않았다.

남자는 문을 특정 리듬에 맞춰 두드렸다.

문이 열려 안으로 들어가자 세 명의 남자가 있었다.

세 명 모두 험악한 분위기를 내뿜고 있다.

그중 리더로 보이는 남자가 자리에서 일어났다.

"무슨 일이냐. 여기에는 너무 자주 오지 말라고 했을 텐데. ……뒤에 있는 놈은 누구고?"

"앵거스 씨, 이상한 남자가 우리 가게를 떠보려고…… 네?"

탁탁, 누군가가 어깨를 두드렸다.

점원이 뒤를 돌아보니 그곳에는 좀 전에 봤던 그 남자가 있었다.

"안내하느라 수고가 많았어."

"히이이이아악!!"

놀란 나머지 점원은 펄쩍 뛰며 뒷걸음질을 쳤다.

뒤에 있던 남자들이 긴장된 표정을 지었다.

"머저리 같은 놈, 미행이나 당하다니!!"

허리에 차고 있던 대거 나이프를 뽑아 들고 임전 태세에 돌입한다.

하지만 지그는 차분하게 두 손을 들어 위해를 가할 뜻이 없음을 표했다.

"자자, 싸우러 온 게 아니야. 거래를 하고 싶다."

"뭔 소리야? 너 이 자식, 뭐 하는 녀석이냐?"

남자는 전투태세를 유지한 채 지그의 속을 떠보려 했다.

뒤에 있는 남자 둘은 언제든 덤벼들 수 있도록 천천히 지그의 등 뒤로 돌아들고 있다.

"나는 용병이다. 굳이 말하자면 그쪽 인간이지."

"또 용병인가. 분명 헌병으로는 안 보이지만…… 그 용병님께서 무슨 용건이시지?"

남자가 말한 '또'라는 말에 지그는 살짝 반응했지만, 지금은 달리 묻고 싶은 게 있으니 나중으로 미루기로 했다.

"정보가 필요해."

지그는 천천히, 잘 보이도록 품안에 손을 넣었다.

건물 안에 긴장감이 고조되는 가운데, 다시 꺼낸 손에는 주머니가 얹어져 있었다.

가볍게 흔들어 보였다.

금화들이 서로 스치는 소리가 났다.

"던진다."

미리 말을 하고서 주머니를 남자에게 던진다.

남자는 나이프를 겨눈 채 그걸 받아 안을 확인했다.

작은 주머니지만 가득 찬 금화를 보자 무의식중에 표정이 풀어졌다.

그는 나이프를 집어넣더니 부하들에게 지시했다.

"자식들아, 손님이다. 정중하게 모셔라. 넌 돌아가고."

얼핏 들으면 '처리해라'라는 뜻 같기도 했지만, 방금 전 것은 말 그대로의 의미였나 보다.

남자 두 명은 임전 태세를 풀었고 점원은 허둥지둥 가게로 돌아갔다.

준비된 의자에 앉자 리더격인 남자가 맞은편에 자리했다.

자신의 욕망에 충실하다고 해야 할지, 태세 전환이 빠르다고 해야 할지.

이미 지그를 장사 상대로 보고 움직이고 있었다.

"나는 앵거스다. 그래서, 어떤 정보를 듣고 싶지?"

"지그다. 이 도시의 주된 세력과 세력권, 경향이 알고 싶어."

"어엉? 당신 이 도시는 처음이야?"

꽤나 기본적인 걸 물었는지 앵거스가 의아하다는 표정을 지었다.

"그래. 온 지 얼마 안 됐거든."

"솔직히 말해서 이 정도 정보는 밖에서도 얻을 수 있지만……
뭐 됐어."

앵거스는 담배에 불을 붙이더니 연기를 토해냈다.

그렇게 담배 연기를 뻐끔거리며 이야기를 시작했다.

"이 도시에서 알아야만 하는 건 세 곳뿐이야. 북쪽의 바자르타 패밀리, 남쪽의 칸타렐라 패밀리…… 난 여기 소속이야. ……마지막은 동쪽의 진수우ㆍ야."

"……마지막 것만 뉘앙스가 다르군."

처음 듣는 말이다.

"나중에 설명하지. 우리랑 바자르타는…… 한마디로 전형적인 마피아다. 약을 팔거나 윤락업소 뒤를 봐주거나 도박장 운영, 마구 밀수에 기타 등등. 세력권은 다르지만 하는 짓은 얼추 같지. 바자르타하고는 자잘하게 자주 치고받지만, 본격적인 항쟁은 한참 동안 일어나지 않았어."

마피아가 하는 일은 어디나 비슷비슷한 모양이다.

듣고 나니 더 신경이 쓰이는데…….

"진수우ㆍ야는…… 솔직히 말해서 모르겠어."

"이것 봐."

이렇게 뜸을 들여놓고 그러기냐고 눈빛으로 불평을 했다.

앵거스는 약간 겸연쩍은 얼굴로 떠듬떠듬 말했다.

"……그 녀석들은 정체를 알 수가 없다고. 원래는 이민자들이었고 20년 정도 전에 갑자기 나타났다는데, 동쪽에서 왔다는 것 말고는 아는 놈이 없어. 갑자기 나타나서 당시 바자르타 패밀리의 세력권이었던 동쪽 구획을 꿰차버렸지."

"저항하진 않은 건가?"

"당연히 했지. 외지인이 세력권을 건드렸는데 잠자코 있을 만큼 바자르타는 병신들이 아냐. ……하지만 결과적으로, 내주게 되었지."

마피아는 집요하다.

한 방 먹으면 철저하게 보복을 해서 용병들조차 섣불리 건드리지 않는다.

직접 전투를 벌이면 상대가 안 되지만, 평상시에도 누군가가 자신을 노리고 있다는 사실은 매우 큰 스트레스가 된다.

도시에 뿌리를 내린 마피아라는 것은 상상 이상으로 성가시다.

그 마피아에게서 세력권을 빼앗아 지금도 태평하게 지내고 있다는 건——.

"강한가. 그 녀석들?"

"……인정하긴 싫지만, 강해. 우리 간부급이 차고 넘치지. 숫자는 많지 않아서 제대로 붙으면 지지야 않겠지만…… 이쪽도 그만큼 각오를 해야만 해."

무력으로 마피아를 막아내고 있다면 실력이 상당할 거다.

경계할 필요가 있을 것 같다.

"그 녀석들은 그다지 조직적인 행동을 하지 않아. 이놈이고 저놈이고 다들 자유롭게 행동하지. 그래서 종종 시비가 붙고."

머리를 긁적이며 지긋지긋하다는 듯이 말했다.

생각만 해도 화가 치미는 모양이다.

그는 짜증스러운 투로 말을 계속 토해냈다.

"…………개중에서도 무진장 위험한 게 있는데, 그 녀석들이랑 마주치면 일단 튀는 게 좋을걸."

"위험한 녀석들?"

"그래. 진수우 · 야의 간부급이겠지만, 터무니없이 강해. 그 녀석들 한 명이면 우리 간부와 그 아래 구성원들이 한꺼번에 덤벼도 상대가 안 될 정도지."

"호오."

상당히 수련을 쌓은 모양이다.

위험한 상대라니 조심하도록 하자.

"내가 가진 정보는 그 정도야. 받은 돈에 비해 정보가 좀 별로인가?"

"충분해. 고마워."

"그나저나 당신도 그렇고 최근 묘하게 용병과 인연이 있군."

"그러고 보니 좀 전에도 '또'라고 했지. 이 근방에서 용병은 깡패와 별 차이가 없다고 들었는데."

지그의 물음에 앵거스가 팔짱을 낀 채 신음소리를 냈다.

"아~…… 듣고 보니 당신하고 분위기가 좀 비슷했던 것도 같군. 분명 이 근처에 보이는 용병하고는 달랐어."

"……그렇군."

이야기가 끝나 두 사람은 자리에서 일어났다.

배웅을 위한 것인지 감시를 위한 것인지 앵거스와 부하들이 바깥까지 따라왔다.

"신세 졌군. 또 부탁하지."

"이쪽도 좋은 손님이 생기는 건 환영이야. 약도 파는데, 어쩔까?"

"지금은 됐어. 남은 게 있어서…… 윽!"

대화 도중.

지그는 무언가를 알아채고는 무기에 손을 얹고 골목 안쪽을 쳐다보았다.

"이것 봐, 무슨 일이야."

앵거스의 물음에 답하지 않고 골목을 응시한다.

"……엿보기나 하다니 취향 참 고약하군."

아무도 없는 골목을 향해 말을 내뱉는다.

그 말의 의미를 깨달은 앵거스의 표정이 험악해졌다.

"어라, 이 거리에서도 알아챘다고?"

아무도 없는 듯 보였던 골목.

그곳에 문득 기척이 생겨났다.

그늘에서 모습을 드러낸 것은 웬 여자였다.

나이는 20대 중반 정도.

새하얀 머리를 등까지 길렀다.

넋을 놓고 쳐다볼 정도로 단정한 외모였지만, 호전적인 표정을 짓고 있어 여러 의미로 전율이 일었다.

이전에도 본 적이 있는 대나무 잎처럼 생긴 귀다.

이 근방에서는 본 적이 없는, 넉넉한 민족의상으로 보이는 걸 입었다.

특히 지그의 관심을 끈 것은 무기였다.

허리에 찬 가느다란 장검.

자루가 앞을 향하고 있어서 도신의 형태는 모르겠지만 길이는 장검보다 길 듯했다.

"············큭! 이 녀석이야, 이 녀석이 진수우 · 야라고!"

"저 녀석이······."

과연, 이민자라는 말이 납득이 되는 외모다.

그리고 전투 능력이 뛰어나다는 것도 정보와 일치하는 듯하다.

얼핏 보면 허리에 찬 무기에 한 손을 얹은 채 힘없이 서 있는 듯 보이지만, 실력자가 분명하다.

"이 자식, 감히 여길 훔쳐봐?! 추잡한 짓거릴 하다니!"

앵거스가 소리쳤지만 백발 여성은 태연하기만 했다.

"너희에게 추잡하다는 소릴 들으니 억울한걸. ······게다가 정확히 따지자면 훔쳐들은 거야."

여자는 긴 귀를 움직여 보였다.

그러더니 앵거스에게서 시선을 떼어 이쪽을 쳐다보았다.

"사실은 직접 보고 싶었지만, 그 이상 다가가면 거기 있는 오빠한테 들킬 것 같았거든. ············결국 들켜버렸지만. ——오빠, 정체가 뭐야?"

여자의 눈초리가 매서워졌다.

억누르고 있던 살기가 분출된다.

그 농후한 살기에 앵거스 일행의 얼굴이 파랗게 질렸다.

"지나가던 용병이다."

"용병이라······ 모험가도 마피아도 아니라, 평범한 용병이라고?"

"그래."

지그의 답변에 여자의 미소가 짙어졌다.

무차별적으로 내뿜던 살기가 지그에게 집중되는 게 느껴졌다.

이유는 모르겠지만 붙어볼 모양이다.

"그 말인즉슨, 마피아랑 약물 매매를 하던 현행범이라는 뜻이지?"

"약물은 안 샀다만."

"그래도 갖고 있지? 다 들었어."

훔쳐듣고 있다는 걸 좀 더 일찍 알아챘어야 했다.

방에서의 대화까지는 못 들은 것 같아 다행이다.

"대의명분은 충분해. 조직에 소속된 게 아니라면…… 죽여도 뭐라고 할 사람은 아무도 없겠지?"

여자는 보복이 있을지 없을지를 확인하고 싶은 모양이다.

없으리라는 걸 아는 이상 봐주지 않겠다는 뜻이다.

"…………이봐, 미안하지만."

"그래. 같이 싸우라고는 안 해. 적당히 도망쳐."

"미안하게 됐군. ……저 녀석도 대놓고 무모한 짓은 못 할 거야. 큰길까지 도망치면 어떻게든 될지도 몰라."

그렇게 말하더니 앵거스 일행은 철수했다.

훼방꾼이 사라지자 여자가 자세를 잡았다.

천천히 중심을 낮추더니, 무기는 뽑지 않은 채 손만 대고 있었다.

"저런 조무래기를 쫓으라고 해서 귀찮은 일이라고 생각했는데, 의외의 수확이 있었네. ……재미 좀 보겠어."

"일할 때가 아니면 무익한 전투는 피하고 싶은데."

"내 일이니까 포기해. 게다가 즐거울 테니 무익하지 않아."

무슨 소릴 해도 소용이 없을 것 같다.

지그는 각오를 굳히고 평소처럼 무기를 뽑았다.

†

강렬한 살기와는 달리 백발 여자의 행동은 신중했다.

두 사람은 서로의 동향을 살피듯 슬금슬금 옆으로 움직였다.

이 녀석, 대인전투에 익숙하군.

도신의 길이를 가늠하지 못하도록 자루를 이쪽으로 향하게 한 채, 이쪽의 사거리를 자세히 관찰하고 있다.

상대도 이쪽이 대인전투에 익숙하다는 걸 알아챘는지.

말없이 짙은 미소만 지어보일 따름이다.

먼저 움직인 것은 지그였다.

"흡!"

거리를 좁혀 비스듬히 벤다.

백발녀는 그 속도에 놀라지 않고 냉정하게 몸을 젖혀 회피.

몸을 회전시켜 반대쪽 칼날을 휘두르자, 한 걸음 물러나 사정권 밖으로 빠져나간다.

심지어 추가 공격을 하려던 지그에게 반격을 가했다.

"쉬익!"

소리도 없이 칼집에서 일격이 날아든다.

무시무시한 속도로 육박하는 그것에 쌍인검을 갖다 대듯이 하여 튕겨낸다.

금속음이 울려 퍼진다.

지그 쪽이 물러났다.

백스텝으로 거리를 벌린다.

"……이걸 때려 맞추다니."

뽑은 검을 축 늘어뜨린 채 백발녀가 말했다.

상대의 무기를 보았다.

"우리 나라의 무기인데 '카타나'라고 해."

아름다운 무기였다.

가는 도신은 외날에 완곡한 곡선을 그리고 있다.

거울처럼 연마된 도신은 날카로워 요염함마저 느껴질 정도다.

"……뽑아 베기인가."

"우리 쪽에서는 발도술이라고 부르지만. 처음 봤어. 그 자리에서 보고 막아낸 사람은."

지그는 자신의 무기를 흘끔 쳐다보았다.

쌍인검의 한쪽 날이 두 동강 나 있었다.

명검이라 할 정도는 아니지만 내구성에 있어서는 어지간한 무기보다 월등히 뛰어날 터인데.

그걸 이렇게나 간단히.

"한 번 더 보여주고 싶지만, 아무래도 그건 무리이려나?"

"당연하지."

느긋하게 납도할 틈을 줄 생각은 없다.

"하지만 숨겨둔 기술 하나 막아낸 정도로 우쭐거리지 말라고."

백발녀가 칼을 똑바로 들고 자세를 취했다.

칼날은 지그의 눈을 향하고 있어 점(點)으로만 보여서 도신을 가늠하기가 어려웠다.

조금 전 보았던 발도술도 그렇고, 사거리를 특히 중시하는 검술인 듯했다.

백발녀가 움직인다.

미끄러지는 듯한, 보폭을 가늠하기 어려운 보법으로 거리를 좁힌다.

그대로 움직여 찌르기.

옆으로 움직여 회피.

방향을 틀어 이쪽의 목으로 날아든 일격을 일부러 피하지 않고 상대의 다리를 찌른다.

"큭!"

이번에는 백발녀가 물러났다.

지그를 노린 참격은 두 동강 난 쌍인검의 칼날에 막혔고, 반대쪽 칼날은 백발녀의 하카마처럼 생긴 민족의상을 뚫었다.

무기의 사거리를 활용한 공방일체의 묘수다.

저 카타나라는 무기는 분명 엄청 날카롭기는 하지만, 그 위력을 온전히 발휘하려면 궤적과 속도라는 조건이 갖춰져야 한다는 사실을 지그는 꿰뚫어 보았다.

연속 공격으로 이쪽의 무기를 베기에는 중량이 모자라다.

그렇기에 발도술을 사용하는 거다.

일부러 목을 노리게 하여 상대방의 공격을 이끌어내고 다리를 노렸다.

급소를 노렸다면 이렇게는 되지 않았을 거다.

그러나.

"얕았나."

순간적으로 중심축을 옮긴 모양이다.

그 땅을 기는 듯한 보법 덕분이리라.

옷 때문에 다리의 위치를 인식하기 어렵기도 해서 그렇게까지 치명적인 부상을 입히지는 못했다.

"……후, 후후…… 좋은걸, 오빠. 아주 멋져."

백발녀가 도취된 듯한 표정을 지어 보였다.

또다시 그 보법으로 돌진해 온다.

숨쉴 틈도 없이 연격이 날아든다.

아래에서 올려 베기.

한 걸음 물러나며 몸을 젖혀 피한다.

칼날을 틀어 상단에서 사선 베기.

튕겨내 궤도를 튼다.

튕겨 나간 기세를 이용해 무게를 실은 발을 중심으로 몸 전체를 회전시켜 옆으로 후린다.

여기다.

땅에 쌍인검을 꽂아 막아냄과 동시에 그것을 지주 삼아 몸을 일으키며 발차기를 쳐넣는다.

백발녀는 순간적으로 왼팔을 들어서 막았다.

"크악!"

하지만 체중을 실어 날린 지그의 발차기를 한 팔로 막아낼 수 있을 리가 없다.

불길한 소리와 동시에 가드한 팔과 함께 몸이 날아간다.

순간적으로 뒤로 몸을 날려 충격을 경감한 것은 대단하다고 해야 하리라.

그녀는 땅바닥을 구르며 거리를 벌리더니 즉시 일어났다.

"꼴좋군."

빈말로도 깨끗하다고 할 수 없는 뒷골목.

그곳에서 요란하게 구른 탓에 옷이 처참하게 더러워져 있었다.

"…………정말, 생각보다 훨씬 즐겁게 해주네."

"……기운도 좋군."

위력을 다소 죽이기는 했다지만 충격은 전해졌을 거다.

가벼운 대미지가 아닐 텐데…….

문득, 달콤한 향기가 났다.

그러고 보니 이 여자는 아직 마술을 사용하지 않았지.

이전에도 맡은 적이 있다.

분명 이 향은 회복술이었을 거다.

타박상 정도로는 치명타가 되지 않는다.

역시 의식을 끊거나 치명상을 입히는 수밖에 없을 것 같다.

완치됐는지 상태를 확인하듯 왼팔을 돌리고 있다.

"이걸 쓰는 게 얼마만이더라."

하지만 이상했다.

회복은 끝났을 텐데 달콤한 향기가 강해졌다.

자극적일 정도로 달콤한 향에 위기감이 끝없이 치솟았다.

"하지만 이걸 쓸 자격이 있는 상대니, 망설일 필요는 없겠지?"

──이건.

"저승길 선물로 보여줄게."

위험하다.

백발녀의 몸에서 빛이 솟구친다.

비취색 빛을 내뿜는 그것이 전광(電光)임을 깨달은 것은 빛이 잦아든 뒤였다.

순백의 머리가 두둥실 떠올랐다.

녹색 눈이 전광을 받아 무섭도록 아름답게 빛났다.

"──그럼, 간다."

어느샌가 납도한 칼에 손을 댄 채, 여자가 움직였다.

그렇게 생각했을 때는 이미 거리가 좁혀져 있었다.

"…………!!"

놀라서 끽소리를 낼 틈도 없었다.

이미 상대의 사정권이다.

일격이 날아든다.

조금 전의 발도술과는 차원이 다르다.

방어는 불가능하다고 판단.

뽑는 동작조차 보이지 않는 일격을, 상대의 어깨의 움직임과 방향을 통해 예측해 피한다.

"큭……!"

하지만 너무도 빠른 나머지 완전히는 피할 수 없었다.

회피가 늦어져 칼날이 옆구리를 파고들었다.

하지만 거기서 끝이 아니다.

한 걸음 내디디며 한 손으로 휘두른 칼날을 돌려, 속도를 유지한 채 사선 베기.

그와 동시에 왼손이 거꾸로 쥔 칼집을 쳐올린다.

시간차를 이용한 좌우 동시 공격.

"우오오오!"

"뭐야?!"

회피가 불가능한 동시 공격에 지그는 물러나기는커녕 무기를 버리고 돌진했다.

상대의 돌진과 지그의 전진이 동시에 이루어지자 두 사람의 거리는 제로가 되었다.

칼을 휘두르는 한쪽 팔을 왼손으로 붙잡고, 칼집의 일격을 오른손의 갑옷 토시로 막아낸다.

칼집을 막아낸 갑옷 토시에서 불쾌한 소리가 났다.

철을 덧댔나!

전광석화와 같은 연격을 막아내자 아주 잠시 두 사람의 움직임이 멈췄다.

"방금 전 걸 막아내다니⋯⋯!! 하지만 무기를 버렸는데 이제 뭘 어쩌려고!"

"아니, 무기를 쓰면 너무 쉽게 이기겠다고 생각한 것뿐이다!"

"입만 살았네!"

상대의 움직임을 제압하고자 힘겨루기를 한다.

그 전광은 공격에 사용하는 게 아니라 자기강화술의 아종인 듯했다.

신체능력의 강화, 특히 순발력이 폭발적으로 향상됐다.

아마도 평범한 강화술과는 차원이 다른 것이리라.

순수한 힘겨루기에서도 지그는 서서히 밀리고 있었다.

"핫!"

조금 밀린 순간, 여자가 칼집에서 손을 떼었다.

지그는 갑자기 막을 것이 사라져 몸이 앞으로 쏠렸다.

여자가 자유로워진 왼팔로 칼을 붙잡은 손을 튕겨낸다.

빈틈은 생겼지만 그대로 칼을 휘둘러봐야 너무 가까워서 치명상은 못 입힌다.

백발녀는 두 팔이 벌어진 지그에게 어깨를 내세워 몸통박치기를 먹였다.

지그는 발을 구르며 뒤로 물러나고 말았다.

백발녀는 몸통박치기를 한 자세에서 칼날을 몸 앞에 똑바로 세운 자세로 전환했다.

"핫!"

"흠!"

기합성과 함께 심장을 노린 날카로운 찌르기가 날아들었지만.

지그는 순간적으로 갑옷 토시를 교차시켜 위로 궤도를 틀었다.

"하아!"

"큭……!"

백발녀가 들려 올라간 칼을 힘껏 원위치시키려 했다.

허둥지둥 손을 무른다.

두 동강 난 갑옷 토시가 땅바닥에 떨어졌다.

한순간이라도 더 늦게 물렀다면 팔이 떨어져 나갔을 거다.

두 팔에서 적지 않은 양의 피가 흐른다.

"……왜 마술을 안 써? 아껴두려고?"

"……글쎄다."

애매하게 얼버무렸다.

사실 못 쓰는 것뿐이지만 굳이 가르쳐줄 필요는 없다.

"그래? 그렇다면, 비장의 수를 떠안은 채로 죽어."

또다시 칼날을 세운 자세.

위를 향하고 있던 칼날이 이쪽을 바라보았다.

지그는 그것에서 눈을 떼지 않았다.

여자가 움직인다.

"……!!"

목소리가 울리는 속도조차 뛰어넘은, 조금 전의 공격을 능가하는 속도로 날아드는 신속(神速)의 찌르기.

하지만 아무리 빠르다 해도 카타나의 사거리 밖까지 닿지는 못한다.

찌르기인 이상, 공격 범위는 점이다.

움직인 순간 스텝을 밟아 옆으로 피한다.

하지만 여자는 상대가 회피함과 동시에 제동을 해서 두 번째 찌르기를 날렸다.

다시 물러난다.

순간, 지그는 발을 쳐올렸다.

조금 전 버렸던 쌍인검이 허공에 떠오른다.

그는 회피하며 자신이 무기를 버린 곳으로 상대를 유도하고 있었다.

백발녀는 내심 낙담하지 않을 수 없었다.

──설마, 못 알아챌 줄 알았어?

"실망이야!!"

이미 움직이기 시작한 그녀의 칼날이 지그를 찌르는 것과 지그가 무기를 쥐고 공세로 전환하는 것, 어느 쪽이 빠를 지는 말할 필요도 없으리라.

지그가 손을 뻗는다.

여자가 세 번째 찌르기를 날린다.

둔탁한 소리 두 개가 동시에 울렸다.

"크, 윽……."

여자의 칼이 지그의 왼쪽 어깨를 찔렀다.

살이 찢어지고 뼈가 부러져 피가 솟구친다.

그리고 지그의 쌍인검이 여자의 얼굴에 직격해 있었다.

"커, 억…………."

그대로 흰자위를 보인 채 쓰러진다.

지그는 차올린 무기를 잡기 위해 손을 뻗은 것이 아니다.

혼신의 힘을 다한 주먹으로 쳐서, 여자의 얼굴에 맞춘 것이다.

손잡이 부분이기는 해도 그 중량을 정통으로 얼굴에 맞았다.

무사할 리가 없지만, 살아있는 건 여자가 튼튼한 덕분이었다.

"…………하아."

주저앉고 싶은 기분을 억누르며 어깨에 박힌 칼을 뽑았다.

지혈과 응급조치를 마친 후.

여자의 무기를 빼앗고 묶어서 무력화한다.

"강하군…………."

그가 경험한 이들 중에서도 다섯 손가락 안에 들 만큼 강했다.

그 전광과도 같은 기술을 사용한 뒤로는 상당히 고전했다.

상대의 공격을 정면으로 방어할 수 없다는 것은 상당한 난제였다.

"무기도 베여버렸고 말이지."

돈도 없는데 돈 쓸 일만 늘어나는 현실에 눈물이 날 것만 같다.

"이만한 강적을 상대했는데도 보수가 없다니…… 뭐 됐어. 일단 죽이자……."

이 여자는 위험하다.

이 녀석의 기술이라면 시어셔에게 닿을지도 모른다.

위험인물은 일찌감치 처리해두는 게 제일이다.

앵거스 일행에게도 그편이 좋을 테고, 다른 목격자도 없는 지금이라면 뒤탈 없이 죽일 수 있다.

"······그 전에 소지품을 접수하자."

치료비, 무기 비용 등등을 조금이라도 보전해야 한다.

그런 생각을 하며 여자의 품안을 뒤졌다.

지갑을 찾아내 안을 뒤지던 중, 여자가 목에 무언가를 달고 있는 게 보였다.

이 형태는 눈에 익었다.

······최근 들어 자주 본 물건 같은데.

아주 불길한 예감이 든다.

못 본 척하고 싶은 마음을 떨쳐내고 그 카드를 벗겨내 보았다.

"······이봐, 웃기지 말라고."

모험가 2등급.

이사나 게이혼

"······망할, 어쩌지?"

고위 모험가가 죽으면 그 사인을 철저하게 조사하려 들 거다.

만에 하나라도 지그에게 도달할 여지를 줄 수는 없는 일이다.

"그러고 보니, 일 때문에 왔다고 했지."

마피아 찾는 일까지 하다니, 모험가의 업무 폭도 꽤나 넓은 모양이다.

"마피아의 짓으로 위장하면 괜찮을까······?"

아니, 무리일 거다.

이걸 마피아가 쓰러뜨릴 수 있을 리 없다.

설령 쓰러뜨린다 해도 머릿수로 밀어붙여 대규모 전투를 치러야 할 거다.

그만한 소란은 벌어지지 않았다.

게다가 수사의 손길이 마피아에까지 미치면 앵거스 일행은 망설임 없이 지그를 버릴 거다.

이런저런 생각을 하고 있자 어깨죽지에 난 상처가 자기주장을 하기 시작했다.

"……통증 때문에 생각이 정리되질 않는군."

지그는 집에서 환약 같은 것을 꺼내 씹었다.

쓴맛과 냄새가 뒤섞인 독특한 맛이 입 안에 퍼진다.

통증을 둔하게 만드는 약이다.

용병은 전투 중에 부상을 입어도 만족스러운 조치를 취할 수 없는 경우가 많다.

그 때문에 통증을 일부러 둔하게 만들어 전투를 계속하기 위한 약물을 소지하는 것이 일반적이었다.

그밖에도 잠기운을 쫓아 자지 않고 전투를 계속하기 위한 약, 감각을 날카롭게 하여 집중력을 증가시키는 약 등이 있다.

모두 극약이라 잘못된 용법과 용량으로 사용하면 후유증이 일어나며, 높은 빈도로 계속 사용하면 폐인이 될 우려까지 있는 약이다.

"이쪽에서도 손에 넣을 수 있을 것 같아 다행이지만, 설마 소지

하는 것도 금지일 줄이야……."

저쪽 대륙에서는 제조, 밀매는 금지지만 나라의 허가를 받은 가게에서라면 평범하게 손에 넣을 수 있는 물건이었다.

이것 때문에 이 여자에게 전투의 구실을 내주고 만 것은, 그야 말로 불가피한 일이었다.

약효가 나타나기 시작했다.

서서히 통증이 둔해지는 것을 확인한 지그는 다시 여자의 처우에 관해 생각했다.

"모험가인 이상, 지금 상황을 넘긴다 해도 언젠가는 맞닥뜨리 겠지. 그렇다고 죽일 수도 없는 노릇이고……. 그렇다면 남은 수단은 설득인가. ……이걸, 설득……?"

척 봐도 전투광이다.

게다가 그 유명한 진수우·야란다.

"……어렵겠지만, 달리 방법이 없나."

결심을 굳힌 지그는 여자를 천에 감싸 짊어졌다.

†

똑똑.

"네, 누구세요?"

시어셔가 마술 교본을 펼쳐놓고 이런저런 것들을 하던 참에 누군가가 방문을 두드렸다.

"나다, 지금 시간 있나?"

"지그 씨? 지금 열게요."

어라, 그는 오늘 하루 종일 정보를 수집하고 오겠다고 했는데.

예정보다 일이 일찍 끝난 건지, 예상치 못한 일이 있었던 건지.

그가 먼저 찾아오다니 별일이라는 생각을 하며 문으로 향했다.

문을 열자 어깻죽지가 새빨갛게 물든 지그가 있었다.

"지그 씨?! 어떻게 된 거예요!"

"……이런저런 일들이 있었거든. 미안하지만, 치료를 부탁할 수 있을까?"

"침대에 앉으세요, 곧장 시작할 테니까요."

피투성이가 된 그를 보고 소스라치게 놀란 것도 잠시뿐.

금방 교본 등을 정리하고 치료할 준비에 착수했다.

중간에 그가 어깨에서 내려놓은 짐에 눈길이 갔지만, 지금은 치료가 우선이라고 판단하고는 묻고 싶은 것들을 모조리 목구멍 안으로 집어삼켰다.

옷을 벗는 것도 힘들어하는 그를 도와 웃옷을 벗겼다.

"이건……."

옆구리와 팔도 베이기는 했지만 가장 심각한 것은 어깨였다.

아마도 뼈까지 닿은 것 같다.

지혈한 천이 새빨갛다.

깨끗한 천을 물에 적셔 상처를 닦는다.

다행히도 상처에 이물질이 있거나 오염되지는 않았다.

술식을 구축하여 환부에 가져다 댄다.

거칠었던 그의 숨이 조금 가라앉았다.

하지만 말은 나중에 하기로 하고 술식에 집중한다.

그대로 몇 분이 지났다.

일단 표면적인 상처가 아물어 피가 멎었다.

내부까지 치료하려면 시간이 더 걸린다.

하지만 그건 나중으로 미루기로 했다.

"팔을. 우선 피를 멈출게요."

옷을 보니 상당한 양의 피를 흘린 듯했다.

우선 출혈을 멈춰서 체력이 떨어지지 않게 할 필요가 있다.

두 팔과 옆구리의 상처에도 술식을 건다.

그 두 곳의 상처가 아물어 어깨에 손을 댔다.

날카로운 날붙이에 관통당한 것 같다.

너덜너덜해지지는 않았지만 뼈가 쪼개졌다.

"살에 난 상처와 달리 뼈는 금방 붙지 않아요. 한동안 술식을 계속 걸 필요가 있어요."

회복술은 공격술에 비해 마력 소비가 심하다.

지속적으로 사용하는 건 숙련된 술사에게도 어려워, 중상을 마술로 치료할 때는 몇 명이 돌아가며 술식을 사용한 후에 통상적인 치료를 하는 게 일반적이다.

이렇게 한 사람이 계속 걸 수 있는 것은 마녀의 강대한 마력 덕분인 것이다.

"그래서, 무슨 일이 있었죠?"

어깨에 다시 술식을 걸며 시어셔가 물었다.

"거기 있는 여자에게 공격당했어."

조금 전부터 신경 쓰였던 인물에게 시선을 옮겼다.

천에 둘둘 말린 상태로 얼굴만 나와 있는 여자.

퍼런 멍이 단정한 얼굴을 가로지르고 있어 무참하기 그지없었다.

"이 여자 한 사람한테요?"

"그래."

놀랐다.

이 용병은, 근접전투에 있어서는 괴물이라 해도 과언이 아닌 영역에 도달했다.

그런 그에게 이 정도의 부상을 입히다니.

하지만 이상한 일이다.

그는 자비 같은 걸 베풀 타입이 아니다.

공격해온 상대를 죽이지 않고 생포하다니, 그답지 않다.

"왜 안 죽이는 거죠?"

그는 그 물음에 답하지 않고 깊은 한숨을 내쉬더니 카드 한 장을 내밀었다.

그녀는 익숙한 그것을 보고 화들짝 놀랐다.

"모험가………… 2등급?!"

구름 위의 존재다.

선배 모험가에게 3등급 이상은 초인의 영역에 한 발을 걸친 인간들이라고 들었는데.

하지만 납득이 갔다.

그가 이 여자를 죽이지 않은 것은 자신을 위해서다.

모험가로 살아가기로 결심한 자신과 관련된 그가 고위 모험가를 죽였다는 사실이 만에 하나라도 알려지면 난감해진다.

"미안, 경솔했다."

지그가 이 여자에게 전투의 구실을 주지 않았다면 이러한 사태가 벌어지지는 않았을 거다.

그는 자신의 잘못을 인정하며 고개를 숙였다.

시어셔는 고개 숙인 그를 보고 당황했지만 그런 속마음을 애써 억누르고 평정심을 유지했다.

"신경 쓰지 마세요. 지그 씨는 잘 해주고 있으니까요. ……그보다 지금은 이 여자를 어떻게 할지 생각해야겠네요."

"그래…… 정신은 들었지? 뭐 할 말 있나?"

시어셔가 시선을 돌려보니 여자는 어느샌가 눈을 뜨고 있었다.

"……아직, 살아있네. 크으~ 머리 아파…….."

얼굴을 부여잡으려다가 자신이 묶인 상태라는 것을 알아채고는 얼굴만 찌푸렸다.

그렇게 고통을 참으면서도 궁금한 것이 있는지, 지그와 시어셔를 쳐다보았다.

"안 죽였네? 분명히 말해두겠는데 진수우·야와 교섭할 인질로 써먹겠다고 하면 혀 깨물고 죽을 거야. 내 목을 들고 바자르타나 칸타렐라에 가서 붙는 정도로만 해 둬."

"……이 여자가 뭐라는 거예요?"

마피아의 세력 다툼이나 이민자 집단에 관한 사정을 모르는 시어셔가 고개를 갸웃했다.

그것도 이야기해야겠다.

설명할 게 너무 많아서 무엇부터 이야기를 하면 좋을지 모르겠다.

†

백발녀…… 이사나 게이혼은 내색하지는 않았지만 지금의 상황이 이해가 되지 않아 혼란스러웠다.

눈앞에 있는 아름다운 여자에게서는 암흑사회에 속한 인간 특유의 비굴함이 느껴지지 않는다.

암흑사회의 인간에게는 자신이 머물 곳이 없다는 사실에 대한 콤플렉스나 일반사회에 사는 인간들에 대한 질투가 어딘가에 남아 있기 마련이다.

자신이 그렇기에 동류는 잘 알아볼 수 있다.

비슷한 냄새가 나기는 하지만 그녀에게서는 그게 느껴지지 않는다.

마치 이미 자신이 머물 곳을 발견한 듯한 얼굴이다.

게다가 저 남자.

용병이라고 했던가.

무섭도록 실력이 뛰어난 저 남자는 정말로 마피아의 관계자일까.

그 살기.

그 전투기술.

도저히 마피아가 부릴 수 있는 인간으로는 안 보인다.

마피아가 귀엽게 보일 만큼 지독한 피 냄새가 난다.

"……무엇부터 이야기를 해야 할까. 이봐, 너…… 게이폰?"

"게이혼. 이사나 게이혼."

"그래, 게이혼. 너, 목숨이 얼마나 아깝지?"

"얼마나 아깝냐니…….."

이상한 질문을 다 한다.

아깝지 않은 인간이 있기나 할까.

"목숨을 살려준다면 어느 정도의 범죄까지를 허용할 수 있지? 구체적으로는, 약물 소지 정도라면 가능한가?"

"뭐?"

무슨 소린지 모르겠다.

목숨을 살려줄 테니 약물을 소지하는 걸 눈감아달라고?

"거래 조건이 이상한 것 같은데…… 죽이는 게 빠르지 않아?"

남자는 얼마동안 고민스러운 표정을 하고 있었다.

그러더니 이윽고 결심을 굳힌 듯이 입을 열었다.

"이 여자는…… 내 의뢰인인데. 모험가다."

"뭐?"

어깨를 치료하고 있는 여성을 가리키며 남자가 말했다.

여성은 교섭을 남자에게 맡기기로 했는지 일의 추이를 지켜보고만 있었다.

"나는 호위를 부탁받았는데, 의뢰에도 동행하고 있지. 내가 헌병에 신세를 지게 되면 곤란하다고."

"어, 그럼 왜 오늘은……."

마피아와 거래 같은 걸 했던 거야.

자신이 하려는 말을 알아챘는지.

남자는 사정을 설명했다.

"우리는 상당히 먼 곳에서 왔는데. 문화와 습관이 완전히 다른 땅에서 살려면 정보가 필요해. 모험가 같은 거친 일을 하는 이상, 뒷골목 사정도 완전히 무시할 수는 없는 일이고."

"……다시 말해서."

나는 그런 상대를 범죄자로 단정 짓고 공격했던 건가.

분명 약물 소지는 범죄다.

하지만 그 즉시 베어도 될 정도의 중범죄는 아니다.

그때는 마피아에 붙은 인간인 줄 알고, 또 무인으로서 강자와 죽고 죽이는 싸움을 하고 싶다는 마음이 앞섰지만, 가만히 생각해 보니 지나쳤던 것도 같고…….

남자는 이쪽의 속마음을 착각한 채 말을 이었다.

"그래. 다시 말해서, 약물 소지 건을 눈감아준다면, 이번 일은 없었던 일로 해도 좋다고 생각하고 있다."

"지그 씨! 이렇게 큰 부상을 입혔는데 없었던 일로 하는 건 아무래도 좀……."

치료하고 있던 여자가 흘려들을 수 없다는 듯이 끼어들었다.

"……그렇군, 그럼 장비 변상과 선배 모험가로서 중개를 부탁하도록 할까. 그리고 이게 제일 중요한데…… 내 의뢰인에게는 절대로 손대지 말 것. 할 수 있나?"

"그 정도라면, 상관없지만…… 괜찮겠어, 겨우 그 정도로?"

엉겁결에 묻고 말았다.

하지만 남자는 진지한 표정으로 답했다.

"겨우 그 정도? 무슨 일이 있어도 절대 손을 대지 말란 거다. '겨우'라고 깎아내리지 마."

남자의 목소리는 진지했다.

그만큼의 각오를 하고 약속하라고 말하고 있는 거다.

"……알았어, 약속해. 우리 씨족에 맹세코, 그 여자에게는 손을 대지 않겠어."

"약속한 거다? 그럼 약속을 어기면 그때는 네 씨족을 멸족시킨다."

무의식중에 숨을 집어삼켰다.

한낱 허풍으로 웃어넘기기에는, 이 남자의 압박감이 너무도 강했다.

실제로 내 목을 들고 가서 두 마피아와 교섭을 한다면 불가능한 일은 아니다.

이 남자가 동족의 실력자들을 잡아두는 동안, 숫자로 밀어붙이면 최소한의 피해로 일을 마칠 수 있다.

우리에게 세력권을 빼앗긴 마피아는 우릴 쫓아내고 싶어서 안달이 나 있을 것이다.

나를 비롯한 달인들의 존재가 그걸 제지하고 있다.

마피아 정도로는 당해낼 수 없는 우리의 존재가 있기에, 이쪽에 손을 대지 않고 있는 거다.

그걸 꺾을 수 있는 인간이 그쪽에 붙는다면…….

하지만 그건 내가 약속을 지키면 그만이다.

"상관없어."

"좋아, 교섭 성립이다."

남자는 일어나 밧줄을 풀었다.

아직 저릿한 손을 흔들며 회복술로 얼굴의 타박상을 치료한다.

그 모습을 보며 남자는 침대 옆에 놓아둔 내 카타나로 시선을 옮겼다.

"봐도 되나?"

"그래."

예의 바르게 양해를 구하고서 카타나를 뽑았다.

도신에 얼굴이 비칠 정도로 잘 연마한 애도(愛刀)를 보고 탄성을 흘린다.

"……근사하군."

"고마워."

자신의 무기를 칭찬하는 말을 듣자 조금 어깨가 으쓱해졌다.

그와 동시에 이 남자의 무기는 상당히 궁상맞았던 게 떠올랐다.

"그러고 보니 오빠는…… 으음."

"지그다. 이쪽은 시어서."

더러워진 천을 정리하고 있던 여성이 가볍게 고개를 숙였다.

"지그는 왜 그런 초라한 무기를 쓰고 있던 거야?"

원래 쓰던 건 손질을 맡기기라도 한 걸까.

"초라하다라……."

지그가 씁쓸한 표정을 지었다.

애착이 있는 무기였던 걸까.

그렇다면 미안한 짓을 한 것 같다.

"아아, 미안, 다 사정이 있겠지."

"아니, 됐어. ……돈이 없는 것뿐이야."

"그, 그래……."

절실한 이유가 있었다.

"그래, 바로 그거다. 무기 등등을 변상하기로 했지. 단도직입적으로 묻겠는데, 얼마까지 낼 수 있지?"

"…………아~ 사실은 그게…… 난, 가진 돈이 별로 없거든. 대부분 사람들 생활비로 보내버려서."

"……그렇, 군."

이민자들은 주변과의 불화와 차별 때문에 한곳에 자리를 잡고 일을 할 수 있는 경우가 별로 없다 보니, 아무래도 생활이 불안정해지거나 수지에 맞지 않는 일을 하게 되기 일쑤다.

2등급의 일은 보수가 좋지만 많은 사람을 부양할 수 있을 정도는 아니다.

게다가 위험성도 커서, 빠르게 의뢰를 처리하기가 어렵다.

"그래서 내놓으라고 해도 50만 정도밖에……."

"오오! 그만큼 있으면 충분해!"

"뭐?"

"내가 내놓을 수 있는 것도 50만 정도다. 100만이면 충분한 장비를 살 수 있어!"

기쁜 듯이 준비를 하기 시작했다.

"자, 잠깐만 있어 봐. 100만이라니, 대체 어떤 무기를 사려고?"

"뭐 문제라도?"

"……내 무기를 팔면 얼마나 받을 수 있을 것 같아?"

"흠…… 200만?"

고개를 가로저었다.

"음…… 300만."

"천만."

"처, 천……?"

경악스러운 가격에 지그가 굳어버렸다.

"마수와 싸우려면 보통 그 정도 무기를 써야 해. 혹시 모험가 된 지 얼마 안 됐어?"

"네에. 요전에 갓 9등급이 됐어요. 7등급 마수와의 교전 경험은 있지만요."

굳어버린 지그 대신 시어셔가 답했다.

벌써 7등급과 붙었다니.

이 녀석들도 꽤나 무모하다.

그나저나…….

"……어, 그 철제 무기로 싸운다고? 거짓말이지?"

"그럼 안 되나요?"

"안 된다고 해야 할지 뭐라고 해야 할지…… 용케 안 부러졌네. 공격을 정통으로 맞으면 일격에 박살 날 텐데."

"……그런 공격을 정통으로 맞으면 부러지는 게 당연하지 않나."

굳어 있다가 부활한 지그가 목소리를 쥐어짜다시피 해서 답했다.

"그러고도 안 부러져서 다들 쓰고 있는 거야…… 뭐, 됐어. 무기 보러 갈 거지? 나도 따라갈래."

"……아니, 내일 하지. 나도 아직 상처가 다 낫지 않았으니까. 너도 그 꼬라지를 어떻게든 해야지."

자신의 몰골을 보니 확실히 끔찍했다.

뒷골목을 나뒹군 탓에 온갖 것들이 다 묻었다.

냄새도 지독하다.

목욕하고 싶다.

"……그래. 나도 아직 얼굴이 아프니까 그러자. 내일 다시 올게."

†

이사나는 그렇게 말하더니 방에서 나갔다.

"믿어도 될까요?"

"달리 방법이 없어."

시어셔는 옆에 앉더니 어깨에 손을 댔다.

그렇게 가엾다는 듯이 쓰다듬더니 술식을 걸었다.

"너무 무모한 짓은 마세요."

"그래, 조심하지."

그렇게 얼마동안 치료에 집중했다.

모험가가 특정한 목적이나 사상을 가지고 모여, 도당(徒黨)을 이룬 것을 클랜이라 부른다.

난이도가 높거나 머릿수가 필요한 의뢰를 수행하거나 할 때마다 외부 사람들을 끌어모으는 것은 상당히 수고스러운 일이다.

그 때문에 일의 방침이나 방식이 맞는 자들이 파티와는 별개로 고정 멤버를 이루어 의뢰에 따라 서로 인원을 끌어다 쓰기 시작한 것에서 비롯되었다.

대부분의 모험가는 일정한 경험을 쌓으면 클랜에 가입한다.

일부 할당량이나 규칙이 엄격한 클랜을 제외하면 클랜원들은 동료 의식이 돈독해서 정보도 공유하고 유사시에 서로 돕는 등, 손해는 적고 이득은 크기 때문이다.

물론 모두가 가입하는 것은 아니다.

사람과 얽히는 걸 싫어하는 자.

행동에 문제가 많아 가입을 거절당한 자.

클랜에 가입하지 않는 이유는 가지각색이다.

그녀, 이사나 게이혼도 여러 사정 때문에 클랜에는 소속되어 있지 않았다.

하지만 그건 문제 행동이 많기 때문이 아니다.

또한 사람과 얽히는 걸 싫어하기 때문도 아니다.

숙소로 돌아가기 전.

길드에 보고하는 걸 깜박했던 탓에 그녀는 도중에 어쩔 수 없이 꾀죄죄한 몰골로 들르기로 했다.

보고 예정 시간은 지난지 오래라 이 이상 늦을 수는 없는 일이다.

길드에 들어선 순간, 주변의 시선이 집중되었다.

손꼽히는 실력자이자 단정한 외모를 지닌 탓에 그녀에 대한 주목도는 높았다.

그녀에게는 늘 있는 일이라 딱히 신경 쓰지 않았다.

곧장 접수처로 향했다.

"기다렸지. 칸타렐라 거래 현장에 대한 보고와 연관된 가게 리스트, 분명히 전달했다?"

"이사나 님! 예정 시각이 지났는데 돌아오지 않으셔서 걱정했어요……. 지금 마침 안부 확인을 위한 인원 배치를 신청하려던 참이었고요."

"미안해. 생각지 못한 방해를 받아서 애를 좀 먹었어."

지그가 우려했던 대로 길드는 고위 모험가의 안부를 특히 신경 쓴다.

그 자리에서 지그가 이사나를 죽였다면 머지않아 수사의 손길은 그들에게 향했을 것이다.

"이사나 님이 말인가요? 설마, 그 모습은……."

"별로 안 다쳤으니까 괜찮아. 그럼 수속을 부탁해."

이것저것 묻고 싶은 듯한 여성 접수원의 시선을 무시하고서 재촉했다.

수속을 위해 안쪽으로 들어간 그녀와 교대라도 하듯, 한 남자가 나타나 말을 걸었다.

"여어, 이사나."

"노튼, 오늘은 꽤 늦은 것 같네."

30대 전반 정도 될까.

금발에 상쾌한 미소.

단련된 육체와 행동거지가, 그가 실력자라 말해주고 있었다.

"오늘 일은 큰 건이었으니까. 그보다 클랜 가입 얘기는, 생각해 봤어?"

"미안하지만 답변은 안 바뀌어."

"매정하긴."

노튼은 이전부터 이사나를 클랜에 권유하고 있었다.

그 자리에서 거절했고, 그 이후에도 몇 번인가 권유하기에 모두 거절했다.

"참고로 뭐가 부족한지 알려주지 않겠어?"

"딱히 당신네가 마음에 안 드는 건 아냐."

"……인종 때문에 그래? 내 클랜에 그런 사소한 걸 신경 쓰는 녀석은 없어."

"내가 신경 써."

이 남자가 선의로 권유를 하고 있다는 건 안다.

노튼은 분명 선한 사람이다.

붙임성도 좋고 주변을 배려해서 행동하고 있다.

하지만 그런 문제가 아니다.

이사나 일행은 그저 조용히 살고 싶은 것뿐이다.

이해를 구하고 싶지도, 하물며 다투고 싶지도 않다.

과거 마피아와 요란하게 치고받았던 것도 있던 곳에서 쫓겨나, 표착한 곳에서 살기 위해 필사적으로 행동한 결과일 뿐이다.

이사나의 속마음을 모르는 그는 아쉬운 눈치였지만, 끈질기게 굴어봐야 더더욱 그녀의 기분을 상하게 할 뿐일 거라 생각했는지 얌전히 물러났다.

"……그런데, 어쩌다 그 꼴이 된 거야?"

"일하다 방해를 좀 받았거든. 착각이었지만."

노튼의 눈매가 가늘어졌다.

붙임성 좋은 청년의 분위기가 조금 바뀌었다.

"……헤에. 네가 고전하다니 대단한걸. 어떤 녀석인데?"

잠시 생각했다.

눈감아 달라고 한 건 약물 소지에 관한 것뿐이지만, 그 남자는 쓸데없이 관심을 끄는 걸 좋아하지 않을 거다.

"글쎄. 처음 보는 타입의 녀석이었어."

적당히 얼버무려두었다.

접수원이 돌아왔다.

"보고는 확실히 접수했습니다. 보수는 평소처럼 할까요?"

"그렇게 해 줘…… 아아, 그거랑 별개로 현금으로 50만 꺼내주고."

"알겠습니다. 잠시만 기다리십시오."

금액의 절반을 송금하고 나머지를 현금으로 받는 게 평소의 방식이다.

하지만 내일은 무기를 변상해주어야 한다.

저축해두었던 비상금을 인출하자, 다소 미련이 남은 눈으로 쳐다보게 되었다.

모험가의 장비는 돈이 매우 많이 든다.

모험가는 큰돈을 버는 것처럼 보이지만, 자유롭게 쓸 수 있는 돈은 의외로 얼마 안 되는 것이다.

하물며 그녀는 식구들의 생활비까지 보내고 있는 몸이다.

많은 것들을 참아가며 겨우 모은 돈을 쓰려니, 당연히 생각이 복잡해질 수밖에 없었다.

하지만 이것도 너그러운 조치라는 것은 이사나 본인도 잘 알았다.

목숨을 건 일대일 싸움에서 패했는데 목숨이 붙어 있는 것만으로도 이득이다.

원래는 가진 걸 몽땅 털려도 할 말이 없는 것이다.

상처 치료를 시어셔가 공짜로 해준 것도 그렇고, 그 남자는 받은 피해에 비해 매우 적은 보상을 요구했다.

그런데도 불평을 하면 천벌 받을 거다.

돈을 챙겨 이번에야말로 숙소로 돌아간다.

오늘 저녁 식사는, 조금 초라했다.

†

다음 날.

지그 일행은 이사나와 합류해 대장간으로 향했다.

벌써 세 번째로 방문한 대장간은 평소처럼 붐볐다.

"어서 오십시오. ······어라, 오늘은 특이한 분과 함께 오셨군요."

평소와 같은 직원이 지그 일행을 맞았다.

이사나가 함께 있는 걸 보더니 눈이 휘둥그레졌다.

그녀의 이름은 이런 곳에까지 알려진 모양이다.

"인연이 조금 있어서. 이전에 보여줬던 무기, 아직 있나?"

"물론이죠. 예산 쪽은 마련하셨나요?"

"그런 셈이지. 겸사겸사 갑옷 토시도 싼 걸로 보여줬으면 하는데."

"알겠습니다. 이쪽에서 팔 사이즈를 재드리겠습니다."

근처에 있던 점원에게 말해서 물건을 가지러 가게 한 후에 팔의 치수를 쟀다.

"······상당히 단련을 하셨군요."

"일 때문에."

"어떠한 갑옷 토시를 찾으시나요?"

"팔의 움직임을 방해하지 않게끔 된 게 좋겠군."

하잘것없는 대화다.

치수를 다 잰 점원은 물건을 찾으러 떠나갔다.

가게에 들어섰을 때도 그랬지만, 기다리는 동안에도 이상하리만치 사람들이 이쪽을 쳐다보고 있었다.

정확히 말하자면 이사나를 쳐다보는 거였지만.

"이봐, 저건······."

"그래, 틀림없어. 백뢰희(白雷姬)야."

주변 사람들의 목소리도 들려왔다.

"백뢰희?"

본인을 흘끔 쳐다보며 물었다.

"……내 이명(異名) 같은 거야."

떨떠름한 표정으로 미루어, 내키지는 않는 모양이다.

"…………백뢰 '공주(姬)'라."

"시끄러워. 나도 알아, 공주라는 호칭이 하나도 안 어울린다는 건. 누가 그렇게 불러 달라고 했냐고."

가볍게 찔러본 것뿐인데 생각보다 더 기분이 상한 모양이다.

너무 놀린 걸 사과했다.

"미안하다. 그나저나 이명 같은 게 있었군."

"그것 말고도 비슷한 거 많아. 절빙희(絶氷姬)라거나, 호염공(豪炎公) 같은 거."

"……듣기만 해도 끔찍하군."

무의식중에 등을 긁고 싶어졌을 정도다.

이사나의 표정도 떨떠름해 보였다.

"솔직히 말해서 스물여섯이나 먹은 사람한테 공주 소리는 좀 안 했으면 좋겠어……."

"너, 연상이었나."

"당신, 그 얼굴에 연하라니, 거짓말이지?"

"…………얼굴이랑은 상관없잖아."

사실은 신경 쓰고 있었던 소릴 듣는 바람에 지그는 내심 상처를 받았다.

"……좋아, 이 이야기는 그만하지."

"그렇게 하자."

"…………."

추정 연령 200살 이상인 시어셔가, 쓸쓸한 얼굴로 그 광경을 외면하고 있었다.

아무에게도 좋을 게 없는 이야기가 끝난 참에 안쪽에서 무기와 몇몇 갑옷 토시를 실은 손수레를 밀고 왔다.

"죄송합니다. 일전에 소개해드렸던 것 중 한쪽이 얼마 전에 팔린 모양입니다."

"파란색 쪽인가?"

"녹색입니다."

"그럼 됐어."

원래부터 그쪽은 살 생각이 없었으니 문제없다.

이사나가 손수레에 놓인 쌍인검을 집어 들어 차분히 관찰했다.

"헤에…… 만듦새는 나쁘지 않네. 이건 무슨 소재로 만들었어?"

"푸른 쌍투구벌레의 뿔을 깎아 만들었습니다."

"희귀한 걸 다 썼네……. 그거라면 강도는 충분하겠지만, 마장구는 아니네."

"네. 마장구로 만들면 가격이……."

이사나와 점원이 자세한 성능에 관한 이야기를 나누고 있었다.

마장구란 건 분명 마구와 달리 마력을 주입할 필요가 없는 특수한 성질을 지닌 장비를 말했던가?

　"그래서, 이건 얼만데?"

　무기에 관한 설명을 만족할 만큼 들었는지 본론인 가격 이야기로 넘어갔다.

　"이 상품은 100만입니다."

　"으~음, 뭐어 완성도를 보면 나쁘지 않은 가격이기는 한데……."

　"하지만."

　이사나가 보란 듯이 망설이는 표정을 지은 채 말하자 점원이 말을 가로막았다.

　"일전에 장인분과 상의를 좀 해봤습니다. 이 무기는 사용자도 적어 창고에 보관한 지 오래였습니다. 저희로서도 언제까지고 재고품을 떠안고 있을 수는 없는 일이라, 이번에는 이 상품을 70만에 거래하고자 합니다."

　상상했던 것보다 훨씬 에누리를 해줬다.

　지그의 입가가 슬쩍 올라갔다.

　그 사실을 알아챈 시어셔가 미소를 지었다.

　"나쁘지 않네. 그럼 갑옷 토시랑 다리 갑옷을 무기랑 다 합쳐 100만이 되도록 해서 보여줘."

　"……그러시다면."

　점원은 가져온 것 중 하나를 집어 들었다.

　"이 상품은 어떠신가요. 방패 벌레의 갑각으로 만들어서 내구성은 충분합니다."

완만한 커브를 그리고 있는 갑옷 토시를 차보았다.

속이 꽉 찬 갑옷 토시는 분명 튼튼했다.

움직이는 데도 지장이 없다.

"그 대신 중량은 늘어날 수밖에 없는데, 어떻게 할까요?"

"흠."

분명 이전에 사용했던 것보다는 무겁다.

조금 거리를 벌리고서 팔을 돌려보았다.

몇 번인가 돌린 후에 자세를 잡는다.

비스듬히 선 자세로 왼손을 얼굴 앞에, 오른손을 턱 옆에 댄다.

주먹을 내지르자 날카로운 바람소리가 울렸다.

잽 두 방, 스트레이트, 원투 더킹에서 어퍼.

콤비네이션을 한 차례 시험하고서 갑옷 토시를 벗었다.

"……좋아, 이 정도라면 괜찮을 것 같군."

"네. 그럼 이 상품과 합쳐 정확히 100만입니다. 갑옷 토시는 미세 조정이 필요하니 끝나면 길드로 보내도록 하겠습니다."

이사나는 지그에게 돈을 건넸다.

지그는 그걸 받아 자신의 몫을 합쳐서 점원에게 건넸다.

그 광경에 주변 사람들이 자신의 눈을 의심했다.

이건 어디까지나 변상이다.

하지만 그 사정을 모르는 제3자의 눈에는, 지그가 이사나에게 돈을 내게 한 것처럼 보였다.

——2등급 모험가이자 주변과 거리를 두려 하는 이사나 게이혼에게 돈을 내게 한 저 남자는 뭐지?

모두가 그렇게 생각했다.

하지만 주변 사람들이 놀랐다는 사실조차 알아채지 못한 당사자들은 그대로 구입 절차를 마쳤다.

†

"이걸로 서로 빚진 건 없군."

가게에서 나와 구입한 무기를 짊어진 후, 지그는 이사나에게 그렇게 말했다.

"약속이 지켜지기를 기대하지."

"……저기, 뭐 하나 물어봐도 돼?"

떠나가는 지그와 시어셔에게 이사나가 말했다.

시어셔는 성실하게 돌아보았고, 지그는 비스듬히 선 자세로 시선만 돌렸다.

"당신들도, 나 같은 다른 종족은 못 받아들이겠어?"

그 질문에 지그는 어깨를 으쓱했다.

시어셔를 보고 맡기겠다는 듯이 어깨를 두드렸다.

그녀는 쓴웃음을 지은 채 대답했다.

"……저도 원래 있던 곳에서 받아들여 주지 않아서 도망쳐온 이종족 같은 거라……. 하지만 이종족을 받아들이지 못하는 사람들의 마음도 이해는 해요. 무슨 생각을 하고 있는지 모를 상대는, 아무래도 무서우니까요."

"……당신은, 그에 대한 답을 가지고 있어?"

슬픈 미소를 지은 채 시어셔는 조용히 고개를 가로저었다.

"어려운 문제죠. 말로 설득해도, 힘을 써도 분명 정답은 되지 못할 거예요. 정답 같은 건 없을지도 모르죠."

이사나는 그 답에 적지 않게 낙담했다.

주변과 다른 자는 어딜 가도 받아들여지지 않는다.

어딜 가도 외지인이다.

어두운 생각이 머릿속을 빙빙 맴돈다.

"하지만."

시어셔의 말은 거기서 끝이 아니었다.

"그렇기에, 이해하고 받아들여 주는 사람을 소중히 여기고 싶어요."

"……받아들여 주는 사람이라."

"한 명도 없나요?"

그렇지는 않았다.

의뢰 해결을 도와주고 감사 인사를 받은 적은 몇 번이나 있었다.

노튼은 쌀쌀맞게 대하는 자신을 잘 대해주고 있다.

벽을 세우고 있던 건 자신이었는데.

받아들여 주지 않는다, 이해해 주지 않는다며 혼자서 불행 자랑을 하고 있었던 게 부끄러워졌다.

무슨 사춘기 애들도 아니고.

수치심에 못 이겨 고개를 푹 숙인 이사나의 어깨에 커다란 손이 얹어졌다.

"……?"

고개를 들어보니 지그가 진지한 표정을 짓고 있었다.

그는 이사나의 눈을 보며 한마디를 했다.

"자아 찾기 여행, 떠날 건가?"

"가긴 어딜 가아!!"

수치심과 분노를 담아 주먹을 날린다.

굉음을 내며 육박하는 그것을 지그는 손쉽게 피하더니 그대로 웃으며 떠나갔다.

시어셔가 미안하다는 듯이 고개 숙여 인사하며 그 뒤를 따랐다.

씩씩, 거친 콧숨을 내쉬며 그걸 배웅하고 나서 이사나는 자신의 손을 쳐다보았다.

살의 없이, 감정이 시키는 대로 주먹을 날린 게 얼마 만일까.

화가 난 나머지 주먹을 날린 것이었건만, 기분이 썩 나쁘지 않다는 게 더욱 짜증 났다.

"흥!"

오늘은 돌아가서 홧술이나 마셔야겠다.

이미 50만이나 썼는데, 술값이 나와 봐야 얼마나 나오겠어.

†

무기를 새로 장만하고 돌아가는 길. 시어셔는 점심 식사를 하려고 가게를 물색했다.

"뭐 먹고 싶은 거 없나요?"

앞서가던 시어셔가 어깨너머로 돌아보며 물었다.

"글쎄……."

조금 전에 큰돈을 쓴 참이라 주머니 사정은 그다지 좋다고 할 수 없었다.

"노점에서 적당히……."

오싹, 등허리에 소름이 돋았다.

아주 잠깐이었지만 분명 느껴진 그것을 찾아 주변을 둘러본다. 하지만 그 시선의 주인은 조금 전에 강렬한 감정을 표출했을 때와 정반대로 교묘하게 모습을 감추어 찾을 수가 없다.

"지그 씨? 왜 그래요?"

결국, 그녀가 지그에게 말을 걸었을 즈음에는 기척까지 완전히 사라지고 말았다.

한발 늦게 알아챈 것은 상대의 숙련도 때문이기도 하겠지만, 그 대상이 시어셔였기 때문일 것이다.

"시어셔."

"네?"

"요즘에 뭔가, 원망을 살 만한 짓이라도 했나?"

"갑자기 무슨 소리예요?"

"아니……."

조금 전에 느낀 시선은, 그다지 호의적인 것 같지가 않았다.

지그의 감지 능력으로도 포착하지 못할 정도의 실력자가 그렇게나 노골적으로 감정을 노출했다. 그 점이 마음에 걸렸다.

"……아무것도 아니야. 오늘은 노점에서 때우지."

"저는 꼬치구이가 먹고 싶어요."

그렇게 말하며 그녀는 노점이 늘어선 거리로 걸음을 옮겼다.

어쩐지 들뜬 얼굴로 걷는 그녀를 보고 주먹을 꽉 움켜쥐었다.

그렇다, 문제는 없다.

무슨 일이 생겼을 때를 위해 자신이 있는 것이다.

설령 누군가가 앞을 가로막는다고 해도, 해야 할 일은 똑같다.

4장

마수의 무리

이틀 동안 휴식을 취한 후, 토벌대에 참가하기 위해 길드로 향했다.

실로 정신없는 휴일이었던 탓에 제대로 휴식을 취했는가 하면 애매하긴 하지만, 의뢰를 받았으니 그런 소리를 할 때가 아니다.

다행히도 걱정거리였던 무기 문제는 정리가 됐다.

어깨에 입었던 상처도 아물어 의뢰를 처리하는 데에는 지장이 없을 듯했다.

두 사람이 길드에 들어서 보니 평소보다 많은 사람들이 모여 있었다.

평소 들르는 접수처가 아닌 곳에 많은 모험가들이 줄을 서 있었는데, 행렬을 정리하는 인원까지 있을 정도였다.

"토벌대에 참가할 모험가분들은 이쪽 줄에 서서 수속을 밟아주세요!"

담당자의 지시에 따라 두 사람은 줄을 섰다.

사전에 이런저런 수속은 마쳐두어서 본인 확인이 끝나는 대로 전이시키고 있는 듯했다.

그럼에도 줄은 길어서 시간이 걸렸다.

"이렇게 많은 걸 보니 정말 편할 것 같네요."

"이 많은 인원이 필요할 만큼 마수가 대량 발생했다는 뜻이기도 하겠지. ……음?"

두 사람이 대화를 나누고 있자 묘한 시선이 느껴졌다.

시어셔가 주목을 받는 건 늘 있는 일이지만, 오늘은 어째서인지 지그가 주목을 받고 있는 듯했다.

시선을 보내오는 이유를 알 수가 없어서 지그는 의아한 표정을 짓고 있었다.

그러던 그에게 수속을 마친 모험가 파티가 말을 걸어왔다.

"여어, 어제와는 다른 여자냐? 아주 팔자가 좋으시구만."

심사가 뒤틀려도 단단히 뒤틀린 듯한 남자가 이쪽을 도발하듯이 말했다.

지그는 남자의 태도와 말을 듣고 다른 이들이 시선을 보내오는 이유를 알아챘다.

아무래도 어제 이사나와 있었던 게 소문이 난 모양이다.

그녀는 전투광에 사춘기 같은 내면을 지닌 걸 빼면 좋은 여자다. 2등급이라는 지위도 있다.

의외로 돈이 없다는 건…… 모르겠지.

원래부터 늘 시어셔의 옆에 붙어 있는 그를 탐탁지 않게 여기는 남자는 많았다.

그것도 모자라 이사나까지 데리고 다녔다고 하니, 한 마디 쏘아붙이고 싶어질 만도 했다.

"좋으시겠어, 여자를 마음대로 갈아치울 만큼 인기가 있으셔서. 무기까지 사다 바치게 하다니, 아주 대단해. ……나라면 자존심 상해서 못 받을 것 같지만."

객관적으로 봤을 때 그 상황은 분명 무기를 사다 바치게 하는 것처럼 보였을지 모른다.

좋은 여자를 마음대로 갈아치우는 것도 모자라 거느리고 다니며 장비까지 사다 바치게 하는 남자가 있다면……. 그가 하는 말도 이해가 될 것도 같다.

"저기, 그건 그런 게 아니라……."

"너도 괜찮은 거야? 이렇게 예쁜 아가씨가 있는데 다른 여자한테 손을 댔잖아."

"……아뇨, 글쎄."

"이렇게 바람이나 피는 자식은 내버려 두고 우리랑 같이 다니지 않겠어? 심심하진 않을 거야."

"……."

시어서는 되도록 원만하게 끝내려 했다.

하지만 남자는 그녀의 말을 듣지 않고 억측만으로 이야기를 진행했다.

남자의 태도에 그녀가 속으로 짜증을 내고 있다는 것이 옆에 있어도 또렷하게 느껴질 정도였다.

"너희들, 뭐 하는 거야?"

바람이나 피우는 자식, 이라는 말에 짜증이 살기로 바뀌려던 순간.

옆에서 누군가가 말을 걸어왔다.

"어엉?"

방해받은 남자들이 불쾌한 기색을 감추지 않고 눈총을 쏘았다.

하지만 그들의 안색이 금방 바뀌었다.

"애, 앨런 씨……."

그곳에는 언젠가 보았던 붉은 머리 모험가가 서 있었다.

4등급의 실력자인 그의 시선에 남자가 겁을 먹었다.

"조금 다투는 것처럼 보였는데, 뭐 문제라도 있어?"

"아, 아뇨. 세상 돌아가는 이야기를 좀 하고 있었습니다…….
저희는 이만."

앨런에게서 도망치듯이 남자들이 떠나갔다.

시어셔는 그 뒷모습을 싸늘한 눈빛으로 쳐다보았다.

그들의 모습이 보이지 않게 되자 앨런이 말을 걸어왔다.

"괜한 짓을 한 걸까?"

"아니, 덕분에 살았다. 시어셔가 폭발할 것 같았거든."

"응, 나도 사실 저 사람들이 걱정돼서 말을 건 거야."

그도 말솜씨가 제법이다.

지그와 앨런은 누가 먼저랄 것 없이 웃었다.

"……저를 헐뜯는 것 같은 기분이 드는데요."

그녀가 토라졌다.

"저 정도는 웃어넘길 수 있도록 해. 넌 연상이잖아."

"저한테 뭐라고 하는 건 상관없지만, 지그 씨한테 그러니 저도
모르게……."

자신보다 다른 사람에 대한 중상모략에 화를 내는 경우는 흔하
지만, 그녀의 경우는 특별했다.

그녀는 저주 어린 말을 듣는 게 익숙했지만, 처음 생긴 아군이라 할 수 있는 존재를 헐뜯었으니 화내지 말라고 하는 게 무리일 것이다.

"마음은 고맙지만, 다른 사람에게 네 평가를 강요하지 마. 주변 사람들의 눈에 나는 어엿한 기둥서방 나부랭이니까."

"하지만! 그건 사정을 몰라서 그러는 거고……."

"자신의 사정을 하나부터 열까지 다른 사람에게 이해시키는 건 불가능해. 사람들은 모두, 자신이 보고 들은 것으로만 판단을 내리니까."

"……네."

시어셔는 풀이 죽었다.

지그는 쓴웃음을 지은 채 그 어깨에 손을 얹었다.

"……네가 말했듯이. 이해하고 받아들여 주는 사람을 나도 소중히 여길 거다."

어제 그녀가 이사나에게 했던 말이다.

그 말을 들은 시어셔는 수줍은 듯 미소 지었다.

두 사람을 흥미롭다는 듯이 쳐다보던 앨런이 대화에 끼어들었다.

"지그는 특이하네. 이 업계에서는 얕보이면 끝장이다…… 라면서 싸우는 사람들이 많은데."

"나는 모험가가 아니니까. 다른 사람을 얕잡아보는 놈은 머지 않아 죽어 자빠져서, 신경 써 봐야 소용없었거든."

전장에서 다른 이를 얕보던 얼간이들은 피아를 불문하고 모두

점차 사라졌다.

처음에는 화가 나기도 했지만, 상대가 점점 없어지자 허무함만 느껴졌다.

——아아, 이 녀석은 오래 못 살겠군.

그런 생각과 함께 수명이 얼마 안 남은 병자를 보는 듯한 기분마저 들었다.

"용병은 정말, 가혹한 직업이었구나……."

"그러는 너는 어쩐 일이지? 토벌대는 7등급 의뢰라고 들었는데."

모험가는 한 등급 위의 의뢰까지 받을 수 있는 것으로 되어 있지만, 기본적으로 아래쪽으로의 제한은 없다.

그 대신 점수도 오르지 않는다.

아닌 게 아니라 노골적으로 하위 의뢰만 받으면 감점이 될 수도 있다.

그가 자진해서 이 의뢰를 받을 이유는 없을 듯했다.

지그의 질문에 시어셔가 답했다.

"이분들은 보험…… 나쁘게 말하자면 보모예요."

"보모?"

"그런 식으로 생각한 적은 없는데……."

앨런이 설명해주었다.

"토벌대에는 반드시 4등급 이상의 파티가 하나씩 붙게끔 되어 있어. 이유는 위험도가 높은 마수가 출현했을 때 대응하기 위해서고."

변식기에는 고위 마물이 출현하는 경우가 있다.

숫자가 많은 송사리들을 잡아먹기 위해서, 혹은 무리 중에 유달리 강력한 개체가 나타난 경우 등, 이유는 다양하다.

"평소와 다른 상태일 때는 예측하지 못한 일이 많이 일어나. 알고 보면 다 이유가 있겠지만, 마수의 생태는 해명되지 않은 부분도 많으니까. 그리고 지금까지의 번식기를 토대로 보았을 때, 토벌대가 본래 서식 지역에 없던 마수와 조우할 확률은 그렇게 낮지 않아."

그들은 그런 사태에 대응하기 위해 따라오는 것이란 말인가.

"과연, 확실히 보모가 맞군."

"그 호칭은 별로 마음에 안 들지만 말이야."

앨런은 쓴웃음을 지은 채 그렇게 말했다.

"너희가 있으니 안심해도 되겠군."

이전에 보았을 때 확인했지만 앨런 일행의 실력은 상당하다.

그냥 강한 게 아니라 상황 판단과 예상치 못한 사태에 대한 대응 능력이 뛰어나다.

고위 마수가 나타나도 그들이라면 대응할 수 있을 거다.

"그렇게 말해주니 기쁜걸. 최선을 다하도록 할게."

앨런은 그렇게 말하더니 떠나갔다.

이야기를 나누다 보니 줄이 줄어든 듯했다.

자신들의 차례가 되어 접수처에서 수속을 마친 후, 전이석이 있는 방으로 향했다.

평소와 다른 방의 전이석을 사용하는 모양이다.

"이번에 가는 곳은 퓨엘 바위산이었던가?"

"네. 바위 벌레의 유충이 토벌 대상이에요."

바위 벌레는 애벌레처럼 생겼지만 고치를 만들지는 않는다.

다 자란 바위 벌레가 체내에서 유충을 키우다가 어느 정도 커지면 낳는다.

그때 부모의 몸을 양식 삼아 먹는다.

한 번에 태어나는 숫자는 그리 많지 않지만 성장시킨 뒤에 낳기에 유충의 생존률은 높아, 내버려 두면 일대가 바위 벌레투성이가 된다.

해마다 사냥할 필요는 없지만 숫자가 불어나기 시작하면 주의가 필요한 것이다.

"토벌 시기는 본래 없어야 할 서식지에서까지 출현하기 시작했을 때…… 요전에 저희가 조우한 개체가 그에 해당해요."

운 좋게 그 개체와 마주친 덕분에 토벌대 의뢰에까지 다다를 수 있었던 것이니 고마운 일이다.

"예상되는 고위 마수는 무쇠망치 도마뱀, 착암룡, 암식귀(岩喰鬼). 고위는 아니지만 바위 벌레의 성충과 광조충(狂爪蟲)이 섞여 있는 경우도 있대요."

"용이라고?"

지금껏 들었던 것과 어감부터 다른 이름에 지그가 반응했다.

"용이라고는 했지만 아룡(亞竜)이라는 하위 용이라는 모양이에요. 브레스를 뿜지 못하고 지능이 그렇게까지 높지 않은 등, 진짜 용에는 못 미치지만 힘과 생명력이 강하다나 봐요."

"동화가 따로 없군. 솔직히 말해서, 흥미로워."

지그가 있었던 대륙에서도 용이라는 존재는 특별하게 여겨졌다.

그도 적지 않은 동경심을 품고 있는 생물이다.

보고 싶은 마음이 있는 것이다.

"……안돼요, 지그 씨. 착암룡은 4등급 상위 마수예요. 설령 쓰러뜨린다 해도 길드가 불벼락을 내릴 거라고요."

"아쉽군."

제아무리 길드가 실력주의라 해도 한도는 있다.

본래의 규정에서 크게 벗어난 행동을 취하면 문제가 될 거다.

이야기를 하다 보니 지그 일행의 순서가 된 듯했다.

전이석에 올라가, 그들은 평소처럼 일을 하러 떠났다.

†

퓨엘 바위산.

바위 표면이 훤히 드러나 있는 황무지로 광석 자원이 풍부하다.

광물을 먹는 특수한 마수가 활보하는 위험한 땅이지만, 위험을 무릅쓸 만큼의 이익이 나온다.

그 때문에 마수 토벌 의뢰가 많아 주로 7~6등급 파티가 정기적으로 의뢰를 받고 있다.

착암룡과 같은 고위 마수도 많지만 깊은 곳에 있어서 이쪽이 먼저 자극하지 않으면 나오지 않는다.

번식기 등에 가끔씩 나타나거나 하면 고위 모험가들이 출동한다.

지그 일행은 이미 도착해 있던 모험가들과 마찬가지로 야영지에서 준비를 해나갔다.

이윽고 후속 모험가들이 합류하여 50명 정도의 대집단이 되었다.

하나의 모험가 파티는 대충 4명에서 6명 정도.

총 열 파티가 모였다.

참가 모험가가 다 모인 것을 확인한 4등급 모험가 파티가 선두에 섰다.

앨런이 사람들 앞으로 나가더니 큰소리로 설명한다.

"이번 토벌 대상은 바위 벌레다. 유충이기는 해도 숫자가 많다. 결코 고립되지 않도록 서로가 보조할 수 있는 거리에 있는지 확인해 줘."

앨런의 말에 몇몇 파티가 눈짓을 주고받았다.

"사전에 다른 파티와 협의를 해둔 녀석들이 많군."

"그렇기도 하겠지만 같은 클랜에서 참가한 거겠죠. 그 자리에서 호흡을 맞추는 건 어렵다고들 하니까요. 소속이 같은 사람들이라면 그런 걱정은 안 해도 될 테고요."

"호흡을 맞추는 걸로 말하자면, 우리는 완전히 초짜니까. 저 녀석들한테 방해가 되지 않도록 조심하지."

지그 일행은 전투 능력이 높지만 마수 토벌 경험은 아직 멀었다.

어정쩡하게 실력이 있다 보니 제대로 기초를 배우지 않아, 연계 면에서는 초보나 다름이 없다.

지그는 인간을 상대로 한 전투 경험은 풍부하지만 상대는 마수다.

사람을 상대로 한 전투 경험은 그다지 의미가 없을 거다.

몇 가지 연락 사항을 설명한 후, 토벌대가 출발했다.

앨런 일행은 둘로 나뉘어 토벌대의 좌우에 붙었다.

정면은 토벌대에게 맡기고 불시의 습격에 대비하려는 듯했다.

토벌대는 세 개의 분대로 나뉘어 횡렬로 전개했다.

"이번에는 마술 공격에 의한 섬멸이 메인이니, 내가 할 일은 없겠지."

"지그 씨는 오늘 편히 쉬고 계세요. 이런 건 제 전문 분야니까요."

"그러도록 하지."

하지만 아무 것도 안 할 수는 없는 일이다.

마수가 접근해 왔을 때를 위한 전위는 몇 개의 파티로 구성되어 있다.

거기에 낄까도 싶었지만 이제 와서 연계도 취하지 못하는 전위가 한 명 늘어봐야 걸리적거릴 뿐이다.

"뒤에 있다가 무슨 일이 생기면 말하지."

"네."

지그는 시어셔에게 그렇게 말하고서 후방으로 물러났다.

전체를 보고 이상이 생기면 곧장 감지할 수 있는 정찰병 역할에 충실하기로 한 것이다.

후방에는 후미를 맡은 파티가 있었다.

지그를 보고 의아하다는 표정을 지었지만, 그가 일정 거리를 유지하자 아무 말도 하지 않고 다시 주변을 경계했다.

†

얼마간 나아가자 풍경이 바뀌기 시작했다.

땅의 균열이라고 해야 할까.

혈관처럼 갈라지고 융기된 대지의 틈새가 길을 이루고 있었다.

균열은 매우 커서 토벌대가 지나도 좁다는 생각이 안 들 정도다.

하지만 이곳저곳에 사각(死角)이 있고 갈림길이 나 있었다.

도중에 발견한 송사리들은 대부분 이 인원수를 보자마자 달아났다.

가끔씩 덤벼드는 개체도 있었지만 마술과 활에 의해 순식간에 처리되었다.

이거 정말 할 일이 없을지도 모르겠다.

"이봐, 뭐 좀 물어도 될까?"

그런 생각을 하며 주변을 경계하던 중, 어느샌가 후미를 맡은 파티가 다가와 있었다.

신기하다는 얼굴로 지그를 쳐다보며 말을 걸어왔다.

"뭐지?"

"요전에 이사나 씨랑 같이 있었다는 게 진짜냐?"

그들도 소문을 듣고 궁금했던 모양이다.

"그래, 정말이다."

지그의 단적인 답변에 남자들이 술렁거렸다.

"진짜였다니…… 그, 그러면 무기를 사다 바치게 했다는 것도 정말이야……?"

"정확히 말하자면 아니야. 그 녀석이 내 무기를 부숴서 변상을 받은 거지."

"어, 그랬어? 변상을 받았다는 게 무슨 뜻이야?"

"착각하고 공격해왔거든. 무기가 부서지고 어깨에 바람구멍이 났었지."

"그것참…… 뭐라고 해야 할지, 고생이 많았네."

"그러게 말이다. 고위 모험가들은 다들 그런가?"

"아~ 살짝 별난 녀석들이 많다고나 할까……."

그는 말하기 곤란하다는 듯한 얼굴로 말을 흐렸다. 어느 분야든 위쪽에 어딘가 이상한 녀석들이 많은 것은 흔한 일이지만, 모험가도 마찬가지인 모양이다.

그들과 이야기를 하며 얼마간 걷던 중, 토벌대 전방이 걸음을 멈췄다.

"나타나셨나."

남자가 말함과 동시에 전방에서 경계하라는 목소리가 들려왔다.

그들의 전방.

응시해 보니 균열에 의해 생긴 갈림길에서 마수가 밀려나오는 것이 보였다.

계속해서 늘어난 무리는 이윽고 땅을 뒤덮을 정도의 규모가 되었다.

바위 벌레의 유충은 무리를 이루어 흙먼지를 피우며 사냥감을 향해 돌진했다.

마수가 나타난 것을 확인한 직후, 사전에 협의했던 대로 대열을 구축했다.

마술사가 횡렬로 길게, 2열로 나누어 늘어선다.

전위는 좌우에 버티고 서서 적이 접근해오면 곧장 달려갈 수 있도록 준비했다.

"온다! 마술 준비!"

전방에 있던 파티가 소리쳤다.

그에 맞춰 모험가들이 술식을 구축하기 시작했다.

일제히 술식을 구축하기 시작함과 동시에 주변에서 여러 종류의 자극적인 냄새가 피어올랐다.

너무도 많은 냄새에 지그는 무의식중에 눈살을 찌푸렸다.

"조준…… 발사아!!"

호령과 함께 술식이 방출되었다.

무수히 많은 술식은 바위 벌레의 대군을 덮쳐, 그 대부분을 쓸어냈다.

바위 벌레는 아군의 시체를 밟고 넘어 속도를 늦추지 않고 다가왔다.

술식을 쏜 자는 곧장 뒤로 물러나 다음 술식을 구축한다.

교대하듯 앞으로 나선 술사가 구축이 끝난 술식을 조준한다.

"제2진, 발사아아아!"

굉음과 함께 또다시 마수가 허공을 날았다.

개중에는 성충이 된 바위 벌레도 있었지만 이런 상황에서는 그

저 표적일 뿐이다.

원래부터 바위 벌레의 강점은 여러 개의 다리에 의한 주파 능력과 기동성에 있었다.

이렇게 밀집한 상황에서는 강점을 전혀 살릴 수가 없는 것이다.

"이대로 가면 충분히 다 처리할 수 있겠군."

전투라 부를 수도 없을 듯한 광경을 보며 지그는 중얼거렸다.

저쪽은 맡겨두고 후방을 경계하자.

그렇게 생각하며 고개를 돌리려던 순간.

무언가가 시야 끄트머리에 보였다.

"뭐지?"

기분 탓인가 싶었지만 유령 상어 일을 겪은 뒤다.

주의를 기울여 바라보니, 옆에 난 갈림길에서 다른 마수가 나오는 것이 보였다.

이족보행을 하는 몸높이 2미터 정도의 마수다.

옅은 갈색 갑각을 두르고 있다.

척 봐도 운동 성능이 높을 듯한 체격에 흉악한 공격성을 지녔을 듯한 긴 발톱.

아니, 발톱이라기보다는 칼날이라고 해야 할 만큼 길었다.

똑바로 서서 팔을 늘어뜨리면 땅에 닿을 만큼 길다.

머리는 하늘소처럼 생겼고 커다란 턱을 움직이고 있다.

그런 마수가 갈림길에서 모습을 드러냈다.

"이게 예상치 못한 마수라는 놈인가!"

토벌대의 좌우에서 나타난 마수는 망설임 없이 달리기 시작했다.

지그는 그곳을 향해 달려나가려 했다.

"괜찮아."

하지만 후미를 맡은 파티의 느긋한 말에 걸음을 멈췄다.

"무슨 뜻이지?"

"무슨 뜻이긴, 이럴 때를 위해 저 사람들이 있는 거잖아. ……보라고."

남자의 말을 듣고 시선을 토벌대에게로 옮겼다.

갑자기 옆에서 마수가 나타나자 토벌대는 조금 위축되었다.

마수는 개의치 않고 돌진했다.

대지를 박차고 달리는 마수.

속도는 바위 벌레보다 빠르다.

하지만 그런 마수 앞을 가로막고 선 남자가 있었다.

눈앞에 있는 장해물을 쓸어버리기 위해 마수가 발톱을 휘두른다.

남자는 그걸 장검으로 비껴냈다.

공격이 빗나가자 마수는 반대쪽 발톱을 휘둘렀지만 상대는 이미 정면에 없었다.

남자는 발톱을 비껴냄과 동시에 돌진해 무게를 실은 발을 중심으로 회전.

마수의 등 뒤로 돌아들었다.

그대로 옆으로 후린 장검이 마수의 몸통을 베었다.

그 기세 그대로 쓰러진 마수는 경련하더니 이내 움직임이 멈췄다.

마수를 깔끔한 동작으로 처치한 남자—— 앨런이 다음 마수를 향해 자세를 취한다.

그를 본 토벌대는 환호성을 지른 후, 안심하고 눈앞에 있는 마수에 집중했다.

"내 말 맞지?"

"……그렇군."

과연 4등급, 훌륭한 솜씨다.

그들이 있으면 예상치 못한 마수가 나타나도 문제없을 거다.

"그나저나 이번에는 김빠지게 송사리가 나왔구만. 광조충뿐이라니."

"어떤 마수지?"

지그의 질문에 남자가 답해주었다.

광조충은 7등급 상위 마수다.

바위 벌레보다 공격성과 속도가 뛰어나지만 급선회를 하거나 벽을 타고 오를 정도의 주파능력은 없다.

세력권 의식이 강해서, 강한 상대라 해도 개의치 않고 싸움을 거는 탓에 오래 사는 개체는 적다.

동족끼리도 아무렇지 않게 포식을 해서 무리를 짓는 경우는 매우 드물다.

머리도 나빠 미끼와 낚시에 쉽게 걸려서, 전투 능력에 비해 위험성이 낮은 마수다.

꾀를 써가며 차분하게 대처하면 등급에 비해 큰 위협은 안 된다.

예상치 못한 마수라 하기에는 다소 부족한 감이 있다는 남자의 말은 정확한 평가인 것이다.

"뭐어, 광조충이 작게나마 무리를 이루고 있는 건, 희한하다면 희한한 일이려나."

앨런 일행이 두 번째, 세 번째 광조충을 처리하는 모습을 바라보며 중얼거렸다.

아무래도 반대쪽에서도 나타났는지, 둘로 나뉜 앨런의 파티가 각각 요격하고 있는 듯했다.

"일단 보고는 해둘까."

"수고가 많으시구만. 뭐, 이쪽은 맡겨두라고."

만약을 위해 시어셔에게 전달하고자 지그는 선두로 향했다.

그 등에 대고 남자가 팔랑팔랑 손을 흔들었다.

그녀는 좌측에 전개한 분대에 있었다.

앨런이 지키고 있는 분대다.

여전히 파상 공세를 퍼부어 마수를 물리치고 있는 모험가들 속에서 그녀를 발견했다.

검은 머리를 나부끼며 술식을 날리는 그녀를 보고 알아챘다.

"……꽤나 위력을 억제하고 있군."

그녀의 힘을 아는 그가 봤을 때, 지금 시어셔가 사용하고 있는 술식은 출력과 범위가 모두 평범했다.

주변에 있는 술사들보다는 강하지만 원래 그녀가 사용하던 것에는 크게 못 미쳤다.

"주변에 맞추고 있는 건지, 다른 이유가 있는 건지……."

힘을 억제하고 있는 이유를 생각하며 다가가자 앨런이 보였다.

광조충의 균형을 무너뜨린 참에 동료 술사가 화염을 날렸지만 그것은 마수들 사이로 사라져 버렸다.

직후에 다음 광조충을 제압하고 몇 합을 겨룬 끝에 발톱을 날려버렸다.

얼마 안 가서 광조충의 머리가 땅에 떨어졌다.

목을 친 순간, 잠시 보인 그의 표정에 지그는 자신도 모르게 걸음을 멈췄다.

"…………?"

지그는 그 모습에서 위화감을 느꼈다.

앨런은 여전히 훌륭한 검술을 펼치고 있다.

동료와의 연계도 흠잡을 데가 없고, 그다지 소모된 것처럼 보이지도 않는다.

그렇건만 그는 묘한 감각을 씻을 수가 없었다.

그때, 그가 광조충의 발톱을 회피한 순간, 거리는 멀었지만 얼굴이 보였다.

"초조해하고 있다……?"

앨런의 표정은 그렇게 밖에 표현할 수가 없었다.

"………… ."

정신을 차려보니.

벌써 상당히 많은 광조충을 쓰러뜨린 듯했다.

무리를 이루는 경우가 매우 드문 마수일 텐데도.

지그는 문득 주변을 다시 한번 확인했다.

언제부터인가 앨런을 엄호하는 술식이 늘어나 있었다.

그리고 그에 비례하게 시어셔가 날리는 술식의 숫자와 위력이 증가했다.

"……서두르는 게 좋을 것 같군."

뭔가 이상한 사태가 일어나고 있다.

지그는 마음을 다잡고 다리에 힘을 주어 달려나갔다.

†

지그가 도착한 것을 곁눈질로 확인한 후, 시어셔는 주변에 있던 술사에게 양해를 구했다.

쉬고 있던 술사가 곧장 교대해 공격술을 날렸다. 그 모습을 확인하고서야 지그에게 고개를 돌렸다.

뺨에 옅게 땀이 나있다.

"지그 씨, 무사하세요?"

"이쪽은 문제없어. 상황은?"

"아무래도 마수의 무리가 하나 더 발생했던 것 같아요."

어째서 그런 일이.

묻고 싶은 것은 많지만 지금은 그럴 상황이 아니다.

지그는 의문을 모두 집어삼켰다.

"앨런 씨 일행이 억제해 주고는 있지만, 손이 부족해서 몇 명이 엄호를 하러 갔어요."

그렇게 생긴 구멍을 시어셔가 메우고 있는 듯했다.

그녀라면 몇 명이 빠져 생긴 구멍 정도는 충분히 메울 수 있을 거다.

"지그!"

부르는 소리에 뒤를 돌아보니 앨런이었다.

그는 광조충과 칼을 부딪힌 채 소리치고 있었다.

"다른 부대는 어떻게 됐어!"

"중앙은 이상 없음, 우측에 전개 중인 분대는 이쪽과 비슷한 상황이다!"

지그도 들리도록 큰소리로 외쳤다.

앨런이 마수를 베어내더니 떨떠름한 얼굴로 말을 이었다.

"이쪽은 시어셔 씨가 있어서 어떻게든 될 것 같아! 하지만 저쪽은 그렇지가 않아!"

새로운 적이 나타나 앨런에게 덤벼들었다.

그걸 어렵지 않게 피하고 팔을 베어낸다.

"그러니 엄호하러 가주겠어?!"

"그건……."

지그는 바로 답할 수가 없었다.

그는 모험가가 아니다.

시어셔를 보호하는 것이 그의 일이다.

그걸 내팽개칠 수는 없다.

"지그 씨, 가주세요."

그가 갈등하고 있다는 것을 알아챈 시어셔가 말했다.

"괜찮겠나?"

"저는 이 정도는 아무렇지도 않아요. 아직 한참 버틸 수 있다고요!"

"……알았다."

메인 업무는 호위지만 의뢰인의 부탁을 무시할 수는 없는 일이다.

"부탁드릴게요. 의뢰를 성공시켜서 얼른 승급해 버리죠."

시어셔는 그렇게 말하더니 전선으로 돌아갔다.

갓 왔을 때는 길드에 들어갈 때조차 쩔쩔맸었건만, 그녀도 어느샌가 혼자서 생각하고 움직일 수 있게 된 모양이다.

입꼬리를 치올리며 그 뒷모습을 배웅하다가 그도 자신의 일을 하기 위해 움직였다.

하지만 그 순간 누군가가 그 등에 대고 말했다.

"지그, 부탁이 하나…… 아니, 의뢰를 해도 될까."

"……말해 봐. 내용을 듣고 받을지 말지 정하게."

부탁이 아니라 의뢰.

앨런은 자신과 지그의 관계를 정확하게 파악하고 있었다.

시간은 그렇게 많지 않지만, 그는 의뢰 내용을 신중하게 생각했다.

지크의 본래 의뢰에 지장을 줄 만한 내용일 경우에는 거절당할 거다.

하지만 어정쩡한 의뢰를 할 수는 없는 일이다.

"……내 동료들을 지켜줘. 보수는 성공 여부와 상관없이 50, 성공 보수로 추가로 50 더 낼게."

이렇게 하면 그의 의뢰에 영향을 주지 않을 거다.

마음 같아서는 다른 모험가들도 지켜달라고 하고 싶지만 그건 자신들이 할 일이다.

지그도 그거라면 문제없다며 고개를 끄덕였다.

"알겠다, 받도록 하지."

"성공 보수를 지급할지는 동료들의 부상 정도를 보고 판단하겠어."

지그는 그 말에 답하지 않고 이미 달리고 있었다.

앨런은 그의 뒷모습을 배웅하지 않고 다음 마수와 맞섰다.

지그의 실력은 미지수다.

보통내기가 아닌 건 알지만, 그는 자신들과 너무도 다르다.

사고방식이며 일하는 방식은 말할 것도 없고.

마치 머나먼 이국의 인간과 마주하고 있는 것처럼 가치관이 다르다.

그리고 그 눈.

처음 그에게 말을 걸었을 때 보내오던 시선.

그는 용병이라고 했다.

하지만 자신은 지금까지 용병들 중에서 저러한 눈을 한 인간을 본 적이 없다.

아마도 자신들이 인식하고 있는 용병과 그의 그것에는 치명적인 차이가 있을 거다.

그렇기에 그에게 의뢰를 한 것이다.

†

앨런 일행은 강하다.

넷이 있으면 아롱도 쓰러뜨릴 강자들이다.

그러나 무엇이든 약점은 있는 법이다.

그들의 약점은 머릿수다.

개개인이 높은 수준의 전투 능력을 지녀서, 후위라 해도 충분히 접근전을 치를 수 있다.

하지만 그건 필요해서 어쩔 수 없이 하는 것이다.

광범위를 섬멸할 수 있는 술식이 없어, 머릿수가 많은 상대에게는 접근을 허용하고 만다.

강력한 단일 상대에게는 강하고, 평범한 다수 상대에게는 약하다.

그것이 앨런의 파티다.

보통은 문제가 되지 않는다.

숫자가 많은 상대는 발견하기 쉬워, 허를 찔릴 일도 없다.

운 나쁘게 조우하더라도 후퇴하면 그만이다.

하지만 이번에는 경우가 다르다.

돌발 사태에 대응하는 것이 그들의 일이라 도망칠 수도 없다.

시위를 떠난 화살이 광조충을 꿰뚫는다.

마구를 통한 강화가 부여되어 속도와 위력이 증가한 그것은 방어한 발톱을 부수고 꽂혔다.

앨런 일행의 후위.

여성 궁수는 후퇴하라는 이성의 지시를 계속 무시하며 싸우고 있었다.

우측 부대의 전황은 매우 어려웠다.

갑자기 쏟아져 나온 광조충 무리는 아직도 잦아들 기미가 없다.

바위 벌레와 달리 큰 무리라 할 정도가 아니라는 게 다행이었지만 그럼에도 한계가 다가오고 있었다.

"젠장, 몇 마리가 튀어나오는 거야!"

전위인 방패를 든 검사가 광조충의 숨통을 끊었다.

그는 우수한 검사지만 방어 위주의 전위다.

현재 필요한 것은 섬멸력이다.

정면에서 다가오는 마수에 대한 대응을 게을리 할 수 없는 이상, 이쪽을 엄호하는 데도 한도가 있다.

지금 있는 전력만으로 어떻게든 버티지 않으면 전선이 붕괴한다.

하지만 마수의 출현 간격은 이쪽의 처리 능력을 웃돌고 있었다.

서서히 밀리고 있는 전황에 궁수의 얼굴에 초조한 빛이 떠올랐다.

궁수는 화살뿐 아니라 술식도 날렸다.

눈에 보이지 않는 칼날이 마수의 다리를 베어 기동력을 빼앗으면 방패 검사가 그 목을 벤다.

활과 마술을 끊임없이 날리는 그녀의 분투가 아니었다면 이미 쓸려나갔을 것이다.

하지만 마구에 술식까지 행사하다 보니 그녀는 매우 소모된 상태였다.

마력은 바닥을 보이기 시작했건만 적은 잦아들 기미가 없다.

다른 부대에서의 증원도 기대하지 못할 것 같다.

마력과 체력.

둘 중 어느 쪽이 먼저 바닥날까.

그런 생각을 떨쳐내며 기력을 쥐어짜 시위를 당긴다.

하지만 가장 먼저 바닥난 것은 마력도 체력도 아니었다.

"윽, 이런……."

화살통으로 뻗은 손이 허공을 갈랐다.

예비를 비롯한 화살이 바닥나고 말았다.

짧은 동요에 한탄이 새어 나왔다.

술식이 끊겨버렸다.

쉴 새 없이 펼치고 있던 탄막이 끊겼다.

곧장 정신을 차리고 영창을 시작했지만 때는 이미 늦었다.

"이런! 그쪽으로 갔어!!"

방패 검사의 빈틈을 찔러 몇 마리가 빠져나왔다.

자신을 향해 달려드는 마수를 보고서, 활을 집어넣고 허리에 찬 무기를 뽑았다.

자루가 짧은 손도끼 두 자루.

옆으로 휘두른 발톱을 아래로 피해 무릎을 때린다.

무릎 측면이 박살 나자 마수가 몸부림을 치듯 땅바닥을 나뒹굴었다.

녀석의 숨통을 끊을 새도 없이 돌진해온 두 번째 녀석의 공격을, 백스텝으로 피한다.

연달아 날아드는 발톱을 어찌어찌 피했지만 자세가 무너지고 말았다.

체력도, 신체 강화를 할 마력도 부족해진 탓이다.

빈틈이 생겨나 마수의 발차기를 맞고 말았다.

"…………억!!"

비명도 안 나올 정도의 충격을 받고 날아갔다.

끊어질 것만 같은 의식을, 이를 악물고 부여잡는다.

부러지지는 않았다.

순간적으로 가슴 갑옷으로 받아낸 덕에 치명상은 입지 않았다.

하지만 충격 때문에 무기를 놓치고 말았다.

무엇보다도 우선은, 일어서야 하는데.

구르는 기세를 이용해 몸을 일으켰지만 시야가 흔들린다.

머리를 흔들어 시야를 되찾은 그녀의 눈에 비친 것은── 눈앞에서 양쪽 발톱을 좌우로 치켜든 마수의 모습이었다.

──아아, 이거 끝났네.

체념과도 같은 감정을 느끼며 목으로 다가오는 흉기를 바라본다.

그 순간, 아무런 전조도 없이 미친 발톱이 둔탁한 소리를 내며 멈췄다.

"……어?"

어깻죽지 앞에서 발톱이 멈췄다.

무슨 일이 일어난 건지 이해가 안 돼서 얼빠진 소리를 내고 말았다.

그건 마수도 마찬가지인 듯했다.

자꾸만 팔을 움직여 박아 넣으려 했지만, 발톱은 꿈쩍도 안 했다.

대체, 무슨 일이…….

"엎드려!"

"윽!"

등 뒤에서 목소리가 들려왔다.

그 말의 의미를 이해하기도 전에 몸이 움직인다.

그녀가 엎드린 순간.

조금 전 마수가 날렸던 것을 능가하는 강렬한 발차기가 작렬했다.

날아간 마수가 땅바닥을 나뒹군다.

발차기를 맞은 가슴은 움푹 함몰되어 있었다.

마수가 고통에 몸부림친다.

그 몸을 푸른 칼날이 양단했다.

위아래로 찢어진 마수는 끈질기게 움직였지만 머지않아 움직임이 멈췄다.

자신을 구한 것은 덩치 큰 남자였다.

단련된 몸에 날카로운 눈빛.

특이하게도 양검을 사용하는 모양이다.

"무사한가?"

"……간신히."

남자는 어깨너머로 이쪽을 보고 안부를 물었다.

양쪽 어깻죽지에서 피가 흐르고 있다.

그걸 보고서야 이해했다.

남자는 뒤에서 달려와 갑옷 토시로 발톱의 끝부분을 막아낸 거다.

정말 아슬아슬했던 것인지.

발톱은 남자의 어깨를 파고든 모양이다.

피의 양으로 미루어, 치명상은 아니지만 상처가 얕지도 않다.

자칫 잘못했으면 둘 다 죽을 수도 있었던 미친 짓.

그걸 해낸 남자는 이쪽의 답변을 듣더니 고개를 끄덕이고는 움직이기 시작했다.

"빌린다."

말 떨어지기 무섭게 떨어져 있던 손도끼를 주워 투척.

방패 검사를 둘러싸고 있던 여러 마리의 마수.

그중 한 마리의 머리가 박살 났다.

갑작스러운 습격으로 생겨난 빈틈을 찔러 방패 검사가 포위에서 빠져나왔다.

그걸 확인하더니 그는 이쪽으로 손을 내밀었다.

"움직일 수 있나?"

"……아직 싸울 수 있어."

남자의 손을 잡고 일어선다.

"근성이 좋군."

남자는 웃으며 말하더니 화살통을 세 개나 내밀었다.

"이건?"

"오는 도중에 중앙 부대에서 억지로 빌려왔다. 나중에 고맙다는 말이나 전해줘."

"……고마워."

준비성도 좋은 남자다.

"엄호를 부탁한다. 앞은 맡겨둬, 한 마리도 안 보낸다."

그렇게 말하더니 그는 달려나갔다.

빠르다.

저런 무기를 짊어지고서 저렇게나 빠르다니.

남자는 속도를 유지한 채 동료인 방패 검사를 포위하려 하는 집단에게 돌진했다.

"날아가라!"

속도와 기세를 몽땅 실은 혼신의 일격.

두 칼날에 닿은 모든 마수들을 철저하게 토막 낸다.

작렬음과 함께 마수의 무리 중 일부가 날아갔다.

"뭐, 뭐야아?! 새로운 적인가?!"

방패 검사가 너무도 갑작스러운 사태에 다른 마수가 나타났다고 착각했을 정도다.

그러고는 피보라가 가라앉고서야 그것이 인간이라는 것을 인식했다.

"당신은?"

"용병이다. 앨런의 의뢰를 받고 왔다."

"어째서 용병이?! ……아니, 이야기는 나중에 해. 여기가 무너지면 토벌대가 위험해. 죽을힘을 다해 지켜!"

"알았다."

동료가 날아간 걸 보고 동요했다가 정신을 차린 마수가 덤벼든다.

마수의 공격을 때려 맞추듯이 지그가 쌍인검을 휘두른다.

발톱과 칼날이 교차한다.

동작은 같지만 결과는 천지차이였다.

마수의 발톱은 푸른 칼날에 박살 났고 몸통과 함께 쓸려나갔다.

그에 반해 지그의 무기에는 흠집 하나 보이지 않았다.

새로운 무기의 첫 출진 결과로는 썩 나쁘지 않다.

그 결과를 확인하고는 입가를 치올리며 다음 사냥감에게 덤벼들었다.

마수의 공격을 피하고, 갑옷 토시로 튕겨내고, 무기로 비껴내고, 때로는 공격과 함께 박살 낸다.

상대의 사정 따위는 봐주지 않는 강렬한 공격이 마수를 종잇장처럼 날려버린다.

빠르게 휘두른 칼날이 푸른 궤적을 그린다.

그의 사거리에 들어선 마수가 차례로 찢겨 나간다.

궁수 일행은 그 광경을 곁눈질하면서도 착실하게 자신의 역할을 완수하고 있었다.

얼마 남지 않은 마력은 온존해두고 활로만 요격한다.

측면으로 돌아들려 하는 마수를 정확히 쓰러뜨려 포위하려는 걸 방해한다.

저 남자의 섬멸력은 무시무시해서 마수의 주의를 끌어, 이쪽으로 오려 하는 마수는 없었다.

그 덕분에 고정포대 역할에 전념하자 전투 효율이 껑충 치솟았다.

방패 검사는 지그가 싸우는 모습을 보자마자 보조하기 시작했다.

방패로 공격을 흘려내며 자신에게서 시선을 뗀 마수를 적절하게 처리한다.

마수들은 자신들을 압도하지는 못하지만 무시하면 강렬한 공격을 해오는 방패 검사와 지그 중 어느 쪽을 주시해야 할지 망설였다.

움직임이 멈춘 마수를, 지그가 방어와 함께 박살냈다.

"역시 인간형은 싸우기 편하군."

지그는 마수와의 전투 경험이 적지만 인간형이라면 이야기가 달라진다.

완전히 같지는 않아도 관절과 구조상 공격을 하는 방법과 각도, 움직이는 법은 상당 부분 비슷할 수밖에 없다.

인간과 달리 꾀를 써가며 공격해오지도 않는다.

베테랑 두 명이 보조해주고 있다는 것도 큰 도움이 되었다.

지그는 싸우기 쉬운 상대와 싸우기 쉬운 전장을 만들어주는 두 사람 덕분에 파죽지세로 적을 섬멸해 나갔다.

†

원래 둘이서 조금씩 밀리고 있던 참에 지그가 참전하자 전황은 크게 기울어졌다.

모험가들이 자신의 역할에 집중할 수 있게 되어, 전투 효율이 향상된 덕분이다.

지그는 칼을 휘두르며 모험가들의 상태를 곁눈질로 살폈다.

"훅!"

한 호흡에 세 발.

정확하게 날아든 화살은 옆으로 돌아들려 하던 마수를 꿰뚫어 나갔다.

모종의 강화를 건 것인지, 명중한 화살은 갑각을 부수고 치명타를 입혔다.

안정성이 아니라 속사성을 중시하여 활을 가로로 눕힌 자세를 취하고 있다.

이것이 그녀가 맡은 본래의 역할일 거다.

전위를 믿고 전장을 제압하려는 듯 연사한다.

게다가 좀 전까지는 마술도 쓰고 있었으니, 그녀의 실력이 얼마나 뛰어난지 짐작할 수 있었다.

시선을 방패 검사에게로 옮긴다.

"하압!!"

공격을 흘려내자 몸이 앞으로 쏠린 마수의 목을 검이 꿰뚫는다.

방패를 능숙하게 다루어 다수의 공격을 막아내는 그도 대단하다.

저만큼 공격을 유도하고 있으면서 부상다운 부상은 입지 않았다.

심지어는 분을 못 이기고 빈틈을 보인 마수를, 최소한의 동작으로 처리하고 있다.

"여길 봐야지, 어딜 봐!"

빈틈을 발견하고는 떨어진 곳에 있던 마수를 향해 방패를 든 팔을 내밀자.

안쪽에 장치되어 있던 투척기에서 소형 화살이 발사됐다.

갑각에 튕겨 나와 별다른 피해는 입히지 못했지만 상대의 주의를 끄는 데는 성공했다.

말투와 달리 상당한 기교파인 듯하다.

지그가 섬멸력이 뛰어난 공격형이라고 판단하자마자 보조에 나섰다.

소문으로 들은 것 이상의 실력자들이었다.

그들이 궁지에 빠진 것은 상성이 나빴던 탓일 거다.

"흠!"

마수의 찌르기를, 몸을 숙여 피한다.

그대로 일어나는 기세를 이용해 베어 올리고, 반대쪽 칼날로 몸통을 후린다.

시체를 걷어차 후속 마수에게 날려 보낸다.

쌍인검을 회전시켜 힘을 실어서 걸음이 멈춘 마수를 시체와 함께 박살 낸다.

살 조각이 튀고 비현실적일 정도의 피보라가 튄다.

처참한 광경에 겁을 먹고 움직임을 멈춘 마수를 궁수의 화살이 꿰뚫고 있다.

그렇게 하다 보니 마수의 숫자가 상당히 줄어든 듯했다.

본래는 도망치고도 남을 전력 차였지만 그들의 습성 때문인지 마지막 한 마리까지 싸울 모양이었다.

"인간 중에서도 이만큼 기개가 있는 녀석은 흔치 않지."

하지만 이길 수 없는 상대를 당해낼 방법은 없다.

무정하게도 마지막 한 마리의 몸통이 날아갔다.

살아남은 놈은 없는지, 아직 숨이 붙어 있는 마수를 확인해 숨통을 끊어 나간다.

대충 확인을 마치고서야 긴장을 풀었다.

무기에 묻은 피를 닦고 도신을 살펴보았다.

상대의 발톱과 함께 몽땅 베어버리는 곡예 같은 짓까지 했건만, 눈에 띄는 흠집이 보이지 않았다.

가볍게 휘둘러 위화감이 없는지 확인한다.

"과연. 비싼 돈을 치를 가치는 있군."

마수 소재를 사용한 무기의 성능에 혀를 내둘렀다.

이 무기조차도 보통보다 조금 좋은 수준이라니 놀라울 따름이다.

이사나가 가지고 있던 가느다란 무기는 카타나라 했던가?

대체 어느 정도의 성능을 지니고 있었을까.

생각에 잠긴 지그에게 모험가들이 다가왔다.

"여어, 덕분에 살았어."

"신경 쓰지 마, 일 때문에 한 거다."

부대는 아직 마수와 교전 중이었지만 그건 토벌대가 할 일이다.

방패 검사는 지그에게 손을 내밀었다.

주로 사용하는 손을 내밀려니 조금 망설여졌지만 악수에 응했다.

"그래, 그거. 일이라는 게 무슨 뜻이야? 우리 대장한테 부탁받았다고 했었지?"

"그래. 너희를 엄호해달라고 부탁받았다."

정확히 말하자면 호위를 의뢰했지만, 그들의 자존심을 고려해 그렇게 표현했다.

"그렇다는 건, 저쪽은 문제없을 것 같다는 거지?"

"그래. 마수의 발생 규모는 비슷했지만 우수한 마술사가 몇 사람 몫을 해준 덕분이지."

"그거 운이 좋았네. ……이봐, 당신 다쳤어."

"음? 그러고 보니 그랬지."

이곳으로 달려올 때, 바야흐로 목이 달아날 것 같은 모험가가 있었다.

쓰러뜨리기에는 늦었다는 생각에 억지로 끼어든 건 좋았지만,

이번엔 너무 아슬아슬했다.

부상 정도를 보고 성공 보수를 내겠다는 앨런에 말 때문에 자신도 모르게 무모한 짓을 하고 말았다.

치료를 하기 위해 지혈하기 시작한 지그에게 궁수가 다가왔다.

"상처 보여줘."

치료를 해줄 모양이다.

"그래, 고맙군."

"그건 이쪽이 할 말."

그렇게 말하며 상처를 보더니 물을 끼얹어 씻어내고 손을 가져다 댔다.

그녀는 치유술도 쓸 줄 아는 모양이다.

영창이 시작되고서 얼마간 기다리자 빛이 상처를 뒤덮었다.

그걸 보고 있자 궁수가 지그를 보며 말을 걸어왔다.

"좀 전에는 고마웠어. ……나는 리스티."

"지그다. 감사 인사는 됐어, 일 때문에 한 거니까."

"그건 그거, 이건 이거."

"그럼 지금 치료해주는 걸로 비긴 셈 치지."

"부족해. 한 잔 살게."

"아니……."

"산다고."

"……알았다."

"응."

거의 반강제로 언질을 주고 말았다.

역시 숙련된 모험가답게 고집이 있다.

그 모습을 본 방패 검사가 카하하, 하고 웃었다.

"졌구나, 지그. 난 라일이야, 잘 부탁해. ……그나저나 용병들은 깡패 집단인 줄 알았는데."

"라일."

"아…… 저기, 미안."

리스티의 꾸중에 그는 말실수를 사과했다.

몸짓으로 괜찮다고 답했다.

"……당신 같은 용병은 처음 봤어."

"이쪽에서는 그런 것 같더군."

"지그는 어디서 왔어?"

"먼 곳에서."

애매하게 답해 얼버무렸다.

일이 꼬이면 난감해지니 바다 너머에서 왔다는 사실은 숨기고 있다.

그들도 그런 대화가 익숙한지 깊이 캐묻지는 않았다.

"그러고 보니 저쪽에 있다는 우수한 마술사, 혹시 당신 일행이야?"

"그래. 아는 건가?"

"유명해. 기대되는 신입이라 클랜들이 다들 노리고 있어."

"뭐, 무섭게 생긴 남자를 끌고 다녀서 섣불리 손을 댈 수가 없다는 소문까지 세트로 돌아다니고 있지만."

그렇다니 첫날에 눈빛으로 위협을 한 보람이 있다.

"소문으로는 들었지만, 이렇게까지 실력이 좋을 줄은 몰랐어. 모험가가 되면 더 많이 벌 수 있을 텐데."

"오랫동안 해온 일이다 보니, 이쪽이 더 성미에 맞아."

"그렇구만."

"……이제 됐어."

이야기를 하다 보니 치료가 끝났다.

어깨를 돌려 상태를 확인해 보니 위화감은 없었다.

"이쪽은 문제없는 것 같으니 돌아가도 괜찮아."

"그러도록 하지."

"리더한테 안부 전해줘."

"그래."

두 사람에게 등을 돌려 시어셔가 있는 곳으로 향했다.

도중에 토벌대를 보니 마수 무리도 상당히 줄어든 듯했다.

이대로 가면 예상보다 빨리 끝날 것 같다.

†

"그 녀석들 괜찮아?!"

지그가 좌측 부대로 돌아오자마자 앨런이 달려왔다.

어지간히도 걱정을 한 모양이다.

"진정해, 큰 부상은 없었어."

"미, 미안해. ……그래, 다행이야."

"상황은?"

"이쪽도 정리됐어. 이제 바위 벌레만 남았는데, 그것도 곧 끝나."

돌발 사태가 더 벌어지지는 않은 모양이다.

"이런 일이 자주 있나?"

"토벌 대상 이외의 마수가 나타나는 건 드문 일이 아니야. 하지만 두 개의 무리가 동시에 발생하는 경우는 흔치 않을 거야. 심지어 광조충이 떼로 나타났다는 이야기는 들어본 적이 없어."

본래 무리를 이루지 않는 동물이 낙오된 개체끼리 무리 짓기도 한다는 이야기는 들어본 적이 있다.

하지만 벌레가 본래의 습성을 거슬러 가면서까지 행동한다는 게 가능한 일일까.

앨런에게 그렇게 묻자, 그도 같은 생각을 하고 있었던 모양이다.

"……어쩐지 낌새가 이상한걸. 나중에 동료들과도 이야기해 볼게. 길드에 연락하면 경우에 따라서는 중단될지도 몰라."

"알았다."

"그리고 다시 한 번 말하지만, 동료를 구해줘서 고마워."

"보수를 기대하고 있지."

"물론이지."

앨런과 헤어져 시어셔가 있는 곳으로 향했다.

마수 무리의 토벌도 끝난 모양이다.

주변 일대에는 처참한 광경이 펼쳐져 있었다.

곳곳이 마수의 시체로 넘쳐났다.

마술사들이 그 시체에 불을 놓아 뒤처리를 하고 있다.

그 속에서 시어셔를 발견했지만 아직 일하는 중인 듯했다.

자신의 짐을 찾으며 끝나기를 기다렸다.

"……끝났어요~."

"수고했다."

시체가 산더미 같았다.

그 때문에 시간이 걸렸는지 지친 기색이 역력했다.

"정말 녹초가 됐어요……. 쓰러뜨릴 때가 훨씬 더 편했어요. 냄새는 또 얼마나 나던지……."

"뒤처리가 힘든 건 사람이고 마수고 마찬가지인가."

투덜대는 그녀에게 물과 빵을 건넸다.

보존 기간이 긴 딱딱한 빵이지만 잼이 발라져 있다.

"고맙습니다…… 아아, 단 걸 먹으니 살 것 같네……."

전장에서의 식사는 사기에 영향을 미쳐서 최대한 마음을 충족시킬 수 있게끔 궁리하면 병사들이 오래 버틴다.

그 사실을 몸소 체험해 아는 지그는 꼼꼼하게 준비를 해왔다.

한숨 돌리고 나자 부대가 집합했다.

오늘은 여기까지라는 모양이다.

대열을 정비해서 야영장으로 귀환한다.

도중에도 경계를 늦추지 않았지만 딱히 아무 일도 일어나지 않았다.

†

야영지에서는 저마다 피로를 풀고 있었다.

하지만 할 수 있는 일이 한정적이다 보니 식사를 하며 담소를 나누는 이들이 대다수였다.

식사를 마친 지그는 무기를 손질하기 시작했다.

그 모습을 시어셔가 무심히 쳐다보고 있었다.

"새로운 무기는 좀 어때요?"

"상상했던 것보다 좋더군. 무기가 소모될 걱정을 덜 해도 된다는 게 이 정도로 편할 줄이야."

들뜬 말투로 말하면서 무기를 손질하는 지그를 보고 시어셔가 미소 지었다.

모닥불에 비친 하얀 얼굴과 붉은 입술이 요염해 보였다.

주변에 있던 모험가들이 무의식중에 마른침을 삼킬 만큼 매력적이었지만, 무기에 정신이 팔린 지그는 알아채지 못했다.

저만한 미인을 거느리고 있는 남자에게 질투와 선망 섞인 시선이 집중되었다.

분명 오늘 밤도 뜨거울 거다.

여자의 교성을 상상한 남자들의 숨소리가 거칠어졌다.

그런 그들과 달리, 지그 일행 사이에서는 일 얘기만 오갔다.

"오늘 일, 어떻게 생각하지?"

"광조충의 생태를 기준으로 하자면 있을 수 없는 일이죠. 분명 외적 요인이 있을 거예요."

이미 마수도감을 비롯한 여러 서적들을 읽은 그녀는 걸어 다니는 도서관이었다.

마녀이기 때문일까, 단순히 그녀 본인의 재능일까.

어찌 되었건 지식만으로 치면 베테랑 모험가를 방불케 할 정도다.

"외적 요인이라…… 거물에게 쫓겨나기라도 한 건가?"

유령 상어 때의 일이 떠올랐다.

"그렇다면 무리를 지은 게 설명되지 않아요. 좀 더 본능을 무시할 정도의 무언가가 있었다고 봐요. 모종의 방법으로 조종했다거나 하는 식으로."

"하지만 녀석들에게서 마술의 냄새는 안 났는데."

"그렇다면 약품 같은 것이려나……. 하지만 저렇게 많은 마물한테 어떻게? 애초에 이점이 너무 없고, 실험이라 쳐도 저렇게 미묘한 마수보다 훨씬 다루기 쉽고 전력으로 쓸 만한 마수는 많은데……."

시어셔가 으~음, 하고 신음하더니 그대로 생각에 잠겼다.

"내일 활동도 있으니 그쯤 해두고 자 둬."

"네. 불침번 교대는……."

"오늘은 됐어."

"……알겠어요, 부탁드릴게요."

당연히 시어셔는 밤새 불침번을 서겠다는 지그의 말에 반대하려 했다.

하지만 그의 얼굴을 보더니 아무 말도 하지 않고 텐트에 들어갔다.

"…………이래서 집단행동이 싫다니까."

조금 전부터 시어셔를 바라보는 남자들의 눈빛에 위험한 것이 섞이기 시작했다.

그 사실을 알아챘기에 그녀를 감춘 것이다.

지켜보는 이가 없으면 무슨 짓을 할지 모를 일이다.

위험한 것은 그녀가 아니라 남자들 쪽이라는 사실이 지그의 의욕을 대폭 깎았다.

그 허무함과 싸우며 밤을 지새웠다.

†

허옇게 동이 트기 시작했을 즈음 시어셔를 깨웠다.

그녀는 아침에 잠에서 잘 깨지 못했지만, 상황 때문인지 평소보다 쉽게 정신을 차린 듯했다.

몸단장을 하는 그녀에게 손수건과 물이 담긴 통을 건넸다.

"지그 씨는 상당히 깔끔한 걸 좋아하네요. 용병들은 그런 걸 별로 신경 쓰지 않을 것 같은 이미지였는데."

"그 이미지가 틀리지는 않지만, 불결하면 오래 못 사니까."

전장에서 상처를 씻어내지 않고 그대로 두었다가 전투가 끝난 후에 팔이나 다리를 잃는 자들도 적지 않다.

"게다가 깔끔하게 하고 있으면, 그걸 보고 의뢰를 해오는 경우도 있거든."

과거 몇 번인가 호위, 호송 의뢰를 받았을 때 '냄새가 고약하지 않아서'라는 이유로 고용된 적이 정말로 있었다.

일의 내용에 따라서는 그에 상응하는 몸가짐을 요구하는 경우도 많다.

"용병이라 해도 실력만 좋으면 다른 건 아무래도 상관없는 건 아니라는 거지."

"아하…… 어라, 영차…… 끄응."

텐트 안에서 몸을 닦고 있는 시어셔가 어째서인지 끙끙 앓는 소리를 냈다.

"왜 그러지?"

"좁아서 등을 제대로 닦을 수가 없는데…… 지그 씨, 도와주세요."

"…………."

또 무모한 소릴.

그녀는 타인과 관계한 경험이 적은 탓인지 이런 부류의 언동에 다소 문제가 있었다.

다른 곳에서 했다가 오해를 사기 전에 어떻게든 해야겠다.

그렇게 생각하기는 했지만 어떻게 가르쳐야 할지, 벌써부터 머리가 아팠다.

"지그 씨~."

"…………그래그래."

한숨을 내쉬며 텐트에 들어간다.

뽀얀 등이 눈에 들어왔다.

길고 검은 머리카락을 어깨 앞으로 늘어뜨린 채 이쪽으로 등을 돌리고 있다.

여성 특유의 냄새가 코를 간지럽힌다.

"부탁드릴게요."

그녀가 내민 손수건을 받아 들통에 대고 물기를 짰다.

힘을 얼마나 줘야 할지 몰라서 피부에 상처가 나지 않도록 조심스럽게 닦아 나간다.

"괜찮나?"

"좀 더 세게 해도 괜찮아요."

지그는 결코 불능이 아니다.

욕구의 순위가 낮은 것뿐 성욕은 있는 것이다.

게다가 한동안 하지 않은 탓에 다소 마음이 흔들리기도 했다.

지그는 한곳을 집중적으로 보지 않고 전체를 흐릿하게 보았다.

요염한 등이 아니라 몸의 윤곽을 넓게 바라본다.

자신의 팔조차도 멀리 있는 것처럼 보이도록 한 채 손을 움직였다.

객관적인 시점으로 부감(俯瞰)하는 기법을 사용해 자신의 정욕을 다스렸다.

"……끝났다."

"고마워요."

손수건을 건네고는 잽싸게 등을 돌려 텐트를 나섰다.

들키지 않도록 호흡을 가다듬고서 아무렇지도 않은 척 말을 걸었다.

"시어셔, 이런 건 남자한테 선뜻 부탁할 일이 아니야."

"알아요~."

가벼운 답변이 영 불안하기만 하다.

다른 사람도 아니고 그녀라면 남자에게 농락당할 일은 없겠지만, 쓸데없이 귀찮은 일로 번지지 않을까 걱정이다.

준비를 마친 시어셔와 아침 식사를 했다.

그렇게 집합 시간에 집합해, 앨런 일행의 설명을 들었다.

"어제는 다들 수고했다. 예상치 못한 사태도 일어났지만 크게 다치는 인원 없이 잘 해주었다."

앨런 일행의 분투 덕분에 광조충이 토벌대에 접근하는 일은 벌어지지 않은 듯했다.

만약 측면에서 기습을 받았다면 그 대처에 쫓기다가 정면에서 밀려든 바위 벌레에게 유린당했을 거다.

"이 이상 사태를 길드에 보고한 결과 '필요한 숫자는 토벌했다고 판단. 주변을 정찰한 후 귀환하라'라는 지시가 떨어졌다. 어제와 같은 장소까지 탐색 후, 곧장 철수할 예정이다."

앨런이 그렇게 통지하자 모험가들이 잠시 술렁거렸다.

아무래도 어제 그 이상 사태는 상당히 심각한 것이었던 모양이다.

"탐색과는 별개로 조사를 위해 마수의 시체를 회수한다. 회수반은 이쪽에서 지정하겠다. 그 외의 인원은……."

그 후에도 앨런이 몇 가지 지시를 내린 후에 출발했다.

토벌대가 같은 길을 전진한다.

어제의 일도 있어서 다들 경계하며 탐색했지만, 맥 빠지게도 아무 일 없이 현장에 도착했다.

앨런 일행과 열 명 남짓의 모험가가 비교적 상태가 괜찮은 마수의 시체를 고르고 있다.

참고로 지그가 쓰러뜨린 마수는 손상이 심각해서 원형을 알아볼 수 없는 것이 많아, 조사에는 도움이 되지 않았다.

나머지 인원은 주변을 조사하여 마수 무리의 잔당을 찾았다.

지그는 시어셔에게 붙어 주변을 경계하고 있었다.

그때, 광조충의 시체를 발견해서 시어셔와 조사해 보았다.

"역시 마술을 사용한 듯한 흔적은 없네요. 딱히 이상한 점은……어라, 이게 뭘까요."

"뭔가 있었나?"

그녀의 시선 끝을 보니, 마수의 뒤통수에 뭔가가 자라나 있었다.

작은 돌기 같은 그것은, 끄트머리에 거뭇한 열매 같은 것이 달려 있었다.

"뭘까요, 저게."

"모르겠군. 원래부터 달려 있었던 것처럼은 안 보이는데."

"어제 싸웠을 때는 어땠나요?"

"……아니, 기억이 안 나. 섣불리 손대지 마, 독일지도 몰라."

"네."

싸우는 도중에 그런 것까지 관찰하지는 않는 데다, 봤다 해도 기억에 남지 않았을 거다.

그녀는 그것이 이상하게 신경 쓰이는지, 다른 시체도 조사하기 시작했다.

몇몇 시체를 조사해 보니, 모든 마수에게 그 돌기 같은 것이 돋아나 있었다.

"······뭐지, 이건. 심상치 않은데."

"갑각을 뚫고 나온 걸로 미루어, 원래 돋아나 있었던 건 아닌 것 같네요. 어쩌면 이게 이상한 행동을 취한 원인일지도 몰라요."

"가능성은 높군."

"앨런 씨에게 말하죠."

시어셔는 시체를 천으로 싸고 있는 앨런 일행이 있는 곳으로 가서 사정을 설명했다.

보고를 받은 앨런 일행은 곧장 시체를 보고 다른 개체에도 같은 것이 있는 것을 확인하고는, 주변에 있던 모험가들에게 주의를 주었다.

"돌기는 절대로 손대지 마. 운반하는 사람은 눈과 코, 입을 가리고 시체에는 직접 접촉하지 않도록 주의해 줘."

그 정보를 들은 회수반은 매우 꺼림칙한 표정을 지었지만, 이제 와서 일을 내팽개칠 수는 없는 일이다.

각각 최대한 몸의 노출 부분을 줄이고 시체를 옮기기 시작했다.

제비뽑기에서 꽝을 뽑은 그들에게는 미안하지만, 지그 일행은 자신들이 옮기지 않아도 돼서 다행이라 생각하며 가슴을 쓸어내렸다.

"일이 이상하게 돌아가기 시작했군······."

"하지만 재미있어지기 시작했어요!"

"그런가……?"

그녀는 이런 사고들도 즐거운 모양이다.

모험가 일을 시작한 뒤로 사고가 일어나면 이득을 보는 일도 같이 일어난 탓일지도 모르겠다.

지그로서는 돌발 상황이 일어나는 게 탐탁지 않았지만.

결국 길드에 도착할 때까지도 특별한 일은 일어나지 않아, 무사히 귀환할 수 있었다.

앨런 일행은 이런저런 보고를 위해 안내를 받아 안쪽으로 들어갔다.

토벌대 일행은 우르르 접수대로 가서 줄을 서기 시작했다.

머릿수가 많아 줄이 금방 줄어들지는 않을 테니, 대기 시간이 길어질 것 같다.

그렇게 생각했지만 그날은 간단한 보고와 사후처리만 끝내고 돌아갈 수 있었다.

돌아가는 길에 시어셔가 받은 보수를 손으로 지분거리며 걸었다.

"피로도 쌓였고 부상자도 그럭저럭 나왔으니 자세한 보고는 나중에 하래요. 아, 앨런 씨네는 예외인 것 같지만요."

앞서 걷는 그녀의 검은 머리카락이 흔들리는 걸 보며 지그는 흠, 하고 고개를 끄덕였다.

시어셔는 둘째 치고 검사에 비해 체력이 없는 마술사가 주축이 된 작전이었으니 무리도 아니다. 마력을 그렇게 많이 사용하면 보통은 녹초가 되어버릴 거라고 한다.

지그 일행도 그럭저럭 피곤해서 그날은 중간에 간단한 음식을 사서 숙소에서 때우기로 했다.

숙소로 돌아와 식사를 하며 향후 예정에 관해 이야기한 후, 피로가 내일까지 이어지지 않도록 일찌감치 취침하기로 했다.

"……음?"

방으로 돌아가려고 문을 연 순간, 무언가가 지그의 시야 끝에 비쳤다.

"지그 씨, 왜 그러세요?"

마찬가지로 문을 열고 들어갔던 옆방에서 시어셔가 고개를 내밀었다.

"……아니, 기분 탓이었어. 잘 자라."

"네, 안녕히 주무세요. 후후."

평범한 자기 전의 인사다. 그녀는 그걸 매우 근사한 말인 것처럼 입 밖에 내고서 문을 닫았다.

지그는 그 모습을 지켜본 후, 자신의 방에 들어갔다.

5장

과거와 현재

그날 밤.

지그는 벌떡 일어나 창밖을 보았다. 달이 밝은, 조용한 밤이었다.

침대에서 일어나 몸단장을 하고 방을 나선다.

"……."

옆방…… 시어셔가 자고 있을 방. 그 문을 흘끔 쳐다보고는 말 없이 등을 돌렸다.

숙소를 나서 교외로 걸음을 옮긴다. 그 느릿한 발걸음에는 목 적지가 없는 듯했다. 다른 이들의 눈에는 한밤중에 산책을 하는 것으로만 보일 거다.

고요해진 거리에는 인적이 없다. 가끔씩 주정뱅이인 듯한 남자 가 술병을 낀 채 길가에 널브러져 있을 따름이다.

번화가를 지나 뒷길을 통해 도시 변두리로 나가서 걸음을 멈 췄다.

"이쯤이면 되겠지."

인적 없는 곳에 지그의 목소리만이 울렸다.

그 말을 하고서 얼마쯤 지나, 헛간 뒤에서 발소리 하나가 들렸다.

한 남자가 달빛 아래로 모습을 드러냈다.

갈색 머리를 다소 길게 기른 느끼한 분위기의 남자다. 체격은 지그와 비교하면 작지만, 몸이 잘 단련되어 있어 몸집이 작다는 느낌은 들지 않았다.

젊어 보이지만 알고 보면 지그보다 열 살 정도 많다는 사실이 이전부터 납득이 안 됐다.

"달이 아름다운 밤이군. ……오랜만인걸, 지그."

"라이엘."

그 이름을 부르는 지그의 말투에서는 아무 감정도 느껴지지 않았다.

라이엘이라 불린 남자는 여전히 무뚝뚝한 얼굴을 하고 있는 지그를 보고 쓴웃음을 지었다.

라이엘과는 이전에 용병단에 소속되어 있었을 때부터 알고 지낸 사이다. 지그가 용병단에 거두어졌을 때 그를 담당해 돌봐주었던 신입 용병이었다.

"너도 조사대에 있었을 줄이야."

"선견대 쪽에 있었지. 너도 봤지? 그 지옥을. 도망치는 게 고작이었어."

라이엘은 그렇게 말하며 어깨를 으쓱했다.

지그는 그 말에 답하지 않고 품 안에서 눈에 익은 휘장을 꺼냈다. 매를 본뜬 그 휘장을 예전에는 지그도 차고 다녔다.

"그거, 떨어뜨렸었구나."

지그가 돌려주려 하자 라이엘은 몸짓으로 필요 없다고 했다.

"빠져나온 건가?"

"그런 건 아니지만…… 이제 돌아가는 건 무리일 테니까."

먼눈을 한 채 라이엘이 달을 보았다.

분명 이곳의 조선 기술이 어느 정도일지는 모르겠지만, 그 괴물이 우글거리는 바다를 건널 배를 만들 수 있을 것 같지는 않다.

"그래서, 용건이 뭐지?"

누군가가 이쪽을 살피고 있다는 것은 알고 있었지만, 조금 전 숙소의 문에 끼어있던 편지가 없었다면 이렇게 만날 생각을 하지는 않았을 거다.

지그의 질문에 라이엘이 달에서 시선을 떼었다. 머리카락과 같은 갈색 눈동자가 지그를 비추었다.

(……변했군.)

이유는 모르겠지만 그렇게 느껴졌다.

그는 예전부터 성격이 활발해, 힘든 상황에도 늘 웃으려고 노력하던 남자였다. 이렇게 쓸쓸한 눈빛을 하고 있지 않았다. 자세히 보니 뺨은 여위고 눈빛은 피로감에 흐려져 있었다.

"대체 뭘까, 여긴."

지그에게 말을 했다기보다는 독백을 하듯 라이엘이 중얼거렸다.

"누구 할 것 없이 마술 같은 영문 모를 것을 당연하다는 듯이 쓰고, 거기에 의문을 느끼지도 않아. 불과 물이 아무것도 없는 데서 나온다고. 이상하지 않냐?"

"……그러고 보니, 그랬지."

지그는 이제야 그 사실을 알아챈 사람처럼 말하며 고개를 들었다. 그의 말에는 필연적인 의문이 담겨 있었고, 지그 본인도 처음에는 분명 그렇게 생각했더랬다.

언제부터였을까, 그걸 신경도 쓰지 않게 된 것은.

마녀가 옆에 있었기 때문일까, 아니면 신경 쓸 새도 없을 만큼 바빴기 때문일까.

자문해 보았지만 답은 나오지 않았다.

"그것도 모자라 마수라고? 그런 괴물이 곳곳을 활보하고 있다는 걸 알았을 때는…… 부끄러운 얘기지만 울부짖어 버렸지 뭐야. 처음 상륙했을 때, 커다란 지렁이 같은 괴물에게 땅속으로 끌려간 동료들의 얼굴이…… 잊히지가 않아서 말이야……."

얼굴을 한 손으로 가리더니 감당할 수 없는 슬픔이 묻어나는 눈으로 지그를 바라보았다.

"너도 이쪽에 있다는 걸 알아챘을 때는 말이지……. 솔직히 말해서 살았구나 싶었어. 너는 어릴 적부터 용병단에서도 강했으니까. 처음에는, 칼도 제대로 못 다루는 눈매 험악한 애새끼였는데 말이야……. 우리 둘이라면 살아갈 수 있을지도 모른다 싶었지."

그런 소리를 하는 라이엘의 눈빛에는, 희망과는 거리가 먼 빛이 깃들어 있었다.

"……처음에는 네가 있다는 걸 알아채자마자 만나러 갈 생각이었어. 넌 눈에 띄어서 정보를 모으는 게 어렵지 않았거든……. 이런 미친 장소에서도, 너는 잘해나가고 있다는 걸 알았을 때는…… 솔직히 말해서 질투가 다 나더라."

옅은 미소를 띤 채 그렇게 말하던 라이엘의 표정이 험악해졌다.

"그런데 너랑 같이 있던 여자를 보고 생각이 바뀌었다. ──너, 뭘 데리고 다니는 거냐?"

질문이 아니라 힐문(詰問)이다.

일전에 무기를 새로 장만하고 돌아가는 길에 느꼈던 시선이 떠올랐다.

"……."

날카로운 말투로 내뱉은 라이엘의 질문에 지그는 침묵으로 답했다.

그것만으로 답을 알아챈 라이엘이, 광기 어린 눈빛을 보내왔다.

"눈만 봐도 알 수 있어. 저거…… 마녀지?"

지그가 한눈에 시어셔의 이상성(異常性)을 알아챘듯이, 라이엘 역시 그녀의 정체를 알아챘다. 이곳 사람들은 마력 때문인지 둔감하지만, 생물로서의 격이 다르다는 것이 강렬하게 느껴지는 것이다.

"너는 왜 '저거'랑 아무렇지도 않게 같이 다니는 거냐?"

"의뢰인이니까."

지그의 단적인 답변에 라이엘이 눈을 부릅떴다. 그는 한숨을 내쉬더니 두통을 참듯이 이마에 손을 얹었다.

"……야, 의뢰는 골라서 받으라고 했잖아. 왜 그딴 일을…… 아니, 그 이전에 어떻게 마녀를 만났냐?"

"의뢰 내용을 나불거리지 말라고 가르친 건 당신이었을 텐데."

그에게는 용병으로서의 기본적인 지식을 배우기도 했다. 가르치며 아직 신입이었던 본인의 지식을 확인한다는 목적도 있었겠지만.

휘장을 손바닥 안에서 놀리며 지그는 무뚝뚝하게 답했다.

그 태도를 본 라이엘은 뭔가 말 못 할 사정이 있구나, 하고 넘겨짚었다.

"……야, 협박당하고 있냐? 나도 도와줄 테니까 그 마녀한테서 도망——."

"그런 거 아니야. 그런 게 아니라고, 라이엘."

지그는 과거를, 어린 시절을 떠올리며 그렇게 말했다.

"도와달라고 해서, 도왔어."

그는 분명 진심으로 지그를 걱정하고 있는 것이리라. 하지만 그런 것이 아니다.

"나는 내 의지로, 마녀의 의뢰를 받았어. 그뿐이야."

두 사람 사이에 침묵이 흐른다.

"……그래."

잠시 후, 라이엘이 한숨을 내쉬며 천천히 자세를 낮췄다.

"그렇게나 마녀의 존재를 인정할 수 없는 건가?"

"……마녀가, 내 가족들을 빼앗아갔어. 사정을 다 아는 네가, 그걸 물어본다고?"

라이엘이 분노와 슬픔이 뒤섞인 듯한 얼굴로 목소리를 쥐어짜 내었다.

"그 마녀가 한 게 아니야."

"그딴 건 상관없어! 마녀는 존재 자체가 위험한 괴물이라고, 왜 이해를 못 해……!"

감정이 폭발한 라이엘이 소리쳤다.

과거 라이엘에게서 들었던 마녀의 소행이 떠올랐다.

그가 어릴 적, 같은 또래의 아이들과 마을 밖으로 놀러갔을 때의 일이다.

부모의 잔소리를 흘려들으며 친구들과 근처 언덕에 올라가 하루 종일 놀았다.

슬슬 배가 고프기 시작했을 즈음, 땅울림과 함께 뭔가 커다란 소리가 났다.

불안한 마음에 마을로 돌아간 그들이 본 것은, 홍수에 쓸려나간 마을의 잔해였다.

비가 내리기는커녕 맑은 날씨가 계속되었음에도 불구하고, 갑자기 강의 수위가 불어났다.

부자연스러운 자연이 폭위를 휘둘러 건물과 사람, 그 모든 걸 먼지처럼 쓸고 지나갔다.

그렇게 정처 없이 방랑하던 중에 용병단에 거두어졌다는 이야기를, 술에 취한 그에게 들은 적이 있었다.

"틀림없어……. 그건 마녀가 한 짓이야."

증거는 아무 것도 없다. 그러나 너무도 부자연스러운 현상을 그저 '운이 나빴다'고 치부할 수 있을 정도로 그가 받은 상처는 얕지 않았던 것이다.

그리고 그런 이야기가, 저쪽 대륙에는 수도 없이 굴러다니고 있다.

그래서인지 마녀에 대한 그의 증오는 상상을 초월해서, 이미 이유 같은 건 상관이 없어진 듯했다.

"야…… 정말 저 괴물과 공존할 수 있다고 생각할 만큼, 넌 분별력이 없어진 거냐?"

지그가 휘장을 집어넣고 라이엘을 보았다. 그는 장검을 뽑더니 칼끝을 지그에게 겨누었다.

지그는 한숨을 내쉬고는 자신을 향하고 있는 칼끝을 똑바로 바라보았다.

"괴물이라. 나나 너나, 그런 건 전쟁에서 수도 없이 보았을 텐데. 너도 알잖아. 사람이 괴물이 되는 데는, 특별한 이유가 필요 없다는 걸. 겨우겨우 여기까지 도망쳐온 녀석 정도는, 그냥 내버려둘 수 없나?"

"육식 동물과 그 먹잇감이 함께 살 수 있을 것 같아? 너 아무리 봐도 이상해. 언제부터 그렇게 현실감 없는 소릴 하게 된 거냐. ……그 마녀가, 무슨 짓을 했구나?"

아무래도 설득하긴 어려울 것 같다. 마녀가 지그를 조종해서 어리석은 짓을 하고 있다고 생각하는 모양이다.

"마녀의 이상한 술수에 걸린 동생이나 다름없는 녀석을, 정신 차리게 해주는 것도 내 일인가."

전투태세에 돌입한 라이엘이 슬금슬금 거리를 좁히기 시작했다.

"……."

지그는 말없이 쌍인검을 뽑아, 과거 함께 싸웠던 그에게 칼날을 겨누었다.

"……팔 한 짝은 각오해라. 안심해, 이쪽에서는 팔을 붙이는 것도 가능한 모양이니까."

"그래."

그가 시어셔의 정체를 알고 있고, 해를 입힐 마음을 품고 있다면 자신이 할 일은 하나뿐이다. 일단 설득을 시도해 보기는 했지만, 역시나 무리였다.

"……그래."

쌍인검의 손잡이를 세게 움켜쥐었다.

아무렇지도 않은 것은…… 아니다.

용병은 적과 아군이 나날이 바뀌기 일쑤지만, 같은 용병단의 단원끼리 죽고 죽이는 싸움을 하는 경우는 그리 흔치 않다. 하물며 자신이 신세를 졌던 상대와 싸우게 될 줄이야.

"그렇다면…… 어쩔 수 없군."

하지만 그 정도로 흔들릴 단계는, 지난 지 오래다.

눈을 한 번 깜박여 의식을, 상황을 갱신한다.

대치한 상대를 과거의 동료에서, 죽여야 할 적으로 인식한다.

"이렇게 너랑 칼을 맞대는 게 얼마만이더라."

어깨높이로 든 장검은 걸음을 옮겨도 위아래로 흔들리지 않는다. 지그가 잘 아는, 용병단에서 배운 기본자세를 충실히 따르고 있다.

"글쎄."

그리움마저 느껴지는 그 자세를 보고 눈을 가늘게 떴다.

서로 거리를 가늠하는 라이엘과 지그를 달빛이 비추었다.

구름이 그 달을 가려, 어둠이 주변을 뒤덮은 순간, 두 개의 그

림자가 교차했다.

엇갈린 것은 한 번뿐. 피차 오래 끌 생각이 없는 결사의 엇갈림이었지만, 오랜 시간을 알고 지낸 두 사람이기에 말없이도 서로의 마음을 알 수 있었다.

날카로운 소리와 함께 박살난 쇳조각이 다시 나온 달빛을 받아 빛났다.

뒤늦게 뿜어져 나온 선혈이 지그를 새빨갛게 물들였다.

"……아."

지그의 푸른 쌍인검은 라이엘의 철검을 마른 나뭇가지처럼 부수고, 그 복부의 대부분을 소실시켰다.

"……하, 하하, 하. 강해……졌구나, 지그……."

패자의 칭찬을 그 피와 함께 받는다.

"……그래."

피하지도 않고 피를 다 뒤집어 쓴 지그가 조용히 고개를 끄덕였다.

라이엘은 사라진 부분을 보더니 다리에서 힘이 풀린 듯이 쓰러졌다. 그 몸에서 빠른 속도로 열기가 사라지기 시작했다.

"……평범하게 죽기는, 글렀다고 생각은 했지만…… 이렇게, 이상한 곳에서…… 죽을, 줄이야."

웃으려다가 기침과 함께 핏덩이를 토해냈다.

내장이 뭉텅이로 사라진 복부는 누가 보아도 치명상이다. 회복술이 아무리 대단해도 살지 못할 거다.

"……묘에는, 뭐라 새길까."

흐려지는 눈빛을 바라본 채 지그가 물었다.

라이엘은 가는 숨을 몰아쉬며, 피로 물든 얼굴에 약하디약한 미소를 지었다.

"……묘는, 필요 없어. 용병, 이란 것들은…… 길바닥에서, 죽는 게…… 어울려."

"……그래."

"…………이, 러…… 하늘에도…… 별은, 커흡…….."

헛소리를 하듯 무언가를 중얼거리며 하늘을 향한 그의 눈은, 이미 지그를 비추고 있지 않았다.

"……아아, 집에 가고, 싶다아."

그 말을 끝으로, 그는 숨을 거두었다.

지그는 라이엘의 눈을 감겨주고 떨어뜨린 장검을 그 손에 쥐어주었다.

"……바보 같으니."

──못 이길 걸, 알고 있었을 텐데.

지그가 그를 뛰어넘은 건 한참 전 일이다. 아직 용병단에 있었던 어느 날. 배정된 연습 상대가 라이엘에서 다른 사람으로 바뀌었다.

서로 아무 말도 하지 않았지만, 둘 다 그 의미를 알았다. 알면서도 그는 지그에게 도전했다. 그 행동이 무엇을 의미하는지는, 영원히 확인할 수 없게 되었다.

"하지만, 그렇다 해도."

일어나 등을 돌린다.

그대로 떠나가려 했지만, 지그는 문득 무언가가 떠올라 품속에서 용병단의 휘장을 꺼내 라이엘의 가슴 위에 올려놓았다.

"네 시체 위로, 지나가마."

과거의 동료라 해도 앞을 가로막겠다면 망설이지 않겠다.

뺨에 묻은 라이엘의 피를 훔쳐, 붉게 물든 그 손을 움켜쥐었다가, 다시 펼친다.

그렇게 지그는 시체 위를 지나, 다시 돌아보지 않고 달빛을 등진 채 밤의 어둠 속으로 사라졌다.

✝

다음 날, 두 사람은 어제 한 보고와 성과를 감안한 추가 보수를 받으러 길드에 와 있었다.

일단 헤어져 평소보다 더 모험가들로 붐비는 접수처가 보이는 장소에 앉았다.

지그의 얼굴에서 어젯밤에 있었던 일로 괴로워하는 낌새는 조금도 찾을 수 없었다. 그의 머릿속에서는 이미 끝난 일로 처리되었기 때문이다.

지금은 앞으로의 일에 관해 생각하는 중이었다.

이로써 아마 8등급으로 승급할 수 있을 거다.

모험가로서는 아직 멀었지만 일반적으로 보면 상당히 빠른 승급이다.

향후의 일을 생각하면 슬슬 파티를 맺을 걸 염두에 두어야 할 텐데.

"내 입장이 애매하군."

모험가도 아닌 남자를 데리고 다니는 그녀를 파티에 맞아들이는 데에 난색을 표할 게 분명하다.

지그는 어디까지나 시어셔의 호위라 유사시에는 그녀를 우선시할 것이다.

여차할 때 의지할 수 없는 인간을 근처에 두는 걸 좋아할 인간은 없을 거다.

얼마쯤 그러고 있었더니, 어느샌가 시간이 꽤 흐른 모양이다.

어떻게 할까 생각하던 중, 누군가의 기척이 느껴져 고개를 들었다.

발치를 가리는 독특하면서도 넉넉한 의상으로 몸을 감싼 백발의 여자였다.

"소문 들었어. 또 무슨 일이 있었다며?"

"……하아."

이사나 게이혼이 양해도 구하지 않고 정면에 있는 자리에 앉았다.

또 성가신 일의 불씨가 멋대로 다가왔다는 생각에 지그는 노골적으로 한숨을 내쉬었다.

"잠깐, 뭐야. 왜 사람 얼굴을 보자마자 한숨을 쉬어. ……무슨 일 있었어?"

"……아무것도 아니야. 그래서, 무슨 일이지?"

지그의 퉁명스러운 대응에 이사나가 입술을 삐죽거렸다.

"용건 없는 사람은 말도 걸면 안 돼?"

"귀찮은 나이대의 계집애처럼 말꼬리나 잡다니. 언제까지 사춘기 애들처럼 굴 거냐, 너."

가차 없는 비난에 이사나가 움츠러들었다.

하지만 금방 마음을 다잡고는 대담한 미소를 지었다.

"……그런 태도로 나와도 되겠어? 당신한테 필요할 것 같은 정보를 가져와 줬는데."

"마수 무리에 관한 건가? 그거라면 나중에 앨런에게 물어볼 테니 딱히 상관없어."

예상치 못한 답변에 이사나가 눈을 깜박거렸다.

"당신 그 사람들이랑도 알고 지내? 의외로 발이 넓네……."

"말할 생각이 없으면 썩 물러가 주시지."

이사나와 있으면 괜히 눈에 띄게 되도록 함께 있고 싶지 않다.

실제로 지금도 모험가들이 이쪽을 흘끔거리고 있었다.

"알았어…………. 조사원들의 보고에 따르면, 그건 버섯의 일종이라고 해."

"버섯?"

예상치 못한 단어에 지그가 고개를 갸웃했다.

"아무리 봐도 그렇게는 안 보이던데."

"버섯은 엄청 종류가 많고, 생긴 것도 천차만별이야. 아직 발견되지 않은 것들도 많대."

지그도 예전에 버섯에 관해 조사한 적이 있다.

유사시 식량으로 쓸 수 있을지도 모른다고 생각했던 것이다.

하지만 '살아남을 방법이 그걸 먹는 것뿐일 경우에만 손을 대자'는 결론이 나왔다.

조사를 하면 할수록 독이 있는 종류가 많은 데다, 질 나쁘게도 식용과 매우 비슷한 독버섯도 수없이 존재한다는 것이 판명되었기 때문이다.

사냥꾼과 베테랑조차 실수로 목숨을 잃을 때도 있다.

겸사겸사 배울 수 있는 지식이 아니라 야생 버섯에는 손을 대지 않는 게 좋겠다는 교훈을 얻는 데서 그쳤다.

"벌레의 몸을 모판 삼아서 번식하는 버섯인데, '숙주의 몸을 어느 정도 조종할 수 있다'는 특징이 있다나 봐."

이 버섯에 기생당한 벌레는 동족이 많은 장소를 찾는다.

숙주가 사망하면 몸을 뚫고 나와, 끄트머리에 자리한 포자 주머니를 터뜨린다.

그 포자가 다시 다음 숙주의 몸에 붙어 세력을 넓혀 나간다.

무슨 이유에서인지 이 버섯이 기생하는 벌레는 동족을 공격하지 않는다.

그걸 제외하면 평소와 똑같이 행동해서, 번식이나 사냥 등도 한다는 모양이다.

"……이봐, 괜찮은 거야, 그거? 회수반이 위험할 것 같은데."

"인간한테는 기생하지 않는대. 게다가 아무 벌레한테나 기생하는 게 아니라, 같은 계통의 벌레들한테만 기생할 수 있다나 봐."

특이한 능력이라 효과가 있는 상대도 한정적이라는 뜻인가.

"그렇군. 그래서 그 대군이 만들어진 거였나."

"당신도 참 운이 없네."

이사나가 깔깔 웃었다.

현재 최대의 불운을 몰고 올 것 같은 당사자가 저런 소릴 하다니.

"용건은 끝났나? 좋아, 돌아가."

"왜 그렇게 성가셔하는 건데. 정보 얘기해 줬으니 조금은 어울려줘."

어쩔 수 없지.

인간에게는 무해한 것이라는 것만으로도 충분히 유용한 정보이기는 했다.

시어셔가 돌아올 때까지는 상대해주도록 할까.

"당신의 전투방식은 아류(亞流)야?"

견과를 먹으며 이사나가 물었다.

눌러앉기로 작정을 했는지 음료까지 주문했다.

"경험을 쌓다 보니 지금은 아류가 되었지만, 원래는 어느 나라의 군대식 창술이었다더군."

"당신 군인이었어?"

이사나가 놀란 나머지 몸을 불쑥 내밀었다.

"나는 아니야. 예전에 소속되어 있던 용병단의 지도관이 그랬다더군. 신참인 나한테 이런저런 무기를 다루는 법을 가르쳐준 사람이지."

"그런 뜻이었구나. 당신의 스승이라…… 강해?"

이사나의 질문에 지그는 생각했다.

잠시 눈을 가늘게 뜬 채 과거의 일을 떠올려 보았다.

"글쎄…… 접근전으로라면, 지금의 내가 간신히 호각으로 맞설 수 있을 정도일까."

"……뭐?"

"하지만 그 사람은 용병술도 일류였으니까. 머리도 좋고 견문도 넓으니, 종합 평가로는 승산이 없어."

"말도 안 돼…………."

그녀도 상당한 실력자라 자신의 실력에 그럭저럭 자부심이 있을 것이다.

하지만 세상은 넓다는 사실을 깨달았는지 이사나가 하늘을 올려다보았다.

그 모습을 보며 지그는 오랜만에 떠오른 스승에 관해 생각했다.

지금 생각해 보니 실력과 지식 등이 일개 병졸의 그것 같지가 않았다.

어느 대국의 장군이라도 됐던 걸까.

이제는 알 방도가 없지만.

"몸이 커져서 힘이 붙는 과정에서 무기가 바뀌었지. 창에서 쌍창, 쌍인검 같은 식으로."

"그랬구나."

그녀의 호기심을 충족시킨 모양이다.

지그도 이렇게 된 김에 궁금했던 걸 물어보기로 했다.

이사나의 대나무 잎 같은 귀를 가리키며 말했다.

"너의 그 귀에 관해 알려줘."

"……뭐가 알고 싶은데."

귀에 관해 묻자 미묘한 표정을 지었다.

별로 이야기하고 싶지 않은 듯했지만, 자신이 먼저 물어본 탓에 거절하기 어려운 것이리라.

"귀가 좋다는 건 알지만, 구체적으로 어느 정도까지 들리지?"

"글쎄에……."

이사나는 지그의 질문에 답하지 않고 주변을 둘러보았다.

그리고 어느 장소를 가리켰다.

그곳을 보니 접수처에 늘어서 있는 남자들이 시어셔의 모습을 살피고 있었다.

세 명 모두 전위의 장비를 장착했다.

이사나의 귀가 살짝 앞으로 기울어졌다.

"이걸로 드디어 승급할 수 있겠어."

"꽤 오래 걸렸군. 역시 술사가 필요해."

"……야, 저 애 꼬셔볼까?"

당연히 남자들의 목소리가 들릴 거리가 아니다.

이사나가 남자들의 말을 옮기고 있는 것이다.

거리도 있고, 주변이 떠들썩한 가운데 이렇게나 정확하게 들을 수 있다니.

"엄청 미인인 데다 상당한 유망주라던데."

"……확실히 괜찮은데? 근데 분명 남자를 끼고 다닌다고 하지 않았어?"

"그 너절한 남자는 필요 없단 말이지……. 저 애만 데려올 방법이 없을까."

"관둬. 이유는 모르겠지만, 고참들이 남자한테는 손대지 말라고 신신당부를 하더라."

"뭐야, 그게. 그 녀석한테 뭔가 있나?"

"소문으로 들은 이야기지만, 꽤 강한 연줄이 있다더라. 앨런 씨와 이야기하는 걸 본 적도 있고, 이사나 씨하고도 아는 사이라고 하고."

"……야, 저거, 그 남자 아니야……?"

한 사람이 지그 일행을 알아본 모양이다.

나머지 두 사람이 이쪽을 쳐다보았다.

지그와 이사나가 둘이 있는 모습을 보니, 좀 전에 말한 소문이 진짜처럼 느껴지기 시작했다.

"진짜로 같이 있잖아?!"

"등신아, 눈 마주치지 마! 아무리 큰 귀라도 이 거리에서는 안 들릴 거야!"

"백뢰희를 적으로 돌리면 클랜에서 쫓겨날 거야……."

아무래도 상관없지만 이사나는 의외로 연기파인 모양이다.

남자들의 감정에 맞춰 말투까지 바꿔가며 열연을 하고 있다.

남자들은 그 말을 끝으로 이쪽을 쳐다보지 않았고, 시어셔가 있는 쪽을 쳐다보려 하지도 않았다.

"……뭐, 대충 이 정도야."

"대단하군. 청력이 좋을 뿐 아니라 소리를 구분하는 능력까지 뛰어난 건가."

"그건 오랜 경험 덕분이지."

의기양양해 하고 있다.

귀에 관해 묻는 걸 싫어하는 눈치였지만, 칭찬을 받으니 아주 싫지만은 않은 모양이다.

그나저나 좀 전의 남자가 큰 귀라는 말을 입 밖에 냈었는데.

그 말을 할 때 이사나의 표정으로 미루어 별로 좋은 의미로 사용되는 단어는 아닌가 보다.

저들은 그럴 의도가 아니었을지도 모르지만, 당사자는 생각 외로 신경이 쓰이기 마련이다.

"그나저나 이사나. 너를 상당히 무서워들 하는 것 같은데, 무슨 사고를 쳤기에 그러지?"

"실례잖아. 내가 아무한테나 칼을 들이대는 사람으로 보여? ……당신 때는 예외였어."

"그런 것치고는 저 녀석들이 너무 과민하게 반응하는 것 같은데."

"그건……."

그녀는 말하기 곤란한 듯이 시선을 피했다.

그 표정에서는 사고를 친 것에 따른 거북함보다는 어찌할 방도가 없는 일에 대한 답답함이 느껴졌다.

"뭐어, 그런 건 아무래도 상관없나. 송사리들을 쫓아내는 데에는 도움이 되니까."

"……사람을 벌레퇴치제처럼 써먹지 마."

전쟁으로 발전하지 않았을 뿐, 어느 나라건 다른 종족에게 야박하게 구는 건 마찬가지인 모양이다.

오히려 대놓고 치고받지 않는 만큼, 문제가 훨씬 뿌리 깊게 자리 잡은 것일지도 모르겠다.

"당신은 저런 거 그냥 둬도 괜찮겠어?"

조금 전의 남자들을 말하는 것이리라.

"내 일은 어디까지나 호위야. 흑심을 품고 권유한다 해도 해를 끼치지 않는다면 본인에게 맡겨야지. 걸리적거릴 것 같으면 대응을 바꾸겠지만."

"헤~에. 파티를 맺을 생각은 있구나."

"지금은 괜찮지만 앞으로도 계속 우리만으로 어떻게든 할 수 있을 것 같지는 않으니까. 지금은 그 문제로 조금 고민 중이야."

이사나는 지그의 고민이 무엇인지 짐작했는지 미묘한 표정을 지었다.

"뭐어, 확실히 좀 싫긴 하겠다. 호위 딸린 모험가랑 같은 파티가 되는 건."

"거리를 두고 뒤를 밟는 방법도 생각해보긴 했지만……."

"하지 마, 신고당해."

"그렇겠지. 뭐 좋은 방법은 없을까."

이사나는 지그의 말을 듣고 잠시 생각했다.

"어디까지나 해결사로서 참가하는 건 어때?"

"······무슨 뜻이지?"

그녀의 말에 따르면 파티를 맺는 데에는 크게 두 가지 패턴이 있다고 한다.

동료로서 오랫동안 함께 할 사람을 모집하는 파티.

기본적으로는 이쪽이 주류고, 그 파티가 여럿 모인 것을 클랜이라고 부른다.

또 하나는 목적이 같을 때에만 맺는 임시 파티.

통칭 해결사다.

이쪽은 동료가 부상을 입었는데 대체 인원이 없거나, 술사가 필요한 데 없을 때 등에 일시적으로 맺는다.

이점은 뒤탈이 없고, 보수가 명확하게 제시되어 다툼이 일어나지 않는다는 것.

단점은 임기응변으로 연계할 수밖에 없다는 거다.

또한 해결사의 실력과 인품 등을 실제로 보기 전까지 알 수 없는 경우가 많다는 불안 요소도 있다.

"나는 기본적으로 혼자 다니지만, 거물을 상대할 때는 다른 사람하고 손을 잡을 때도 있어."

그녀처럼 실력이 확실한 자라면 필요에 따라 손을 잡기만 해도 충분히 도움이 될 거다.

"모험가의 용병판 같군."

하지만 그런 방법도 있는 건가.

시험 삼아 해보는 것도 나쁘지 않을 것 같다.

다른 사람과 호흡을 맞추는 연습을 하기에는 딱 좋을지도 모른다.

"역시 대선배로군."

"그래, 좀 더 존경하라고. 내 입으로 말하려니 좀 그렇지만 2등급은 굉장한 거니까."

"그렇다더군. 뭐 나와는 상관없지만."

이야기가 일단락된 참에 시어서가 돌아왔다.

"이사나 씨, 안녕하세요."

"안녕. 순조로워 보이네."

"네, 방금 8등급으로 승급했어요."

"빠르네……. 갑자기 승급했다고 상대의 실력을 잘못 파악하지 않도록 해. 보험이 있으니 괜찮겠지만."

그렇게 말하며 이사나는 지그를 쳐다보았다.

말없이 어깨를 으쓱했다.

"조심할게요. 참, 지그 씨, 앨런 씨가 찾았어요. 이따가 식사라도 같이 하자던데. 보수를 주고 싶다느니, 한 잔 사기로 약속했다느니 하는 소리도 했고요."

"그런 이야기도 했었지."

그 궁수…… 리스티라고 했던가.

착실하기도 하다.

지그가 자리에서 일어났다.

"나도 슬슬 갈게. 모쪼록 조심해."

이사나가 옷자락을 나부끼며 걸어갔다.

여유로운, 하지만 느리지는 않은 걸음이다.

지그가 그 발치를 쳐다보았다.

"……지그 씨는 저런 게 취향이신가요?"

시어셔가 그 사실을 알아채고 말했다.

지그는 시선을 떼지 않은 채 고개를 가로저었다.

"저 옷 때문에 시간이 걸렸지만, 드디어 저 녀석의 보폭을 파악했다. 의외로 다리가 길군."

"보폭이요?"

"그래. 또 저 녀석과 싸울 일이 없을 거란 보장은 없잖아."

"……배신할 거란 뜻인가요?"

그럴 사람으로는 안 보였는데. 시어셔는 그렇게 말을 이으려 했다.

"저 녀석이 배신하지 않더라도 싸울 이유는 얼마든지 생길 수 있어."

설령 함께 술잔을 나눈 사이라도.

등을 맞대고 전장을 헤쳐나온 사이라도.

그게 칼날을 마주치지 않을 이유가 되지는 않는다.

"……저하고도, 말인가요?"

그건 자신에게도 해당하는 이야기인가.

돌아올 답은 뻔하다.

하지만 묻지 않을 수가 없었다.

그것이 그녀의, 명확한 변화였다.

"너를 지키는 게 내 일이다."

답이 아닌 것 같으면서도 명확한 답이었다.

이전의 그였다면 어떻게 답했을까.

그것이 그의, 작은 변화였다.

──그걸 확인한 것만으로, 지금은 만족하도록 하자.

후기

본 작품을 구입해주신 여러분, 처음 뵙겠습니다. 작가인 초호 키테키 카에루(초법규적 개구리)라고 합니다.

「마녀와 용병」 재미있게 보셨습니까?

집필을 시작한 계기를 말씀드리자면 그렇게 특이하지는 않지만, 여러 작품들을 읽다가 나라면 이렇게 할 텐데, 이렇게 하는 편이 재미있을 텐데, 따위의 생각을 자주 했었습니다. 이전까지는 망상만 하는 데서 그쳤습니다만, 하는 일이 바뀌어 시간적인 여유가 생겨서 행동으로 옮겨본 것입니다.

본 작품은 무적이라는 말과는 거리가 멀고, 속 시원한 복수극도 없고, 여자애들이 무작정 좋아해주지도 않고, 투박하고 담담한 면이 많지만, 이 타이틀과 줄거리를 보고 구입해주신 분들은 바로 그런 걸 원하고 계시지 않나요?

라이트한 판타지도 좋아하지만, 다소 딱딱한 작품도 가끔은 읽고 싶다. 하드한 작품에 손을 대보고 싶지만 설정 등이 많아서 멀리하게 된다.

그러한 분들이 읽어주시면 좋겠다는 생각을 하며 이 후기를 쓰고 있습니다.

하드하다고 하기에는 다소 코미컬하고 설정이 적고, 라이트하다고 하기에는 투박하고 다크한 부분도 많습니다.

그런 '살짝 라이트한 하드 판타지'라고 해야 할까요.

어쨌든 읽기 쉽게 하자는 생각을 중시한 작품(작가의 실력이 부족한 탓도 있지만)으로 정경 묘사 등도 되도록 줄여, 처음 읽으시는 분이라도 포기하지 않고 읽을 수 있도록 집필했습니다.

그만큼 액션 면에는 저의 취향이 다분히 반영되어 있어서, 조금 지겹다고 느껴지실지도 모르겠습니다. 그렇게 된 것은 제가 액션 게임을 매우 좋아하기 때문인데…… 전투 장면 같은 데는 집착 요소가 강하게 드러나 있으니 모쪼록 양해해 주십시오.

딱히 현실에 근거한 검술 이론을 도입하지는 않았지만, 되도록 그럴싸하게 보이게 이론으로 무장한 '검술 비스무리한 것'을 구사하도록 했습니다. 너무 현실적으로 쓰면 또 재미가 없으니까요.

주인공 지그는 결코 자기 투영을 할 수 있는 인물이 아니고, 돈을 위해서라면 사람의 목숨을 빼앗는 것도 불사하는 인간쓰레기입니다. 현대인에게 그 행동과 사고는 공감하거나 이해하기 어려운 것이라, 강제적으로 제3자 시점으로 볼 수밖에 없을 겁니다.

그럼에도 그에게 매력을 느끼신다면, 그건 그의 삶의 방식에 반한 탓일지도 모르겠군요.

자신의 신념을 가진 굳세기만 한 그가, 마녀와의 해우로 앞으로 어떻게 바뀔지 기대해 주십시오.

본 작품은 작금의 유행과 클리셰, 문장을 쓰는 법 등을 몽땅 무시하고 있습니다. 솔직히 말해서 그렇게까지 많은 사람이 읽을 것을 상정하지 않았던지라, 이렇게 서적화된 것이 지금도 믿기지 않습니다.

이것도 다 나날이 저를 지지해주신 독자 여러분, 이렇게 서적화에 힘써 주신 편집부 여러분, 근사한 일러스트를 그려주신 카나세 벤치 님 덕분입니다.

여러분께 최대한의 감사를.

마녀와 용병 1

2025년 1월 15일 1판 1쇄 발행

저　　　자	초호키테키 카에루
일 러 스 트	카나세 벤치
옮 긴 이	정대식
발 행 인	유재옥
담 당 편 집	정영길

이　　　사	조병권
출판본부장	박광운
편 집 1 팀	박광운
편 집 2 팀	정영길 조찬희 박치우
편 집 3 팀	오준영 이소의 권진영 정지원
디자인랩팀	김보라 이민서
디지털사업팀	김경태 김지연 윤희진
콘텐츠기획팀	박상섭 강선화
라이츠사업팀	김정미 이윤서
영업마케팅팀	최원석 이다은 윤아림
물 류 팀	허석용 백철기
경영지원팀	최정연
인쇄제작처	㈜코리아피엔피
발 행 처	㈜소미미디어
등 록	제2015-000008호
주 소	서울시 마포구 토정로222, 502호 (신수동, 한국출판콘텐츠센터)
판매 및 마케팅	(070) 8822-2301

ISBN 979-11-384-3217-7 (04830)
ISBN 979-11-384-3216-0 (세트)